你以为你是谁

〔加拿大〕艾丽丝·门罗 著

邓若虚 译

Who
Do You Think
You Are

Alice
Munro

北 京 出 版 集 团
北京十月文艺出版社

新经典文化股份有限公司
www.readinglife.com
出　品

献给 G. Fn.

目录 | Contents

庄严的鞭打

庄严的鞭打。这是弗洛的承诺。你会得到一次庄严的鞭打。

"庄严"这个词漫不经心地溜出弗洛的舌尖，设下一个个圈套。露丝并没有把这警告放在心上，只是暗自琢磨：鞭打，怎么才叫庄严呢？她忘了提醒自己往后要少犯事，却忍不住去想象那荒唐的画面：树木排列两旁的大道，一群正经的围观者，几匹白马，几个黑奴。有人跪在地上，血汹涌而出。这景象，野蛮又壮观。现实生活中他们所做的并未触及这等尊严，也只有弗洛想给责罚一事添点堂皇的紧迫感和悔恨的意味。露丝和她父亲没多久就让它变得不成样子。

在揍人这件事上，她父亲可以称王。弗洛打的次数从来都不够，而且她都是随意扇几巴掌了事，心不在焉。你别挡道，她会这样说。管好你自己的事。少摆出那副表情。

他们住在安大略省汉拉提的一家店铺后面。家里有四口人：露丝、她的父亲、弗洛，还有露丝同父异母的弟弟布莱恩。那家店铺其实是所住宅，是露丝的父母结婚时买下来的，准备在当地的家具和家居装饰行业立下脚跟。她母亲会做家居装饰。露丝本该遗传父母的心灵手巧，对材料有快速的感悟能力，善于找到最佳的缝补方式。但她没有。她笨手笨脚，要是什么东西坏了，她等不及要将它们扫走扔掉。

她的母亲已经过世。那天下午，露丝的母亲对父亲说："我有种很难描述的感觉，就像胸口有一只煮熟的、没剥壳的鸡蛋。"夜晚来临前，她就离开了人世，她的肺部有血栓。那时露丝还是个睡在摇篮里的小婴儿，自然记不得这些。这是她从弗洛那里听来的，一定是她父亲告诉弗洛的。母亲去世之后不久，弗洛就来了，继续照看摇篮里的露丝，跟她父亲结了婚，将前屋当门面，开起了杂货店。在露丝的印象里，这所房子从一开始就是杂货店，弗洛就是她妈妈，不过她会想象亲生父母从前在这里度过的那十六七个月，应该是一段凡事井井有条的时光，平静得多，也更有仪式感，只是并不富裕。不过除了母亲买的蛋杯之外，没有什么能供她想象的了。那蛋杯上有枝蔓和鸟儿的图案，画得相当精美，用的似乎是红墨水，现在图案已逐渐模糊。书、衣服和照片，母亲一样都没留下。一定是父亲给扔了，要不然就是弗洛扔的。弗洛讲过的唯一跟她母亲有关的故事，就是她的死，带着一种古怪的怨恨。弗洛喜欢死亡的细节：临死的人说的话，他们表示反抗，挣扎要下床，大骂或大笑时的样子（有的人会这样）。当她说起露丝母亲提到胸口那只煮熟的鸡蛋时，她那种描述的方式使这个类比听上去有点蠢，好像她母亲真的觉得人能一口吞下整颗鸡蛋。

她父亲在杂货店后面有个小棚屋，他在那里维修家具。他给椅座和椅背拉上藤条和柳枝，填好缝隙，把家具腿装回去，令人称奇的精湛手艺和低廉到荒唐的要价往往给顾客带来巨大惊喜，而这正是他自豪的地方。在经济大萧条时期，人们或许出不起几个钱，但他在后来的战争年代，以及战后那繁荣的年月依然延续这种做法，直到他死去。他从不会跟弗洛讨论他要价多少或顾客欠多少钱。他去世之后，她得走到屋外打开小棚屋的锁，把所有的纸片和信封从那些被他当作文件夹的丑陋的大钩子上扯下来。她找到的东西中有很多根本不是什么账目或收据，而是天气记录，关于园子的信息，一些他受到触动写下来的东西：

6月25日吃了新土豆。记下来。

漆黑的一天，19世纪80年代，不是什么超自然现象。森林大火造成的团团灰云。

1938年8月16日。傍晚的大雷暴。闪电袭击了长老会教堂，特贝里地区。上帝的旨意？

煮烫草莓，把酸除掉。

一切都充满生机。斯宾诺莎。

弗洛想，斯宾诺莎一定是他计划种植的某种新蔬菜，比如花椰菜或茄子之类。他经常会尝试些新东西。她拿着那张纸片去问露丝，知不知道斯宾诺莎是什么东西？露丝知道，或者大概了解是怎么回事，她那时候已经十几岁，不过她回答说她不清楚。到了这个年龄，她觉得自己再也无法忍受知道更多有关她父亲或弗洛的事了；无论有什么新发现，她都会尴尬地把它们推到一边，心惊胆战。

小棚屋里有个炉子，还有许多简陋的架子，上面摆着一罐罐颜料、虫胶清漆和松节油，用来浸泡毛刷的广口瓶，还有一些深色的黏糊糊的咳嗽药瓶。为什么这么一个成日咳嗽、在战争中吸够了毒气的人，还要天天在这里呼吸油漆和松节油的气味？（那场战争，在露丝小时候，不是被称为"一战"，而是"上一次大战"。）在当时，这类问题不像现在这么频繁地被人提起。天气暖和的时候，几个附近住的老人会坐在弗洛店铺外的长椅上，闲聊、打盹，他们中有些人也总是咳个不停。他们的生命正走向尾声，慢慢地、小心翼翼地靠近死亡，死亡原因会是"铸造职业病"，不过他们并没有多少抱怨。他们一辈子都在镇上的铸造厂干活，现在他们坐在那里，脸色发黄、面容憔悴，咳嗽着，轻笑着，色眯眯的眼神漫无目的地追随着走过的女人和骑车的姑娘。

小棚屋里传来的除了咳嗽声，还有说话声，一连串的低语，或气愤，或振奋，差一点便能逐字听得一清二楚。当手头的活有些棘手时，她父亲会放慢语速；要是比较容易上手，比如用砂纸打磨或者上油漆的时候，语调就轻快很多。几个没什么意义的词偶尔会响亮地冒出来，清晰可辨。当他意识到会被人听见时，便赶快佯装咳嗽几声，把话咽回去，提高警惕，接下来是一阵异常的安静。

"通心粉、辣味香肠、波提切利、豆子——"

他到底在说什么呢？露丝经常重复说给自己听。她不可能去问他。说出这些话的人，跟作为她父亲对她讲话的人并不是同一个，尽管他们占据同一个空间。承认一个本不该出现之人的存在是非常有失体面的。那样做是不可原谅的。不过她还是像从前那样在附近晃悠，继续听下去。

高耸入云的铁塔。她曾听见他这样说。

"高耸入云的铁塔，无与伦比的宫殿。"

露丝觉得自己的胸脯就像挨了一掌，没有受伤，却吃了一惊，感到透不过气来。她必须跑掉，她必须逃离。她知道听到这些就够了，万一她被他抓住怎么办？太可怕了。

厕所的声音也一样。弗洛省下了些钱，在房子里加了个厕所，但是除了把它塞进厨房角落之外，实在找不着其他地方了。那扇门不合适，四周的墙也都是纤维板做的。结果是，在厕所里撕一张厕纸、变换一下蹲姿，声音都能传到在厨房干活、聊天或者吃饭的人耳边。他们对彼此下半身发出的声音都很熟悉，不仅是那些爆发性的时刻，甚至连私底下发出叹息、低号、哀求或说点什么都能听得一清二楚。他们可全都是守礼的正经人，所以没有人表现出自己听到了或正在倾听什么，没有人提到那里面的任何事。在厕所里制造这些声音的人，跟从这里走出去的人，完全不相干。

他们住在镇上的贫穷区域。镇子分为汉拉提和西汉拉提，一条河在两地之间流淌。这里是西汉拉提。在汉拉提，社会结构上至医生、牙医和律师，下至铸造工人、工厂工人和车夫；而在西汉拉提，工厂工人、铸造工人、大批瞎混的赌徒、妓女和一事无成的小偷都有。露丝认为自己家是横跨河流，不属于任何一边的，但事实并非如此。她家的小店就在西汉拉提，在大街乱哄哄的尽头。他们家对面是个铁匠铺，差不多是在战争开始时用木板封了店，还有一栋房子，从前也是一家店。萨拉达茶①的标志牌一直没有从小店的橱窗前拿走，它成了一个得意而有趣的装饰，尽管里面已经没有萨拉达茶出售了。旁边是窄窄的人行道，对于轮滑来说太过崎岖，不过露丝对轮滑鞋十分向往，她总是想象自己穿着格子裙灵活又时髦地嗖嗖掠过。还有一盏街灯，如同一朵锡花。除此之外就别提什么便利设施了，这儿全是脏兮兮的土路、沼泽似的泥地、堆在前院的垃圾，还有外形古怪的房子。它们之所以古怪，是因为人们总想在它们完全毁掉之前进行修补。也有些房子从没人管过。它们已经腐烂，灰不溜丢、摇摇欲坠，像要倾倒在浅坑、青蛙池塘、香蒲和荨麻上。不过大多数房子已经用沥青纸、几块新瓦片、锡纸、锻好的火炉烟囱，甚至硬纸板修补起来。当然，这是战争前的事，后来这段日子成了传奇的贫困岁月，而露丝记得的多半也是这些破败景象——肃穆的蚁丘和木头阶梯，以及天地间一盏暗淡、造型古怪、时好时坏的灯。

一开始，有很长一段时间，弗洛和露丝说好了不再吵架。露

---

① Salada Tea，加拿大的一个茶饮品牌，创立于1892年，至今仍在销售。（若无特殊说明，本书注释均为编者所加。）

丝的天性就像带刺的菠萝，缓慢而隐秘地生长着，当顽固的骄傲与疑心交织重叠，她做出来的事让自己都感到吃惊。露丝还没上学而布莱恩还在婴儿车里的时候，弗洛就在店里跟他俩待在一起——她坐在柜台后面的高脚凳上，布莱恩在窗前熟睡，露丝跪在或躺在宽宽的、嘎吱作响的地板上，拿着蜡笔在牛皮纸上画来画去，那些纸要么太零碎，要么太不规则，所以不能用于包装。

来小店的大多数是住在附近的人。也有些乡下人，从镇上回去的时候顺道过来看看。还有些是从汉拉提来的，他们从桥那边过来。有的人总是在这条街上晃悠，在店里进进出出，似乎常在店里出现是他们的义务，受店主接待是他们的权利。比如贝基·泰德。

贝基·泰德爬上弗洛的柜台，在一罐打开的酥脆的果酱夹心饼干旁给自己腾了点位置。

"这个好吃吗？"她问弗洛，大大方方地拿起一块吃了起来，"你打算什么时候给我们个活儿干啊，弗洛？"

"你可以去屠宰店里干活儿，"弗洛天真地说，"你可以去给你的哥哥干活儿。"

"罗贝塔吗？"贝基露出了一种不自然的藐视，"你觉得我会为他工作吗？"她那位开肉店的哥哥叫罗伯特，但是人们通常会把他叫成女孩儿名"罗贝塔"，因为他平时又温顺又紧张。贝基·泰德大笑了起来。她的笑声又响又吵，像一个咄咄逼人的引擎。

她是一个脑袋很大、声音洪亮的侏儒，走起路来就像一个不辨性别的吉祥物。她戴着一顶红红的无檐天鹅绒圆帽，因为脖子是扭着的，她的头得歪向一边，总是朝上面和两侧看。她穿着擦得发亮的小小高跟鞋，那种真正的女士鞋。露丝看着她的鞋，除了这双高跟鞋，露丝害怕她的一切，怕她的笑声，怕她的脖子。露丝从弗洛那儿得知，贝基·泰德小时候得了小儿麻痹症，所以她的脖子是歪着的，人也一直没长高。很难相信她一开始不是现在这副样子，她曾经很正常。弗洛说她并不蠢，她跟其他人脑子一样好使，但她也知道她什么事情都能躲得过。

"你知道我之前在这儿住吗？"贝基说，她注意到了露丝，"嘿！你叫什么名字？我以前不是就住在这儿吗，弗洛？"

"如果是的话那应该是在我来之前了。"弗洛说，好像她什么都不知道似的。

"那是这一带衰落之前的事儿了。抱歉我这么说啊。我爸爸之前把房子建在了这儿，然后盖了他的屠宰店，我们还有半英亩果园。"

"是吗？"弗洛用她那幽默的语调说，声音里充满了假装的真诚，甚至还有一丝谦恭，"那你为什么要搬走呢？"

"我不是跟你说，这一带衰落了嘛。"贝基说。她会随心情把一整块饼干塞进自己的嘴里，让自己的脸颊鼓得像青蛙似的。她没再说什么。

弗洛反正已经知道她要说什么了，谁不知道呢。每个人都知道那所红砖砌成的房子，门廊被拆掉了，果园还在，里面堆满了各种平常物件——汽车座椅、洗衣机、弹簧床，还有垃圾。因为这儿到处都是一派残破和混乱，这房子看上去并不凶险，尽管里面发生过一些事情。

弗洛听说的是，贝基的老父亲跟她哥哥并不是同一种类型的屠夫。她父亲是一个脾气很差的英国人。在爱说话这方面就跟贝基不一样。他从来都不怎么说话。他是个吝啬鬼，是家里的暴君。贝基得了小儿麻痹症之后，他就不让她继续上学了。她很少到房子外面去，从来没出过院子。他不想让别人看到她时幸灾乐祸。贝基在庭审中是这么说的。那个时候她的母亲已经过世，她的姐姐也结婚了。只有贝基和罗伯特在家。人们会在路上叫住罗伯特问："你的妹妹呢，罗伯特？她现在好些了吗？"

"好了。"

"她做家务吗？她帮你搞定晚饭吗？"

"是的。"

"你的父亲待她好吗，罗伯特？"

传言是这么说的：父亲会打他们俩，他会打他所有的孩子，还打他的妻子，现在就更常打贝基了，因为她的身体缺陷，有些人觉得贝基这病就是他造成的（他们不知道小儿麻痹症是什么）。这故事不断有人传，还添油加醋。有人说在外面看不到贝基是因为她怀孕了，那孩子的父亲应该就是她自己的父亲。然后人们说这孩子其实生了下来，然后被处理掉了。

"什么？"

"处理掉了。"弗洛说。"他们过去常说到泰德家的店去买羊排吧，那里卖的又嫩又软！想必都是胡说八道而已。"她随即懊悔地说。

听到弗洛话里的懊悔和谨慎，露丝会有退却之意，她不敢再看风沿着老旧的雨棚颤抖而过，在裂口中打转。弗洛讲故事时会低下头，脸色变得柔和、多虑，引人好奇又充满警告——露丝知道，故事可不只有这一个，这甚至都不是最骇人听闻的那个。

"我真不该告诉你这些。"

但她又讲了更多的事情。

三个不顶什么用的年轻人在马车行旁边转悠，他们聚在一起——或者说，是被镇上更有影响力、更受尊敬的人撺掇在一起——为了公共道德，打算抽泰德老头儿一顿马鞭。他们把自己的脸涂黑。有人给他们提供鞭子，以及一夸脱的威士忌，这是用来壮胆的。他们分别是杰利·史密斯，一个赛马选手和酒徒；鲍勃·坦普尔，一个棒球运动员和大力士；还有帽子·内特尔顿，他在镇上的运货马车上干活，他的"帽子"绰号是因为他老戴着圆顶礼帽，这既是出于虚荣，也是为了搞笑。（其实他现在仍然在运货马车上干活，虽然他不再戴帽子了，那绰号却保留了下来，人们经常能够在公共场合看见他——几乎跟看到贝基·泰德一样频繁——运送着一袋袋煤，脸和手臂搞得漆黑。这本该让人想起他的故事，然而并没有。现在的生活与过去是截然分开的，尤其是弗洛故事中那疑云重重、情节夸张的过去，至少对于露丝来说是这样。现在的人无法融入过去的背景。贝基本人，这个镇上的怪胎、公众的宠物，这个无害又显出恶意的人，现在看来，永远都跟"屠夫的囚徒""残废女儿"这些词搭不上边了，窗户边那一行白色的字——"哑巴，孬种，大肚婆"也已经与她无关。她跟这所房子之间，就只有表面上的联系了。）

　　本来要去抽鞭子的年轻人们晚到了些，在大家都入睡之后，他们来到泰德家门外。他们有把枪，但是在院子里扫射时已经用光了子弹。他们大声喊屠夫出来，猛敲大门，最终把门给撞开了。泰德推断他们是来找他要钱的，就把一些钱放在手帕里，让贝基拿下去，或许他觉得那些男人看到这个歪着脖子的侏儒小女孩会被触动或者吓到。但是这并没有令他们满意。他们跑上楼去，把穿着睡衣的屠夫从床底下拉出来。他们把他拖出门外，让他站在雪地里。当时的温度是零下四度，这一点后来在法庭上也有提到。他们想假装审判他，但是已经不记得是怎么个流程。于是他们开始打他，打个不停，直到他倒下。他们朝他大吼，老畜生！然后继续鞭打他，直到他的睡衣和他周身的雪地都变得血红。他的儿子罗伯特在法庭上说他没有看到鞭打的过程。贝基说，罗伯特一开始看了，后来就跑到一边去躲起来了。她自己目睹了整个经过。她看着那些男人终于离开，很久之后，她的父亲努力地爬过雪地，爬上门廊的台阶，一路留下斑斑血迹。她没有走过去帮他，也没有打开门，直到他够着门的时候才给他打开。为什么不帮他一把呢？人们在法庭上问她，她说她没有出去是因为她只穿了睡衣，没有开门是因为她不想让冷空气进到屋里。

　　之后，老泰德似乎恢复了体力。他让罗伯特去给马套上挽具，然后让贝基烧了热水给他洗漱。他穿好衣服，拿出所有的钱，没跟孩子们解释，就坐上马拉雪橇驶往了贝尔格雷夫——他把那匹马留在那儿的冰天雪地里，坐上去多伦多的早班车走了。在火车上，他表现得很怪异，就像喝醉酒似的骂骂咧咧，哀叹连天。一天之后，有人在多伦多的街上救起了他，他发着烧，神志不清，被送到了医院，然后死在了那儿。他的钱还全都在身上。他的死亡原因被判定为肺炎。

但是政府得到了消息，弗洛说。这件事情就上了法庭。打他的那三个人全被判了长期徒刑。一场闹剧，弗洛说。一年之内他们就都被释放了，一切都被赦免了，出来之后他们还能接着上班。为什么会这样？因为太多上头的人干预了这事儿。贝基和罗伯特好像也并不关心正义是否得到伸张。他们都被打点得很不错。他们还在汉拉提买了个房子。罗伯特到店里干活去了。贝基在长期的隐居生活之后，开始了她的公共活动与社交。

事情就是这样。弗洛的故事就此打住，仿佛她已经对此感到厌烦。这故事对任何人都没什么好处。

"你想想。"弗洛说。

这个时候的弗洛一定是三十出头的年纪。一个年轻女人。她穿的衣服跟一个五六十岁或者七十岁的女人可能会穿的衣服没什么区别：印花家居裙，脖子、袖子和腰部松松垮垮；围兜围裙，同样是印花的，从厨房走到店里的时候，她就会脱下来。在那时，对于一个没什么钱但也不至于无法解决温饱的女人来说，这是惯常服饰。从某种程度上说，也是一种出于不屑的刻意选择。弗洛瞧不上宽松的长裤，瞧不上人们尝试追赶潮流的打扮，瞧不上口红和烫发。她自己的一头黑发剪得齐齐的，长度刚好能拨到耳朵后面去。她长得很高，但骨骼娇小，手腕和肩膀窄窄的，脑袋很小，一张苍白的、布着雀斑的脸灵动又顽皮。如果她看重外表，又有些办法的话，或许她可以凭借乌黑的头发和白皙的皮肤拥有一种纤弱而精致的美：这是露丝后来意识到的。但是要这样她就得变成一个完全不同的人，无论是对自己还是对别人，她都得学会不做古怪表情才行。

在露丝对弗洛的早年记忆里，弗洛是极柔软和极硬朗的结合。软软的头发，长长的、软软的、苍白的脸颊，在她的耳朵前、嘴唇上那些柔软的、几乎看不见的毛发。还有她瘦削的膝盖，硬邦邦的大腿，以及平坦的胸部。

当弗洛唱起：

蜜蜂嗡嗡飞过香烟树，
还有苏打喷水池……

露丝会想象弗洛嫁给她父亲之前的生活是什么样的。那时弗洛在多伦多联合车站的一家咖啡店当服务员，她会跟她的女友玛维斯和艾琳去中央岛，身后跟着在漆黑街头游荡的男人，她还懂得如何使用公共电话和电梯。在弗洛的声音里，露丝听到了轻率危险的城市生活，以及不屑一顾的尖锐回答。

当她唱道：

慢慢地，慢慢地，她起身

慢慢地，她朝他走近
她说了，也只说了那句话，
年轻人，我觉得你在死去！

露丝觉得，在这之外，在更早的时候，弗洛似乎拥有一种这样的生活，人山人海、充满传说，芭芭拉·艾伦①、贝基·泰德的父亲，以及各种各样骇人听闻和令人悲伤的事情全在其中，混杂在一起。

庄严的鞭打，那是怎么开始的？

就当那是个周六吧，春天的周六。树叶还没有长出来，家门已经向阳光敞开。乌鸦。流淌的水填满了水沟。充满希望的天气。在周六，弗洛通常会出去，让露丝来照看店铺——那是好些年前的事情了，那个时候露丝才九、十、十一二岁的样子。弗洛会走过桥到汉拉提去（大家管这叫进城），她到那边买东西，见人，听他们说话。其中有劳耶·戴维斯太太、安杰丽卡·瑞克特·亨雷－史密斯太太，还有给马看病的兽医麦克凯的太太。她回到家模仿她们傻里傻气的声音，把她们学得跟怪物似的，一副愚蠢、做作、扬扬得意的样子。

买完东西之后，她会走进皇后酒店的咖啡店要一杯圣代。哪

---

① Barbara Allen，指起源于苏格兰的一首同名民谣的女主角。在这首民谣中，芭芭拉·艾伦的追求者威廉因被她拒绝而心碎死去，芭芭拉得知噩耗后也离开了人世。最终，两人被葬在一起，他们的墓穴上长出了相互缠绕的玫瑰与荆棘。

一种？她回到家的时候，露丝和布莱恩都想知道。如果是菠萝或者奶油硬糖口味，他们会很失望，如果是铁皮屋顶圣代或者黑白圣代，他们就挺高兴。然后她会抽烟。她之前已经卷好了，带在身上，这样就不用在公共场合卷烟了。有些事她自己也做，但放在别人身上她就会称之为炫耀，抽烟就是这样的事。这是她在多伦多干活的时候留下的习惯。她知道这是自找麻烦。有一次，那个天主教牧师就在皇后酒店向她走来，还没等她拿出火柴，就在她面前点着了打火机给她借火。她谢过他，但是两人没有多说话，她担心他会劝她入教。

还有一次，在回家的路上，她看到桥靠近镇上的那一端有一个穿着蓝色夹克的男孩，分明在朝河水里看。大概十八九岁。她不认识。他长得很瘦，看上去有点虚弱，他一定是有什么事，她马上就看了出来。他想跳河吗？等她走近到与他平齐的位置，他转过了身，他的夹克和裤子敞开，裸露着身体。他一定冻坏了。在这种天气下弗洛会把自己的大衣领子紧紧围着脖子系稳。

当她看到他手里握着的那个东西，弗洛说，她能想到的就是，他干吗拿着根大红肠站在这里？

她是能说出这种话的。这也是真话，不是开玩笑。她一直保持着对脏话的厌恶。她会走出去对着坐在她店门口的老男人们大喊。

"如果你们还想在这儿待着，最好嘴巴干净点！"

说回那个周六。出于某些缘故，弗洛不准备进城去，决定待在家里擦厨房地板。或许这让她心情不太好。或许她本来心情就不太好，因为有些人不给她付账，也可能是春天里躁动的情绪，她跟露丝开始吵嘴了，她们一直在吵，就像从一个梦出来，又到了另一个梦里，越过山丘，穿过一道道门廊，晦暗、嘈杂、熟悉又令人难以捉摸，让人恼火。她们正把椅子从厨房里全搬出去，准备擦地板，还要拿点存货放到店里去，几箱罐头、几罐枫糖浆，以及一些煤油罐和瓶装醋。她们把这些东西搬到小棚屋里。大概五六岁的布莱恩也在帮忙拖着罐头。

"没错，"她们俩不知道从什么时候开始吵起来的，弗洛接着之前的话头说，"没错，还有你教给布莱恩的那些肮脏东西。"

"什么肮脏东西？"

"他已经知道得一清二楚了。"

从厨房到小棚屋得下一个台阶，有张地毯铺在上面，太旧了，露丝好像都没看见过它原本的图案。布莱恩拖着一个罐头走过，地毯便松动起来。

"两个温哥华——"她轻轻地说。

弗洛已经回到了厨房。布莱恩看看弗洛，又看看露丝，露丝用唱歌般的振奋语调稍微大点声又说了一遍："两个温哥华——"

"炸在鼻涕里。"布莱恩把话接完，再也憋不下去了。

"两只腌屁眼——"

"——绑成一个结。"

说的就是这个。那些肮脏东西。

两个温哥华，炸在鼻涕里！

两只腌屁眼，绑成一个结！

露丝会说这个已经有几年时间了，从刚上学的时候就学会了。她回到家问弗洛，什么是温哥华？

"是一个城市。离这里很远。"

"除了城市还有别的意思吗？"

弗洛说，别的意思，是什么意思？它为什么会被油炸呢，露丝说着，慢慢接近那个危险的时刻、愉悦的时刻，她会把她知道的东西一股脑都说出来。

"两个温哥华，炸在鼻涕里！两只腌屁眼，绑成一个结！"

"你迟早会挨打的！"弗洛怒声说道，意料之中的愤怒，"你再说一遍就揍你！"

可露丝停不下来。她轻轻地把它哼了出来，试着大声说出那些纯洁的单词，其他则含糊带过。"鼻涕"和"屁眼"两个词当然给她带来了愉悦感，但不仅仅是因为这个。令她愉悦的还有"腌"和"绑"，以及给人无限遐想的"温哥华"的意思。她在脑中想象它们的样子，大概是像章鱼一样，在盘中扭动着。她的理智被绊倒，她的冲动开始发热、炸裂。

最近她又想起了这句话，于是教给了布莱恩，她要看看是不是在他身上也有同样的效果，当然，是有的。

"哦，我听到你们说什么了！"弗洛说，"我听到了！我警告你们！"

没错，她在警告他们。布莱恩听从了这次警告。他跑开了，跑出小棚屋，去做自己喜欢做的事情了。他是个男孩，帮不帮忙、加不加入都没关系。他没义务去管家里的争执。反正她们也不需要他，除非互相吵架的时候利用他一下，她们几乎没有注意到他离开了。她们在继续，停不下来，就是不能放过对方。当你以为她们已经放弃争斗的时候，她们实际上只是在慢慢酝酿，等待时机而已。

弗洛把桶、刷子和碎布都拿了出来，还有膝盖的垫板，那是一块脏脏的红色橡胶垫板。她开始干地上的活儿了。露丝坐在厨房的桌子上，摆动着双腿，这是厨房剩下的唯一可以让人坐的地方。因为穿着短裤，她能感受到油布的凉爽，这是去年夏天的紧身短裤，已经褪色了，是她从夏天衣物包里翻出来的。经过一个冬季的存放，它散发出一点发霉的气味。

弗洛在桌子下面爬来爬去，用刷子用力擦洗，拿碎布来回擦拭。她的腿又长又白，也很结实，布满蓝色的血管，仿佛有人用擦不掉的铅笔在她腿上画了一条条河流。刷子咀嚼油地毡，碎布嚓嚓作响，透着一股反常的能量，以及剧烈的厌恶。

她们有什么非要跟对方说不可的？其实都无关紧要。弗洛说露丝自作聪明、行为粗鲁、邋里邋遢、狂妄自大。她总是想让别人干活儿，不懂感激。她还提到布莱恩的天真，露丝的堕落。哦，别以为你有多了不起，弗洛说，一会儿又说，你以为你是谁啊？露丝却用一种理性又温和的方式对她的话做出回应和反对，这种出乎意料的冷漠颇具杀伤力。弗洛就不再只是像通常那样嘲讽了，也无法继续保持泰然自若，她变得非常夸张，说她牺牲了自己，完全是为了露丝。当时她看见露丝的父亲把他幼小的女儿放在马鞍上，就想，那个男人该怎么办啊？于是她跟他结婚了，结果现在她就在这里，跪在地板上。

这个时候铃声响了起来，这是有顾客来了的意思。因为她们还在吵架，弗洛不准露丝到店里去接待客人，不管是谁。弗洛起身，把她的围裙丢在一边，抱怨了一声，走进去招呼顾客。不过这声叹息并没有跟露丝交流的意思，这种恼火的情绪也是露丝不被允许表现出来的。露丝听到她用她正常的声音说话。

"是时候了！当然！"

她回来，系上她的围裙，准备继续吵。

"除了你自己，你从来没为别人着想过！你从来没想过我在做什么。"

"我从来都没要你去做过什么啊。我倒希望你什么都没做过呢。那样的话我能过得更好。"

在弗洛俯身下去擦地板前，露丝微笑着在弗洛面前说了这些话。弗洛看见了她那种笑，拿起挂在桶边的碎布就朝她扔了过去。本来是要砸向露丝的脸的，但那块布偏偏掉落在露丝的腿上，她抬起脚把它接住，满不在乎地用脚踝摇了摇。

"好，"弗洛说，"这次算你厉害，好。"

露丝看着她走向小棚屋门口，听见她在小棚屋里踏步穿过，又在门廊停了下来，纱门还没有挂起来，外门仍然敞开着，用一块砖头顶住了。她喊着露丝父亲的名字，她用警告的、召唤的声音喊他的名字，似乎如果有人胆敢反对她，就会有他好看，他会知道自己到底犯了什么错。

厨房的地板上有五条或者六条形状各异的油地毡。弗洛巧妙地将几块油地毡的末端修剪并且拼合在一起，用锡条和大头钉把它们接上。露丝坐在桌子上等，看着地板上那些组合完美的形状，长方形、三角形，还有一些她正在想到底叫什么名字的形状。她听见弗洛从小棚屋走回来，走上放在脏地板上的那块嘎吱作响的厚木板。她在四处走动，像在等待些什么。仅凭她和露丝两个人已经继续不下去了。

露丝听到她的父亲进来了。她身体变得僵硬，双腿感觉到一阵震颤，她能感觉到它们在油布上轻轻抖动。她父亲本来沉浸在安静的工作里，脑子里的句子仍然活络，这时却被喊了一声，是得说点什么的。他说："嗯？怎么了？"

弗洛又喊了一声。她的声音富有情感，有种受伤的感觉，又带着歉意，像是当场特意包装的一样。在他工作的时候把他叫过来，她感到很抱歉。如果不是因为露丝让她分心，她是不会这么做的。怎么让她分心了？她还嘴，行为放肆，说话不检点。露丝对弗洛说过的那些话，如果换作弗洛对自己妈妈说，她知道她爸会把她打得不成样子。

露丝试着插嘴，说事情不是这样的。

什么不是这样的？

她父亲抬起一只手，看都没看她一眼，说："安静。"

当她说"不是这样"的时候，露丝的意思是，这场争吵并不是她挑起的，她只是在回应而已，是弗洛激了她。在她看来，弗洛这个时候在讲着最恶劣的谎话，扭曲一切事实好对自己有利。露丝其实知道，无论弗洛说了或者做了什么，无论她自己说了或者做了什么，都无关紧要了，但是她现在忘掉了这一点。她俩确实吵过架，这事才是重要的，她们的争吵无法停止，永远也停止不了，到现在也没法说吵到了什么地步。

虽然有垫板，弗洛的膝盖还是脏了。露丝的脚上仍然挂着那块碎布。

她的父亲擦擦手，听弗洛说着。他不着急。他进入状态总是很慢，事先就困顿了，或许，他正处在拒绝融入他必须扮演的角色的边缘。他不看露丝，但是一旦露丝发出什么声响或搅了什么动静，他就会把手举起来示意她别说话。

"当然，这事我们不需要外人来看。"弗洛说着，就去关上店铺的门，把店铺窗口"马上回来"的牌子挂了上去，这块牌子是露丝给她写的，用红色和黑色的蜡笔给字母描上了不少夸张的曲线和阴影。弗洛回来的时候关上了从家里进入店铺的门，又关上了楼梯口的门，最后是小棚屋的门。

她的鞋子在那片擦干净后湿漉漉的地板上留下了脚印。

"哎，我不知道啊，"她开口说话了，情绪绷紧之后懈怠下来，声音里能听得出，"我真不知道拿她怎么办了。"她低头看她脏脏的膝盖（因为露丝也在看），然后用手猛地擦了擦，想把脏东西抹掉。

"她羞辱我。"她直起腰来说。对，这就是她的解释了。"她羞辱我。"她满意地重复道。"她不懂得尊重人。"

"我才没有！"

"别说话，说你呢！"她父亲说。

"如果我没把你爸爸叫来，你现在还坐在那儿嬉皮笑脸呢！对付你还能有什么别的办法？"

露丝发现她的父亲对弗洛的这番说辞有一些抗拒，有点尴尬和不情愿。但她如果认为自己能指望这一点，那她就错了，她也必须知道她错了。然而实际上，尽管她知道，而他也知道她知道，事情也好不到哪儿去。他开始进入状态了。他给了她一个脸色。这个脸色一开始冰冷又带有挑衅，传递出他的决断，以及她无望的处境。后来这脸色消散，开始装进了别的含义，就像一把落叶扫干净，春天便填补而入。它充满了憎恨和愉悦。露丝看到这神情，也明白过来了。那神情描述的仅仅是愤怒吗？她看到他的眼睛里充满了愤怒吗？不是的。有憎恨。也有愉悦。他的脸放松了下来，开始变化，显得更加年轻了，这一次他举起手来让弗洛停下。

"好了。"他说。意思是够了，不仅仅是够了，这部分结束了，事情可以继续了。他开始解开他的皮带。

弗洛本来就已经停下来了。她的难题跟露丝一样，很难相信一件觉得要发生的事情果真会发生，而有的时候这事儿是收不回来的。

"哦，这个啊，你也别对她太狠啦，"她紧张地四处走动，仿佛想找到一条逃脱的路线，"哦，你不用拿皮带来对付她吧。一定要用皮带吗？"

他没有回答。皮带解了下来，不紧不慢地。现在正是用它的好时候。你给我老实点。他朝露丝走去。他把她从桌子上推了下去。他的脸就像他的声音一样，完全不像是他自己的。他就像是个糟糕的演员，把一个角色演得非常怪异。仿佛他必须体味并强调其中的可耻和糟糕之处似的。不是说他只是在假装，在表演，而没有当真的意思。他是在表演，但也是真心实意想这么做。露丝知道这点，露丝知道关于他的一切。

此后她一直在思考关于谋杀和凶手的事情。归根结底，凶手之所以一定要将谋杀坚决执行，部分也是为了这种效果吗——证明给一个已经无法再去述说，只能得到教训的人看，此类事情会发生，什么事情都会发生，最可怕的怪诞之举也事出有因，其背后也有相应的情感动机？

她再次试着看向厨房的地板，那个精巧又舒适的几何布置，不去看他和他的皮带。眼前是每天都能看到的油地毡，印着磨坊、小溪和秋树的日历，以及有了年岁但仍然好用的汤锅和平底锅，这样的事情，怎么能在这些日常物件面前发生呢？

把手伸出来！

那些物件帮不上她的忙，没有一样东西能救她。它们变得冷淡而无用，甚至不友好。汤锅可以露出敌意，油地毡的图案可以抬起头不怀好意地笑，变节是日常的另一面。

第一下，或者可能第二下的时候，一阵疼痛袭来，她躲开了。她不接受。她绕着房间跑，想跑到门口。她的父亲把她堵了回去。看起来，她一丝勇气或者坚忍都没有了。她跑着、尖叫着、哀求着。她父亲追她，够得到时就用皮带抽她，随后把皮带丢在一边，直接上手。扇向一只耳朵，扇向另一只耳朵。来来回回，她的脑袋嗡嗡作响。给她的脸来一巴掌。把她推到墙上，又来一巴掌。他摇晃她的身子，把她撞到墙上，他踢她小腿。她语无伦次、神志不清、大声尖叫。原谅我！求你了，原谅我！

弗洛也在尖叫。停下来，停下来！

还没完。他把露丝摔到地上。或者可能是她自己摔倒了。他又朝她的小腿踢去。她已经放弃说话，只发出一阵声响，这声响让弗洛大喊了起来：哦，万一别人听见她在叫呢？这呼喊是她最后的招数，带着羞辱和挫败，因为看起来露丝和她父亲一样，以同样恶劣、同样夸张的方式，在这个局面里扮演着自己的角色。她扮演他的受害者，那人戏的劲头将会——她希望将会——激起他最后的厌恶的蔑视。

看来，他们会任由事态发展到任何必要的程度，不惜一切代价。

还不至于。他还没能真的让她受伤，但是当然了，有的时候露丝倒希望如此。他用张开的巴掌打她，踢她的时候也是有些许控制的。

现在他停下来了，他得喘口气。他准许弗洛插手了，他一把抓住露丝，朝弗洛的方向推了过去，发出一阵反感的声音。弗洛把她接了过来，打开楼梯门，将她推上楼梯。

"现在回你的房间去！快去！"

露丝上了楼梯，磕磕碰碰的，她尽管让自己磕磕碰碰，让自己摔在楼梯上。她没有把门砰的一声关上，因为这种行为会让他继续来找她麻烦，而且她也没什么力气了。她躺在床上，还能透过火炉烟囱的孔听到弗洛嘟嘟哝哝的抗议，她父亲生气地说既然不想让露丝受到惩罚，弗洛那个时候就不应该说话，不应该提议。弗洛说她从来没有提议让他下此狠手。

他们来来回回地为这事争辩。弗洛原本害怕的声音变得更加有力，找回了它的自信。吵着吵着，慢慢地，两个人的话都少了起来。过了一会儿就只有弗洛在说话，他再也不说了。露丝一开始得努力止住抽泣声，这样才能听他们说话，但是等她没兴趣听下去，想再哭一会儿的时候，她发现自己哭不出来了。她已经过渡到一个平静的阶段，愤怒的情绪已经完成，到达终点。在这个当口，发生的事情和接下来的可能性都变得简单可爱。幸运的是，往后该如何选择已经一目了然。她脑海中出现的词语都异常坚决，很少使用假设。没有任何一个词是临时想出来的。她再也不会跟他们说话了，她对他们只会有厌恶，永远也不会原谅他们。她要惩罚他们，她要终结他们。包裹在这些确定的话语和身体的疼痛之中，她感觉自己漂浮在一种奇怪的舒适感之中，超乎自我，超乎责任感。

如果她现在死了呢？如果她现在自杀了呢？如果她现在离家出走呢？做这些事情中的任何一件都是合适的。就在于她选不选择这种方式而已。她飘然于一种纯粹的优越感之中，有点像是打了麻药。

就像打了麻药的时候，在某一个时刻，你会感到你处在十足安全、可靠、不可触及的状态中，然后，毫无征兆地，就在这个时刻的下一秒，你知道这整套保护体系出现了致命的裂痕，尽管它仍然在假装一切无恙，现在，这个时刻也出现了——露丝听见弗洛走上了楼梯——这意味着，她虽保持着此刻的宁静和自由，但是清楚这种状态就要开始走下坡路了。

弗洛没有敲门就进了房间，但是她犹豫了一下，似乎表明她想到了应该敲门。她带来了一罐冷霜。露丝尽可能地维持着自己的优势，脸朝下趴在床上，拒绝回应。

"哎呀，得了，"弗洛不自然地说道，"也没那么糟糕吧，对不？把这个涂点在身上就会好多啦。"

她在哄小孩呢。她当然不知道刚才造成了多大的伤害。她把那罐冷霜的盖子打开。露丝能闻到它。那种亲密的、幼稚的、羞辱的味道。她不会允许这玩意儿靠近自己。但是为了躲开它，躲开弗洛手中那一大团东西，她得移动。她挪动着身子、抗拒着，丢了尊严，还让弗洛看到确实也没什么大不了的。

"好了好了，"弗洛说，"你赢了。我把它留在这里，你想什么时候用就什么时候用。"

之后会出现一个托盘。弗洛会把它放下来，一句话都不说，然后走开。上面有一大杯巧克力牛奶，是店里卖的丹麦牌子"维他麦"。杯子底部有沉淀的厚厚条纹。小块的三明治，匀称又开胃。罐装的上等三文鱼，色泽鲜美，满满的蛋黄酱。还有烘焙店包装的黄油馅饼，胡椒薄荷馅夹心的巧克力饼干。她会转过身去，拒绝看它们，但和这些食物待在一起，又会被痛苦地诱惑、勾引和搅扰，三文鱼的气味，以及对松脆巧克力的渴望会将她从自杀或者离家出走的思绪当中抽离出来，她会伸出手，在其中一块三明治边缘处打转（吐司边切掉了！），抹点溢出的夹层，尝尝味道。然后她会决定吃一块，这样她就有毅力去拒绝其余的了。就吃一块他们是不会注意到的。过了一会儿，在无可救药的堕落中，她会把它们全部吃掉。她还会喝光巧克力牛奶，吃掉馅饼，吃掉饼干，她还会用手指将杯子底部那层麦芽糖浆给抹干净，尽管她因羞愧抽噎了起来。太晚了。

弗洛会过来把托盘收走。她可能会说："你还是有胃口的嘛。"或者说："你喜欢巧克力牛奶吗？里面的糖浆够吗？"这得看她觉得自己受了多重的惩罚了。在任何一种情况下，露丝都会失去所有的优势。她会明白，她的生活又重新开始了，他们又会坐在一张桌子上一起吃饭，听广播新闻。明天早上，或者今晚就这样。尽管现在看起来还不会。他们会尴尬，但考虑到他们之前的表现，他们又远没有你想象的那样尴尬。他们会感到一种假模假式的倦意，和好之后的慵懒，一切也将将凑合。

在这种场景之后的一天晚上，他们都在厨房里。那一定是个夏天，或者至少是个温暖的季节，因为她父亲说起了店门口长椅上坐着的那些老男人。

"你知道他们现在在聊些什么吗？"他说着，朝着店铺的方向点着头，示意他说的是哪些人。当然他们都已经不坐在那儿了，他们在黑暗的夜色中回家去了。

"那些老笨蛋啊，"弗洛说，"聊什么呢？"

这个时候旁人不在，他们之间产生了一种不能说是假情假意，但是有那么一点夸张的亲密。

然后露丝的父亲就告诉她们，那些老男人觉得，西边天空那个看着像星星的物体，那日落后的第一颗星星，傍晚的星星，其实是在密歇根州贝城休伦湖对面上空盘旋着的一艘飞艇。那是美国人的发明，它被送上天去与天体比肩。老男人们对这个观点都表示同意，一致认可这个说法。他们相信这艘飞艇是由一万个电灯泡点亮的。她的父亲坚决地否定了他们，他指出他看见的其实是金星这个行星，而它出现于天空的时间可比电灯泡的发明早多了。他们却从来没有听说过金星。

"真无知。"弗洛说。露丝知道，也知道她父亲知道，弗洛自己也没听说过金星这回事。为了转移他们的注意力，或者甚至为自己的无知道歉，弗洛把她的茶杯放下，脖子伸展开，将脑袋靠着她一直坐着的椅子，腿搭在另一把椅子上（同时她还能优雅地将裙子塞进她的两腿之间），然后像一块木板一样躺下来，这让布莱恩高兴地喊了起来："做那个动作！做那个动作！"

弗洛很强健，身体也非常灵活。有时为了玩乐或者有什么突发情况，她会玩点花招。

她的身体翻转了过来，不是靠手臂，而是靠她强壮的腿和脚。于是他们都胜利似的欢呼起来，尽管这情景他们之前都见过。

就在弗洛表演翻身之时，露丝的脑中出现了那飞艇的样子，如同一条细长的透明的气泡，有一串串菱形的灯，在奇妙的美国上空飘浮。

"金星!"她的父亲一边说,一边为弗洛鼓掌,"一万个灯泡!"

房间里有一种宽容和轻松的氛围,甚至是一种幸福感。

多年以后,很多年以后,在一个周日的清晨,露丝打开了收音机。这时她一个人在多伦多生活。

啊,先生。

在我那个时候,这里完全是不一样的地方啊。不一样。

那个时候到处都是马。马和马车。周六晚上马车在主干道上来回奔跑。

"就像战车比赛一样。"播音员,或者是采访者用流畅的、鼓舞人心的声音说。

我从来没有见过那种比赛。

"哦,不是,先生,我说的是罗马的战车比赛。那是您那个时代以前的事情。"

肯定是以前的事情了。我都已经一百零二岁啦。

"真是个美妙的年龄啊,先生。"

没错。

她走到厨房给自己泡咖啡,收音机还开着。她觉得这一定是个排演的采访,出自某个话剧的场景,她想知道这出戏叫什么名字。那位老人的声音是如此骄傲而带有挑衅,在温和而放松的伪装之下,采访他的人感到绝望而警惕。你肯定能看到这样的一个人，他拿着麦克风，面对着一个没牙、粗鲁、扬扬得意的百岁老人，他会在想，这人到底在干些什么呀，接下来会说些什么呀？

"那肯定非常危险。"

什么很危险？

"那些马车比赛。"

没错。是很危险。会有一些脱缰的马。以前还出过很多事故。人们被飞奔的马拖在碎石路上，脸都刮出了血。死了也不稀奇。嘿。

有一些马跑得飞快。有一些，得放一些芥末在他们尾巴下面才能快。有的让它跑得谈条件。马就是这样的。有的会不管不顾狠命干活，直到奄奄一息，有的会把肥佬的鸡巴都给你拽出来。呵呵。

看来这到底还是个真实的访谈。不然的话他们也不会安排这个采访，不会冒这个险。那个老人这么说也没问题。这是本地特色。这么大的年纪了，不管说些什么听起来都是无害又十分有趣的。

那个时候总是发生意外。在磨坊。在铸造厂。没人注意防范。

"那个时候没有什么罢工吧？我猜。没有什么工会吧？"

现在人人都觉得这事儿很自然了。那时候我们工作，还心存感激。有工作就很高兴了。

"那个时候没有电视。"

没有电视。没有电台。没有电影。

"你得自己给自己找乐子。"

我们就是这么干的。

"你会有很多今天年轻人没有的经验。"

各种经验。

"你能想起的比如有哪些呢?"

我有一次吃了土拨鼠的肉。在一个冬天。你不会喜欢的。嘿。

一阵停顿,似乎是赞赏的停顿,然后主播便开腔说,以上采访录音的主角是安大略省的威尔弗雷德·内特尔顿先生,他在去年春天,一百零二岁生日那天接受了这个采访,并于两周之后去世。他的人生连接着我们的过去。内特尔顿先生是在瓦瓦纳什郡养老院接受的采访。

帽子·内特尔顿。

那个抽马鞭子的人已过百岁了。他生日的时候被相机拍来拍去,被护士大呼小叫,毫无疑问还被一个女记者给亲了。闪光灯朝他冲来。录音机把他的声音吸走。最老的居民。最老的抽马鞭子的人。他的生活连接着我们的过去。

露丝从她的厨房窗口朝冰冷的湖水望去,她想找人倾诉倾诉。弗洛喜欢倾听。她想到弗洛说你想想的样子,这话似乎是在说她最糟糕的怀疑都要变成无懈可击的现实。弗洛与内特尔顿先生是在同一个地方死去的,露丝再也无法听到她的声音。甚至在这个采访录制的时候,她都还在那里,尽管她没有听到过,也并不知道有这件事。几年前,露丝将她送往养老院之后,弗洛已经不再说话了。她将自己剥离了出去，大部分时间就坐在她那带护栏的床上的角落里，看上去诡计多端、颇有怨气，不理任何人，尽管她偶尔会用咬护士的方式来表达一下自己的感情。

特权

露丝知道不少人是希望自己天生穷困的，然而未能如此。所以就这点上她还赢了他们一把，她会把自己童年里那些糗事，那个邋遢往昔的点滴讲给他们听。男厕所和女厕所。老伯恩斯先生在他的厕所里。矮子·麦吉尔和弗兰妮·麦吉尔在男厕所门口。她不是故意要重复厕所这个地点，而且还有点惊讶为什么它老是冒出来。她知道，讲讲那些黑乎乎的或者上了色的棚屋是件能逗趣的事——在这乡村的幽默范畴里，向来如此。然而在她看来，这些场景都蕴含着巨大的羞耻和愤怒。

女厕所和男厕所的入口都有一个围栏，也就省下了安装门的麻烦。但雪会从木板围栏的缝隙吹进来，上面的小孔还可以用来偷窥。雪堆积在地板上，在每个蹲位上。似乎很多人都不愿意在蹲厕的洞里解决问题。厚厚的积雪之中，在雪融化了又冻上形成的一层冰的下面，是或丰富或孤单的粪便之所在，像保存在玻璃之下似的，芥末般明亮，木炭般肮脏，每堆都形态各异。露丝一瞥见，肠胃就有反应，她被绝望紧紧控制住了。她在门口停了下来，强迫不了自己进去，于是决定可以再等等。有两三次，她在回家的途中尿了裤子，从学校跑回店里的路程并不远。弗洛直犯恶心。

"尿啦，尿啦，"她大声喊道，嘲笑露丝，"走回家路上，她还尿啦。"

弗洛同时也感到相当愉快，因为她喜欢看到人们向现实低头，让自然行使它的权利。她是那种在洗衣袋里找到什么都会公之于众的人。露丝感到羞耻，但是她没有把遇到的问题说出来。为什么？她大概是担心弗洛会出现在学校，拿着桶和铁锹铲个干净，然后严肃地把每个人都批评一顿。

她相信学校里形成的秩序是改不了的，而那里的规矩跟弗洛能理解的一切都不一样，野蛮行为数不胜数。她现在将公正和干净视为纯洁，是出于她早年形成的认知。她正在建构第一层认知，然而她无论如何都无法将其表达出来。

她永远也没法说伯恩斯先生的事。刚开始上学没多久，那时候她还不知道自己会见识到什么样的事情——或者说，到底有什么事情是可见识的——露丝跟其他几个女孩沿着学校的围栏小跑，穿过红色站台和秋麒麟草，蹲在校园后面伯恩斯先生的厕所外偷看。有人够到围栏底部把下面的木板抽掉了，你可以看到里面的光景。视力模糊、大腹便便、邋里邋遢、精神矍铄的老伯恩斯先生向后院走过来，自言自语，唱着歌，用他的拐杖抽打着高高的野草。在厕所里也一样，片刻绷紧和沉默过后，他的声音就亮了起来。

> 翠绿的山丘在远方
> 在那城墙外
> 死去的君主被迫害
> 为我们他上了天堂

伯恩斯先生的歌唱并不虔诚，而是凶巴巴的，似乎在这个时候，他都渴望着一场战斗。在这一带，宗教信仰大多显现于战斗之中。人们分为天主教徒和原教旨清教徒，为了荣誉而互相骚扰。很多清教徒或者他们的家人都曾是圣公会信徒和长老会信徒。但是他们太穷，往往没钱去教堂，所以势头一转，就要去参加救世军[1]，参加五旬节派[2]。其他人曾是彻头彻尾的异教徒，直至获得拯救。有人现在还是异教徒，但是在战斗中又变成了清教徒。弗洛说圣公会信徒和长老会信徒都是势利鬼，剩下的则是狂热之徒，而天主教徒又总能容忍任何表里不一或者玩忽职守的行为，只要他们从你口袋里为教皇拿到足够的钱就行。所以露丝哪个教堂都不用去。

所有的小女孩都蹲在那儿看，往里面偷瞄，透过小洞瞄到伯恩斯先生身体下垂的某部分。很多年以来，露丝都觉得自己看到

---

① The Salvation Army，一个成立于 1865 年的国际性宗教及慈善公益组织，以街头布道、慈善活动和社会服务著称。
② Pentecostalism，基督教的一支，起源于 20 世纪初的美国，该教派特别强调说方言是领受圣灵恩赐的证据。

了睾丸，但是回想起来她觉得那只是屁股而已。有点像奶牛的乳房，不过看上去有个多刺的表层，就像被弗洛煮熟之前的动物舌头。她不吃那舌头，告诉布莱恩那是什么之后，布莱恩也不吃，于是弗洛就生气了，说你们要不吃就自己喝西北风去吧。

大一点的女孩并没有蹲下去看，只是站在一旁，有些人发出了作呕的声音。有些小女孩跳起来加入她们，跃跃欲试想学那声音。但是露丝还是在那儿蹲着，为此感到惊异，为此陷入沉思。她是很想仔细琢磨下这事儿的，但是伯恩斯先生移动了身子，系上了纽扣，唱着歌。女孩们偷偷沿着围栏喊他。

"伯恩斯先生！早上好伯恩斯先生！烧你的蛋蛋先生①！"

他对着围栏大吼起来，用拐杖劈打着，仿佛她们是小鸡似的。

所有人，无论年长的还是年幼的，男孩还是女孩，当然除了老师——老师会在放学的时候锁上门，待在学校，就像露丝冒着各种意外之险，忍受着各种痛苦，直到回到家才能松口气一样——所有人都跑过来往男厕所入口通道看，人们四处讲："矮子·麦吉尔在操弗兰妮·麦吉尔！"

他们是兄妹。

这段关系，被表演出来。

这是弗洛所用的词汇：表演。在乡下，在她长大的山区农场里，弗洛说，人们都是疯疯癫癫的，他们吃水煮干草，和近亲一起"表演"。露丝在搞懂她的意思之前，经常会想象那些临时

---

① 此处的原文为 Mr. Burns-your-ball，"伯恩斯"的原文为 Burns，与单词 burn（燃烧）发音相似，故作此译。

舞台，比如在老谷仓里临时搭建的晃悠悠的舞台上，一家老小共同唱一首很傻的歌，背诵一首诗。表演得可真好啊！弗洛会厌恶地说，吐出烟雾，她说的不是某一场表演，而是在这世界上发生着的，过去、现在和未来所有这类的"表演"。人们的消遣方式，就如同他们找的借口一样，让她无法不惊讶。

弗兰妮和矮子的这个主意是谁出的？很有可能有些大男孩问矮子敢不敢这么做，或者是他自己吹嘘，然后别人挑唆他。有一件事是确定的：这不是弗兰妮的主意。她是被抓住干这事儿的，她是受困的人。你也不能说抓住，真的，因为她没有逃，也没觉得能有多大希望逃。但是她表现出了不情愿，别人得拽住她才行，然后把她推倒在他们想要解决的地方。她知道要发生什么事情吗？她至少会知道，别人为她设计的那些事情，没有一件会让她感到愉悦。

弗兰妮·麦吉尔还是个婴儿的时候，曾经被她的爸爸在喝醉的情况下猛撞到墙上过。弗洛是这么说的。另一个故事则说的是弗兰妮从一艘小艇上栽了下来，烂醉如泥，被马给踢了。反正，就是被狠狠撞过。她的脸最糟糕。她的鼻子整个歪了，所以每次呼吸都会发出一阵长长的、阴沉的鼻息声。她的牙齿狠狠地挤在一起，所以她闭不上嘴巴，也含不住口水。她肤色苍白、瘦骨嶙峋、一瘸一拐、胆战心惊，就像个老女人似的。就这样自生自灭到了二年级或者三年级，她能读点写点，但是很少有人叫她这么做。她可能并不像大家所想的那么愚蠢，只是因为长期遭受攻击，变得愣愣的，很茫然。然而，她还抱着些希望。那些没有马上打她或者侮辱她的人，她会跟着他们，她会给他们一些蜡笔头和从椅子、凳子上刮下来的口香糖。见到她马上躲开是必要的，你看到她的时候，要露出警告的怒容。

走开弗兰妮，走开，不然我就打你了。我会的。我真的会。

矮子对她的利用，别人对她的利用，会继续下去。她会怀孕，被带走，回来，再怀孕，被带走，回来，怀孕，再次被带走。有人说让她绝育吧，让狮子会①付钱好了，有人说让她闭嘴，突然得个肺炎死掉，一劳永逸得了。后来，当露丝在书上或者电影里看到一个白痴的、圣徒般的妓女形象时，她就想起了弗兰妮。写书和拍电影的男人们喜欢在他们的作品里塑造一个这样的角色，但是露丝注意到他们总会将她收拾干净。她觉得他们作弊了，他们没提那呼吸、那口水、那牙齿的事；他们拒绝承认那阵阵恶心带来的刺激感觉，他们只是急着收获崇高的概念，那抚慰人心的空白，那一视同仁的欢迎。

然而弗兰妮对矮子表示的欢迎并没有那么崇高。她会吼叫，由于她的呼吸问题，她的声音会抖动，会有痰声。她的一条腿会一直抽动。要么是鞋子掉了，要么一开始就没穿鞋子。她的腿很白，光着脚，脚趾上沾着泥——看上去太正常、太饱满、太体面了，都不像是弗兰妮·麦吉尔的腿。那就是露丝所能看到的全部景象。她长得小，又被挤到了人群后面去。大一点的男生围着他们，高喊着助威，大一点的女生在后面晃荡，发出哧哧的笑声。

---

① Lions Club，全称为国际狮子会（Lions Club International），成立于1917年，是世界上最大的慈善服务组织。

露丝饶有兴致，而不觉得这构成了什么威胁。弗兰妮的"表演"并不具有普遍性，不代表这能对其他人造成什么后果。只有她继续被欺负罢了。

多年以后，当露丝跟别人说这些事情的时候，他们的反应就大了。她得发誓这的确发生过，她不是在夸张。那些事的确是真的，但是效果出乎意料。她的学校教育听上去惨得可以。听上去她肯定深感痛苦，但情况并非如此。她在学习。她学会了在那些一年会发生两三次的大型斗殴之中应该怎么做。她是中立的，这是个严重的错误，这会让双方都不待见你。你要做的，就是跟和你住得最近的人结成联盟，这样你走回家的时候就不会遭遇太多危险。她从来不知道打那些架到底是为了什么，她也没有什么优秀的战斗本能，不太懂到底有什么必要。她总是会被从身后砸来的一个雪球、一颗石头或一块木瓦偷袭成功。她知道在学校这个世界里，她永远也不能茁壮成长，永远也不会到达一个安全的位置——如果的确有这么个位置的话。但是她并不痛苦，除了她不能上厕所这件事情。学习如何生存，不管是以何种懦弱和谨慎、何种惊诧和预感来学习生存，那跟痛苦也是不一样的。这太有趣了。

她学会了如何避开弗兰妮。她学会了永远不要靠近学校地下室，那里所有的窗户都是破的、黑的、湿淋淋的，就跟山洞似的；还学会了避开楼梯下的漆黑之处和木柴堆之间的地方；不要以任何方式引起大男孩们的注意，他们对她来说就像野狗一样，发起攻击时一样敏捷、强壮、任性无常、精力旺盛。

早些时候，她犯过一个后来再也没有犯过的错误，就是告诉弗洛一件事情的真相，而没有扯谎。有一次露丝在下防火梯时，有个大男孩，莫雷家的男孩中的一个，绊住她一脚，抓住了她，从袖孔那儿把她的雨衣袖子给撕开了。弗洛到学校去大闹了一番（她就是这么打算的），然后听见有人作证说是露丝自己挂住了钉子扯开的。老师情绪阴沉，不表态，但她暗示弗洛来这趟是不受欢迎的。在西汉拉提，大人们都不来学校。妈妈们是派别各异的争斗者，她们会在大门前示威、喊叫；有的甚至还会冲出去抓头发、挥砖块、亲自上阵。她们会在背后辱骂老师，然后送他们的孩子上学，叫他们一句话也别听老师的。但是她们从来不会像弗洛一样，踏入学校的领地，升级到投诉的高度。她们也从来不相信犯错的人会承认错误，会受到处置，正义会得到伸张，而是会撕破莫雷的大衣，实施复仇，在衣帽间悄悄搞破坏。但弗洛却似乎相信那些——就在这次，露丝第一次看出弗洛也不是什么都懂，也会犯错。

弗洛说老师自己都不知道自己该干什么。

但是老师知道。老师非常清楚。下课后就把门锁上，让外面要发生的事情发生去。她从来不会让大男孩们从地下室上来，或者从防火梯进来。她让他们砍柴火、烧炉子，把水倒进饮水桶里去；其他时候他们就自由了。他们不介意砍柴或者倒水，尽管他们喜欢把人按在冰冷的水里，拿着斧头差点砍人。他们待在学校里，只是因为没其他地方可去。他们已经到了要去工作的年龄，却没有他们能干的工作。大一点的女孩能找到工作，至少是当个女佣，所以她们不会留在学校里，除非打算参加升学考试，然后上高中，也许将来能在商店或银行找到工作。有些人会这样。西汉拉提这个地方的女孩子上升要比男孩子容易。

大一点的女孩，除了那些在升学班继续上课的之外，都被这位老师叫去忙活了。她们忙着教育那些小孩子，哄他们、扇他们耳光、给他们纠正拼写，他们原本的铅笔盒、新蜡笔、好家伙玉米花①附赠的玩具珠宝之类的有趣玩意儿，如今也被大女孩们夺去自己用了。在衣帽间发生的事，午餐盒被偷走、外套被撕破，或者当众脱别人裤子这些事情，老师不觉得是她自己该管的。

她完全不是个热情、具有想象力和同情心的人。她每天从汉拉提上桥出发，那里有她生病的丈夫。她人到中年，返校教书。这大概是她能找到的唯一一份工作了。她得坚持下去，所以也就坚持了下来。她从来不会往窗户上贴贴纸，或者在练习本上贴金色的星星。她从来不会用彩色粉笔在黑板上画画。她没有金色的星星，也没有彩色粉笔。她并不爱她所教的东西，也不爱她所教的人。她一定希望——如果她也会希望点什么的话——有一天有人告诉她，她可以回家了，再也不用看见他们任何一个人，不用打开拼写课本，再也不用了。

但是她的确是教了些东西的。她一定教了升学班同学些知识，因为有些人通过了考试。她一定也尝试教了每个来学校的人如何读书，写作，做简单的算术。楼梯的围栏被敲倒了，地上的

---

① Cracker Jack，美国百事食品公司旗下的一款爆米花零食，其最著名的特色是包装内部附有一个玩具。

桌子腿儿拧松了，炉子会冒烟，管子是用电线绑着才不至于散架，没有图书馆书籍，没有地图，粉笔从来都不够，就连戒尺都是脏的，一头裂开了。打架、性爱、偷窃是在这里发生的重要的事。但无论如何，图表和数据都被妥当放置。尽管乱作一团，尽管有诸多不适，尽管无可救药，普通课堂的规矩仍然维持着——这是她的布施。有些人学会了减法。有些人学会了如何拼写。

她吸鼻烟。她是露丝见过的唯一一个吸鼻烟的人。她会在手背上撒一点点，将手背凑到脸前，优雅一抽。她的头向后仰，露出喉咙来，她在寻找一个可以表示出轻蔑和挑战的瞬间。不然的话她其实毫无特别之处，她是一个身材发胖、头发灰白、衣衫破旧的人。

弗洛说她大概是被鼻烟的烟给呛了脑子。就像染上了毒瘾一样。烟只会麻痹你的神经。

学校里有一件事情是可爱而迷人的。鸟儿的照片。露丝不知道老师是不是亲自爬上去把它们钉在黑板上面的，总之这高度让人们难以亵渎，也不知道这照片是不是她第一个和最后一个努力的希望，不知道它们是不是早就在那里，在学校没那么混乱的时候。它们是从哪儿来的？为什么会在这里？这周围可没有任何形式的装饰和图案啊。

红色脑袋的啄木鸟、黄鹂、蓝雀、加拿大雁。它们的色泽清雅而持久。背景有皑皑白雪，花儿盛放的枝条，还有醉人的夏日天空。在一个平常的教室里，它们看上去并不出奇。但在这儿，它们明亮而有力，这些照片与周围的一切是如此不同，看上去，它们代表的不是鸟儿本身，不是蓝天和白雪，而是另一个世界，这个世界有坚守的纯洁，有充裕的信息，有它特权般的无忧无虑。那里没有偷饭盒，没有撕外套，没有脱裤子，也不会有人用棍子把你戳得很痛，没有性爱，没有弗兰妮。

升学班上有三个大女孩。一个叫多娜，一个叫科拉，一个叫柏妮丝。她们三个组成了升学班：没别人了。三个女王。但是如果你细看，就会发现其实是一个女王和两个公主。露丝是这么看待她们的。她们在校园里手挽着手走着，或者手臂绕在另一个人的腰上。科拉在中间。她是最高的那个。多娜和柏妮丝靠在她的身上，同时将她衬托而出。

露丝爱的是科拉。

科拉跟她的祖父母住在一起。她的祖母过桥去汉拉提给人洗熨衣服。她的祖父是一个"掏蜜的"。这意思是他是个到处扫厕所的。这是他的工作。

在省下钱搭建一个真正的卫生间之前，弗洛已经在柴房角落里放了一个化学掩臭剂了。比起到外面去上厕所，这是个更好的安排，特别是在冬天。科拉的祖父不同意。他对弗洛说："不少人买了这些化学用品，都后悔了，希望自己没买。"

他把"化学用品"这个词里的"ch"发成了跟"教堂"里的"ch"一样的音。①

_____

① "化学用品"与"教堂"的英文分别为 chemicals 和 church，两者都以字母"ch"开头。

科拉是私生女。她的母亲在其他地方工作，或者已经结婚了。可能是去给别人当用人，这样才得以给她寄旧衣服。科拉有很多衣服。她会穿着黄褐色缎子去上学，衣服在臀部泛起波纹；宝蓝色的天鹅绒，一朵同样材质的玫瑰从肩上垂落下来；还有带流苏的玫瑰红色绉纱。这些衣服对她来说太老气了（露丝不这么看），但是不算太大。她长得很高，很结实，也很有女人味。有时候她在把头发卷起来立在头上，让发尾悬落于一只眼睛旁。她、多娜和柏妮丝经常把头发梳成成年人的式样，嘴唇涂得浓浓的，脸颊擦上厚厚的粉。科拉给人的感觉很"重"。她的前额油滑，深色的眼皮显出慵懒，有一种成熟而舒适的自我满足感，很快就会显得顽固，变成一种妇人的富态与庄重。但是她此时处于巅峰状态，走在校园中，随从在旁（随从就是长着苍白椭圆脸蛋、满头鬈发的多娜，最接近于漂亮的那一个），她们手挽着手，聊着正经事。她并没有在学校里的男生身上浪费什么时间，这些女孩都不会这样做。她们在等待——也许已经找到了——真正的男朋友。一些男孩从地下室的门口冲她们喊，满心想着羞羞她们，科拉就转过身去，朝他们吼。

"睡摇篮太老，睡床上你还嫩！"

露丝不知道这句话是什么意思，但是她对科拉心生羡慕，羡慕她能够开口发出这般嘲弄且残忍、漫不经心又满不在乎的声音，羡慕她那神采奕奕的模样。她一个人的时候会把这一幕演出来，假装男孩子在叫唤，露丝扮演科拉。她会像科拉一样转过身去，想象一副要治他们的样子，她会发出这般挑衅的嘲讽。

睡摇篮太老，睡床上你还嫩！

露丝在店铺后面的院子里走着，想象丰盈的绸缎波纹落在自己的臀部，她的头发卷起又垂落，嘴唇红润。她希望自己长大后就是科拉那个样子。她不想等着长大，她就想变成科拉，就现在。

科拉穿着高跟鞋去上学。她走路并不轻快。当她穿着华丽阔气的裙子在教室里走动的时候，你能感觉到整个屋子都在抖动，你能听到窗户噼啪作响。你还能闻到她的味道。她浓妆的味道，她暖暖的深色肌肤和头发。

在天气转暖的第一天，她们三个人坐在防火梯的顶部。她们在涂指甲油。闻着像香蕉味，混着点奇怪的化学味道。露丝本来想从防火梯上去进学校的，她平常也这么做，为的是避免走正常大门时天天都能遇到的威胁。但是当她看到那些女孩都坐在那儿的时候，她转身就走，她不敢指望她们让路。

科拉叫住她。

"你想过来就过来呀。过来呀！"

她在逗弄她，鼓动她，就像对待一只小狗一样。

"你想涂什么样的指甲油呀？"

"那她们就都会想涂了。"那个叫柏妮丝的女孩说，她就是那个拥有指甲油的人。

"我们不给她们涂，"科拉说，"我们就给她涂。你叫什么名字？露丝？我们就给露丝涂。过来吧，亲爱的。"

她让露丝伸出手。露丝惊恐地看着，那只手肤色斑驳，显得邋里邋遢的。它冰凉凉、颤巍巍的。一个又小又恶心的东西。露丝觉得科拉很有可能把它甩开。

"张开你的手指。对啦。放松。看看你的手都在抖呢！我又不会咬你。对吧？像个好女孩一样，稳稳地把手伸好。你不想让我涂得歪歪扭扭吧？"

她在瓶子里蘸了蘸。深红的颜色，像浆果一样。露丝喜欢那味道。科拉的手指粗大、红润、稳当而温暖。

"好看吗？你的指甲是不是很好看？"

她给她做的是那种难度很高、现在已经不流行的风格，在月牙和指甲的顶部留了白。

"跟你的名字很像，红润润的。这名字很好听，露丝。^① 我喜欢，多过科拉这名字。我讨厌'科拉'。天气挺暖和的，你手指好凉啊。跟我的比起来，是不是挺凉的？"

她沉湎于这种调情，那个年龄的女孩都喜欢这样。她们会在任何事物上，在小狗小猫身上，在镜中对着自己的脸，施展这种魔力。此时露丝也已经被这魔咒制服，顾不上自我欣赏了。她已被这深深的眷顾弄得柔弱无力、目眩神迷。

从那天开始，露丝就深陷其中了。她花时间去学科拉怎么走路，怎么才能看着像她，重复她说过的每一个字。她试着成为科拉。科拉做的每一个动作对露丝来说都颇具魅力，她将铅笔插进

---

① "露丝"这个名字的英文原文为 Rose，亦有"粉红色、玫瑰色"之意。

那厚厚的、粗糙的头发里，在学校的时候，她发出那种帝王般的厌倦的呻吟声。还有她舔舔手指，仔细润润眉毛的样子，露丝也舔舔手指，润润眉毛，希望它们能浓郁乌黑一点，不要像漂白过的一样，看都看不见。

模仿还不够。露丝还想要更多。她想象自己病了，有人叫科拉来照看她。临睡前抱一抱，摸一摸，摇一摇。她自己编造关于遇到险情、实施营救的故事，突发意外，最后感激涕零。有时候是她救了科拉，有的时候是科拉救了她。然后一切都温暖如初，大家陶醉着，互相敞开心扉。

这名字很好听。

过来吧，亲爱的。

关于爱，这样的开场，这样的进展，这样的涌流。这是关于性的爱，但是还不知道它的重点应该放在哪儿。它肯定从一开始就存在了，就像桶里硬硬的白色蜜糖，正待融化和流淌。但有些不够清晰，缺乏了一些迫切感；爱不同性别的人，是有微妙差别的；如果不是这样的话，那就是同一回事了，从那时起就已征服露丝的都是同一回事。它像潮水涌来，让人失去知觉，如山洪暴发。

路边的丁香树、苹果树和山楂树，当它们开花时，大一点的女孩们就开始玩起葬礼的游戏。扮演死者的女孩——只有女孩玩这个游戏——就躺在防火梯的顶部，身体舒展。其他人慢慢地围过来，唱着赞美诗，把满怀的花撒下去。她们弯下身，假装哭泣（有些人还真哭了），瞥去最后一眼。这就是整个仪式了。本来说，每个人都有一次死亡机会的，但是事实不是这样。大女孩们轮着演完死者之后，就没心思给小一点的女孩们配戏了。那些留下来玩的人很快就意识到，这个游戏已经失去了它的重要性、它原本的魅力，所以也就转身离开，只有那些没什么地位的顽固分子在那儿坚持搞完。露丝就是其中一个。她希望科拉会走上防火梯，排进她周围的队伍里，但是科拉忽略了她。

扮演死者的人可以选择葬礼上唱哪首赞美诗。科拉选择的是《天堂美丽如是》。她躺在花丛之中，大多是丁香花，穿着那件玫瑰红的绉纱裙，还有些珠串，一枚以绿色亮片组成她名字的胸针，粉涂得浓浓的。嘴角柔软的汗毛上细粉颤抖。睫毛轻轻扇动。她神色专注、眉头紧蹙，肃穆地一去不返。悲伤的曲子唱了起来，丁香花撒了下去，露丝几乎就要做点什么来表达她的崇拜与爱了，却又手足无措。她只能记住一些细节，待稍后再去回想。科拉头发的颜色。别到她耳朵旁的发丝闪闪发亮。那是浅浅的焦糖色，比头顶的发色要显得暖和。她的手臂没有遮盖，肤色黝黑，平伸出去，流苏就盖在这成年女人般的结实手臂上。她真正的气味是什么样的呢？她修过的眉毛下，眉头稍皱却怡然自得，这又表示着什么呢？事后露丝独自一人时，她会将这些仔细思考一番，回想、熟习，并永久地将它们化为己有。这又有什么作用呢？当她想起科拉的时候，她的脑中就浮现出一个周围发亮的黑点，那中心正在融化，散发出烤焦巧克力的味道，那是她永远无法领悟的深意。

当爱情发展到这个地步时，又当如何是好呢？她的爱已经抵御无力、不可救药、走火入魔了。得有当头一棒才好。

她很快就犯了个错误。她从弗洛的店里偷了些糖果，要给科拉。这件事情没过大脑、行为失当，很小孩子气，偷糖果的时候她就知道。不仅仅是错在偷东西，尽管偷也是件蠢事，而且没那么容易。弗洛把糖果摆在柜台后面，那个斜斜的架子上，盒子是打开的，小孩子虽然够不着，但是能看见。露丝得看准时机，爬上椅子，抓着什么是什么，往袋子里填——橡皮糖、软心豆、甘草什锦糖、枫芽糖、鸡骨糖。她自己一颗都没吃。为了把袋子拿去学校，她把它藏在自己的裙子下面，袋子口塞进内裤的松紧带里。她用手臂紧紧压在自己的腰上，保证里面稳稳当当。弗洛说："你怎么了？肚子疼吗？"不过幸运的是她太忙了，没有时间细究。

露丝把袋子藏在桌子下，等待一个机会，不过这机会并没有如期而至。

即便这糖果是正正当当买来的，整件事情也是个错误。刚开始她们的关系没问题，但现在不一样了。现在她要求太多，她需要感激，需要得到承认，却没有准备好接受任何东西。哪怕科拉只是偶然踏着沉重而权威的步伐走过她桌前，散发出一阵发自肌肤的香水味，她的心便会跳得怦怦响，她的嘴里会充满一种混合着渴望和绝望的奇特黄铜味。没有任何举动能表达露丝的感受，也没有任何举动能让她得到满足，她知道她做的事情很出丑、很不幸。

她没办法将糖果亲手送上，总也碰不上一个正好的时机，所以几天之后，她决定把那个袋子留在科拉的桌子里。连这都是件难事。时间在四点之后。她得假装她落了什么东西，所以才跑回学校，她也知道，她这么回来，待会儿独自出去的时候，会遇到那些在地下室门口的男孩。

老师在那儿，她正在戴帽子。每天走过桥的时候，她都戴上那顶旧的绿色帽子，上面还插着几根羽毛。科拉的朋友多娜在擦黑板。露丝想把袋子塞进科拉的桌子里。有东西掉了出来。老师没管，但是多娜转过身来冲她喊："嘿，你在科拉的桌子里搞什么呀？"

露丝把袋子扔在椅子上，跑了出去。

露丝完全没有想到的是，科拉会到弗洛的店里，把糖果交上去。但是科拉的确这么做了。她这么做不是为了给露丝添麻烦，就是自我享受而已。她喜欢感觉自己很重要，很体面，喜欢成人间交易的愉悦感。

"我不知道她送我这个是想要怎么样。"她说，或者说，弗洛是这么复述的。弗洛这次模仿得完全不像，在露丝听来这根本就不是科拉的声音。弗洛把她模仿得做作而幽怨。

"我——想——我——最——好——来——告——诉——你——一——声！"

反正糖果也不太能吃了。全都受了挤压，融在了一块儿，所以弗洛把它们给扔掉了。

弗洛目瞪口呆。她是这么说的。不是因为偷东西。她自然是反对偷东西的，但是在这件事情上，她认为这只是二等罪恶，不是最重要的。

"你拿这个干吗？你给她吗？你给她干吗呀？你爱上了她还是怎么着？"

她这么说，是侮辱，也当是讲个笑话。露丝说不是，因为她理解的爱是跟电影结局、跟亲吻、跟结婚联系起来的。此刻她感觉震惊，感觉自己无处遁形，在她尚未察觉的情况下，她已经开始枯萎零落，边缘开始蜷缩起来了。弗洛咄咄逼人，像要吸干她，让她凋谢。

"你就是这样，"弗洛说，"你让我感到恶心。"

弗洛说的不是后来人们称之为同性恋的事。如果她知道，或者想过那一点，这件事在她看来会更像一个笑话，比日常生活中的其他不当之举更加怪诞，更加难以理解。让她厌恶的是爱本身。是甘愿被征服，是自我降格、自我欺骗。是这些刺激了她。她看到了危险，没错；她看到了缺陷。这种轻浮莽撞的希望，这种满心乐意，这种需求。

"她有什么好的？"弗洛问，然后马上自己回答说，"没有。她离好看还差得远着呢。她以后会变成一个肥胖的怪兽。我能看到这迹象。她还会长胡子。她其实已经有胡子了。她的衣服是从哪儿来的？我猜她还觉得它们挺合适的吧。"

露丝没有回应，弗洛又继续说，科拉没有爸爸，谁知道她妈妈是干什么的，她爷爷又是什么人？那个"掏蜜的"！

时不时地，弗洛就会把话题引向科拉，来来去去讲了好几年。

"你的偶像在那儿呢！"在科拉上高中之后，如果看见科拉走过她的店铺，她会这么说。

露丝假装什么都想不起来了。

"你认识她的！"弗洛接着说，"你还想给她糖果呢！你还为她偷了糖果呢！可把我给笑死了。"

露丝的假装并不全是谎言。她记得那些事情，但已经忘却了那种感觉。科拉已经变成一个身材硕大、皮肤黝黑、满脸愠怒的女孩，她的肩膀圆圆的，背着她的高中课本。那些课本对她来说没什么用，她没有通过高中的考试。她穿着普通的上衣，还有海军蓝的裙了，这么看起来的确显胖。也许失去了那些优雅的裙子，她的个性也就荡然无存了。她离开了，找了一份战时的工作。她加入了空军，放假回家时，身体捆在那可怕的制服里。她嫁给了一名飞行员。

面对这种失去，这种转变，露丝并没有心烦意乱。就她的经验而言，生活其实就是一系列出乎意料的变化。她只是在想弗洛的想法有多过时，当弗洛滔滔不绝地回忆起那件事，把科拉说得越来越糟，说她黑，说她多毛，说她大摇大摆，说她胖。很久以后，露丝才明白弗洛是在试图警告她，改变她，但已无济于事。

学校因为战争的关系而发生了变化。它的规模缩小了，那股恶意的力量尽失，还有那种无政府主义精神，那种独特的风格。凶猛的男孩们参了军。西汉拉提也变了，人们搬走了，去参与战时的工作，即便是那些留下来的人也在工作，领着他们做梦也想不到的薪水。除了最顽固的部分，一切开始变得体面。房顶都铺上了木瓦，而不是一块块打补丁。房子也都上了色，或者用仿砖装饰表面。人们买了冰箱，并且吹嘘冰箱有多好。当露丝想起西汉拉提的时候，战争前那几年跟战争时那几年是完全不一样的，就像打了两种不同的灯光，或者仿佛它们在电影里，但电影的画质并不一样，一种清晰，体面，规矩又普通；另一种昏暗，颗粒粗糙，混乱，令人不安。

学校也被整修了。换了新的窗户，桌子和地板间的螺丝拧紧了，墙上的脏话隐藏在暗红色油漆的粉刷下。男厕所和女厕所被推倒了，坑都填上。政府和学校董事会觉得，整修一新的地下室刚好适合安装抽水马桶。

所有人都在顺应这种趋势。伯恩斯先生在夏日去世，买了他房子的人建了一个卫生间。他们还在四周立起了高高的铁丝网，这样学校的人就不能伸手进去摘他们的丁香花了。弗洛这个时候也搭建了一个卫生间。她说他们也应该动动工，这是战争带来的繁荣时代。

科拉的祖父只好退休了，于是再也没有出现过另一个"掏蜜的"。

半个柚子

露丝通过了升学考试，走过桥，上高中。

墙上有四面大大的干净窗户。头顶是崭新的日光灯。这门课是"健康与指南"，一个教学新主意。男生女生混在一起上课，圣诞节过后，他们就开始上"家庭生活"课。教这门课的年轻老师是个乐天派。她穿了一件亮红色的套装，上衣拉展能盖过臀部。老师沿着一排排座位走过来又走过去，让每个人都讲讲自己早饭吃了些什么，来检查他们是否遵守加拿大饮食规则。

城镇和乡村间的差异很快就显现出来了。

"油炸土豆。"

"面包，还有玉米糖浆。"

"茶和粥。"

"茶和面包。"

"茶、煎鸡蛋，还有农家肉卷。"

"葡萄干馅饼。"

有人在笑，老师板了板脸，但没什么用。她开始走向城里的同学。教室里，同学们自行划成两派，坐在两个方位。这边的人说自己吃了吐司就果酱，培根和鸡蛋，玉米片，甚至还有华夫饼就糖浆。橙汁，有些人说。

露丝挤进了城里人的最后一排。除了她，没有人来自西汉拉提。她实在太想跟城里同学一道，与自己原来的地方对立起来，跟那些吃华夫饼、喝咖啡，对早餐颇有见地的优越人士扯上关系了。

"半个柚子。"她大胆地说。没人想到过这个。

事实上，弗洛会觉得早餐吃柚子跟喝香槟一样糟糕。他们在店里压根就不卖柚子。不怎么进新鲜水果。有些带斑点的香蕉，还有些成色不佳的小橙子。跟很多村里人一样，弗洛觉得所有没有好好煮过的东西都对胃不好。早餐她们也喝茶和粥。夏天会吃泡米。吃泡米的第一个早晨，它轻得就像花粉一样，撒进碗里，那是快乐的、令人振奋的时刻，就像头一回甩掉了橡胶鞋，赤脚踩在硬硬的路上；又像在天寒地冻和苍蝇乱飞之间的那段可爱、短暂的季节，头一回敞开了门。

露丝很高兴自己能想到柚子这东西，而且以这样自信又自然的语调说了出来。在学校她的声音会变得又干又哑，她的心脏滚动成一个巨大的球体堵住了喉咙，汗水使衬衫像石膏一样紧紧黏住手臂，即便不说话时也是这样。她的神经被下了诅咒。

几天之后，她走上那座桥回家，路上听见有人在喊她。喊的并不是她的名字，不过她知道是在叫她，所以她在桥板上放慢脚步，听了起来。那些声音似乎是从她脚下发出来的，尽管她从桥上的缝隙往下看，只能看见湍急的流水。一定有人躲在了桥桩旁边。它们像在渴望些什么，伪装得恰到好处，露丝都分不清到底是男孩还是女孩的声音。

"半——个——柚——子！"

那些年里，她仿佛听到有人一遍又一遍地在喊这句话，从小巷，或从一扇漆黑的窗户传来。她从不暴露自己听见了什么，但很快她就又要摸摸自己的脸，擦去上唇的水汽。人们出汗，总是因为撒了谎。

事情本来还可以更糟的。丢脸这件事最容易。高中生活处处是险境，在那干净而刺眼的强光底下，没有人会忘记你做过些什么。露丝也可能会成为那个丢了高洁丝卫生巾的女生。那可能是个乡下姑娘，她把卫生巾放进口袋里，或者夹在笔记本后面，等晚些时候再用。住得远的人一般都会这么做。露丝自己也这么干过。女厕所里有一个高洁丝卫生巾自动贩售机，不过总是处于缺货状态，你投硬币进去，结果它什么都没吐出来。大家都知道，有两个乡下姑娘商量好，在午餐时间去找清洁工让他把货补上。没用。

"你们俩谁要用？"他说。于是她们就逃跑了。她们说这清洁工的屋子就在楼梯下，里面有一张脏兮兮的旧沙发，还有猫的骷髅。她们发誓说，这千真万确。

那片卫生巾一定是掉在了地上，或者衣帽间里，然后被人捡了起来，偷偷放进大厅的奖杯陈列柜。这下人人都看见了。因为经过了折叠，在运送至奖杯橱窗的过程中又一番折腾，它已经不是原本的样子，表面皱巴巴的，所以有可能让人想到，它之前还被人家放在身子底下暖过。大丑闻。在早晨的大会上，校长提到了这个令人恶心的东西。他发誓，一定要把将它放进橱窗的肇事者找出来，公开批评，严加责罚，开除出校。学校里的每一个女孩都否认自己知道这件事。一时兴起不少说法。露丝担心别人怀疑卫生巾是她的，所以当人们的目标锁定在一个块头很大、脸色阴沉、名叫莫瑞尔·梅森的乡下女孩身上时，她大大地松了一口气。这个女孩会穿着粗纺人造纤维的居家便服上学，还有体臭。

"你今天戴那破布了吗，莫瑞尔？"男孩会这么跟她说话，会在她背后喊她的名字。

"如果我是莫瑞尔·梅森，我会想自杀的，"露丝在楼梯上听见一个高年级的学生对她的伙伴说，"我一定会自杀的。"她的声音里并没有同情，而是不耐烦。

露丝每天回家后都会告诉弗洛今天学校发生了什么。弗洛很喜欢听高洁丝卫生巾那一段，会问她有没有什么新进展。不过弗洛从来没有听她说过半个柚子的故事。要是那故事不能把她自己摆在一个优越的、旁观者的位置上，她就不会讲。错误都是别人犯的，这是弗洛和露丝的共识。当露丝离开学校，走上桥，将自己转化为一个叙述者，她就变得不一样了，效果显而易见。她不再紧张了。她会发出质疑的声音，穿着那红黄相间的格子裙，臀部轻轻摆动，昂首阔步，得意扬扬。

弗洛和露丝变换了角色。现在露丝才是把故事带回家的人，弗洛成了那个记住故事的主角叫什么名字、等着听后续的人。

霍斯·尼科尔森、德尔·费尔布里奇、小不点·切斯特顿。弗洛伦斯·多迪、雪莉·皮克林、鲁比·卡拉瑟斯。弗洛每天都在等待他们的新消息。她称他们为"小丑角儿"。

"喂,那些小丑角儿今天又干了些什么?"

她们会坐在厨房里,门向店铺敞开着,因为随时可能会来顾客,如果她父亲从楼梯那边叫人,也可以听得到。他卧病在床。弗洛煮了咖啡,她让露丝从冰箱里拿几瓶可乐出来。

露丝带回来的就是这类故事:

鲁比·卡拉瑟斯是那种很放荡的女孩,红头发,斜眼很厉害。(现在跟过去的最大区别之一就是,在那个时候,不管你是斜眼还是斜视,都没人当回事,他们不会管你牙齿有没有叠着长,长到哪边去都无所谓,至少在乡下,在西汉拉提这样的地方是如此。)鲁比·卡拉瑟斯为姓布莱恩特斯的工作,就是做五金器具生意的那家。他们常常跑去看赛马或者冰球,或者去佛罗里达,这个时候鲁比就待在他们的屋子里,干点家务活赚她的伙食费。有一次,她又一个人在那里时,有三个男孩跑过去看她。德尔·费尔布里奇、霍斯·尼科尔森、小不点·切斯特顿。

"他们去看能不能揩到什么油。"弗洛插嘴道。她看看天花板,跟露丝说声音要压低一点。她的父亲不会喜欢这种故事的。

德尔·费尔布里奇是个很好看的男孩,自负,不是很聪明。他说他要进屋子说服鲁比跟他干那事儿,如果能行,他会让她跟他们三个都干一遍。不过他不知道的是,霍斯·尼科尔森已经约好鲁比跟他在门廊下见面了。

"那里肯定有蜘蛛，很有可能，"弗洛说，"不过我猜他们不在乎。"

当德尔在那漆黑的屋子里四处找她的时候，鲁比已经在门廊下跟霍斯一起了，小不点是他们一伙儿的，他坐在门廊的阶梯上放哨，不消说，他也在认真地聆听那些肉体碰撞的声音和两人的呼吸声。

不一会儿，霍斯出来了，说他要进屋找德尔，不是去告诉他真相，是去看看自己开的这场玩笑现在进行得怎么样了，他觉得这就是最关键的部分了。他找到德尔的时候，他正在食品柜前吃棉花糖，还说鲁比·卡拉瑟斯不舒服搞不了，他以后哪天来都比今天强，他现在要回家了。

这个时候，小不点爬到了门廊下面，准备跟鲁比干。

"我的老天爷啊！"弗洛说。

然后霍斯从屋子里走了出来，小不点和鲁比能听见头顶上他走过门廊的声音。鲁比说，那是谁啊？小不点说，哦，那只是霍斯·尼科尔森而已。那你他妈是谁啊？鲁比问。

我的老天爷啊！

露丝也不用讲后来的故事了，其实就是鲁比心情很不好，坐在门廊的阶梯上，衣服和头发全都是从门廊下面蹭来的灰。小不点从他放学之后当临时工的那家杂货店里偷来了一袋纸杯蛋糕（现在大概已经被挤碎了），可是她不想一起吃，也不想抽烟。他们逗她，怎么啦，怎么不高兴啊，最后她说："我觉得在干那事儿的时候，我有权利知道对方是谁。"

"她会得到她应得的东西的。"弗洛意味深长地说。其他人也
是这么想的。如果你不小心拿起了鲁比的东西，特别是她的运动
服或者是跑步鞋，那你就得去洗手，不然的话你就有得性病的风
险，现在这是大家的共识，人人都这么干。

露丝的父亲在楼上，咳嗽得很凶。一阵阵的咳嗽声令人沮
丧，不过她们已经听习惯了。弗洛起身走到楼梯下。她在那里听
着，直到咳嗽声停止。

"那药对他一丁点用都没有，"她说，"那个医生连个创可贴
都贴不稳。"到最后，她把露丝父亲的所有糟糕状况都怪在药物
和医生头上。

"如果你跟一个男孩干了那种事儿你就完蛋了，"她说，"我
说真的。"

露丝很生气，满脸通红，她说要是这样她恨不得先死了
算了。

"希望是真的。"弗洛说。

弗洛跟露丝讲的是这样的故事：

弗洛母亲去世的时候，她十二岁，她的父亲把她给送走了。
他把她送到一个富裕的农民家庭，她给他们干活，他们管她吃
饭，送她上学。不过大多数时候他们没让她上学。太多活儿要干
了。他们可不那么好对付。

"如果你摘苹果的时候落下了一个，你得回去把果园里所有

的果树都从头再检查一遍。在地里捡石头也是一样。落下一颗就得把整片地再重新找一遍。"

那家的妻子是一名主教的妹妹。她对自己的皮肤总是很小心，会涂海茵兹蜂蜜杏仁霜①。她对谁说话都口气傲慢，很刻薄，她觉得自己是下嫁到这家了。

"但是她长得很好看，"弗洛说，"她还给了我一样东西。是一双长长的缎子手套。大概是浅棕色或浅黄褐色的。看上去很漂亮。我弄丢了，我不是故意弄丢的。"

弗洛得把晚餐给男人们送到那片远远的田地里。那位丈夫打开了餐盒说："怎么这晚餐里没有馅饼呢？"

"如果你想吃馅饼的话，你大可以自己去做。"弗洛说。这话和她的女主人在打包晚餐时所说的一模一样，连语气都不差。她把那女人的语气模仿得这么像也不奇怪，她总是这么学她说话，甚至会对着镜子练习。不过她说出这话来的时候着实吓了人一跳。

丈夫吃了一惊，但他认出了这种模仿。他领着弗洛走回家，质问他的妻子这话她是不是自己说过。他是个魁梧的男人，脾气很坏。不是，这不是真的，主教的妹妹说道，那丫头光会惹麻烦，撒谎。她降服了他，等她和弗洛单独在一起的时候，她一拳猛地朝弗洛打过去，让她撞到了房间另一头的橱柜上。她的头皮

---

① Hinds' Honey and Almond Cream，一款由奥里利乌斯·斯通·海因兹（Aurelius Stone Hinds，1844—1929）研发并销售的护肤品，畅销于19世纪80年代至20世纪30年代。

都被撞破了。伤口最后是自己好的，没有缝针（主教的妹妹没有叫医生来，弗洛自己也不愿意吱声），直到现在那伤疤还在。

从那以后，弗洛就再也没有回过学校。

快到十四岁的时候，她跑掉了。她谎报了年龄，在汉拉提一家手套工厂里找了份工作。但是主教的妹妹发现了她的去处，隔一段时间就会去找她一次。我们原谅你了，弗洛。你虽然离我们而去，但我们仍然把你看作我们的弗洛，我们的朋友。我们欢迎你找天时间出来跟我们聚聚。你不想去乡下玩一天吗？对于一个年轻人来说，待在一家手套工厂里可不是很健康。你需要清新的空气啊。你干吗不来看看我们呢？要不今天来吧？

结果每次弗洛接受邀请，都正赶上他们家大量制作水果蜜饯或辣椒酱的日子，要么他们就是在贴壁纸或进行大扫除，或者打谷机要来了，需要帮手。她唯一能看见的乡村风景，就是她把洗碗水泼过栅栏时目之所及的那一片。她不明白她为什么要来，为什么要留在这儿。回城里可要走很长一段路啊。而且他们是一群多么无助的家伙。主教的妹妹存放果酱罐子时没有把它们弄干净。从地窖里把它们拿上来的时候，里面都长了霉菌，底部会有腐烂成块的水果渣。你怎么忍得住不为这种人感到可怜呢？

主教的妹妹在医院走到生命尽头的时候，正好弗洛也在那里。她是来做胆囊手术的，那时候露丝刚刚能记事。主教的妹妹听说弗洛也在，想见见她。于是弗洛让人把自己抬到轮椅上，又推过走廊。那个身材高挑、有着光滑皮肤的女人，如今已经骨瘦如柴，皮肤上布满斑点，她躺在床上，癌症缠身，被打了麻醉药。弗洛一看见这个女人，就开始止不住地流鼻血，那是她人生中第一次，也是最后一次受这样的罪。她说，红红的血液从她体内喷涌而出，像飘带一样。

护士们看到此景跑来跑去到处找医生。似乎没有什么办法能让血流停止。她抬起头来，血直射在了那病女人的床上，她低下头，血就源源不断地流淌到地上。他们最后给她敷上了冰块。她没能跟床上那个女人说再见。

"我从来都没有跟她说再见。"

"你想跟她说吗？"

"嗯，我想，"弗洛说，"是的，我会说的。"

露丝每天晚上都会带一摞书回来。拉丁文、代数、古代和中世纪史、法语、地理。《威尼斯商人》《双城记》《短诗》《麦克白》。弗洛对这些书表现出敌意，就跟她对所有书的态度一样。她的敌意似乎随着一本书的重量和尺寸的增加而增多，而且书的装订方式越是显得晦涩难懂，书名越长，书名里的单词越难，就越令她讨厌。当她翻开《短诗》的时候，她发现一首诗居然有五页长，这让她感到愤慨。

她把书名读得磕磕绊绊。露丝觉得她是故意读错的。"颂歌"会读成"诉歌"[①]，念"尤利西斯"时她发了一个长长的"施"音，听上去就像男主人公喝高了似的。

①"颂歌"与"诉歌"的原文分别为 Ode 和 Odd，这两个英文单词发音相近但意思不同，为了还原原文这一层意思，故将 Odd 译为与"颂歌"发音相近的"诉歌"。

露丝的父亲去浴室得先到楼下来。他紧紧地抓住栏杆，慢慢地向下移动，但中间不会停下来。他穿着一件棕色的羊毛浴袍，上面系着流苏腰带。露丝避开不看他的脸。并不是因为会看到他的脸因生病变了样，而是害怕在他的脸上看到关于她自己的不好的评价。她是因为他才带回这些书的，毫无疑问，就是为了向他炫耀。他也的确看了看这些书，他从任何一本书旁走过时都会将它拿起来，看看书名。但是他只说了这么一句："小心点，别自作聪明。"

露丝觉得他这么说是为了哄弗洛开心，以防她在偷听他们的对话。那个时候弗洛正在店里招呼生意。但是露丝又想，无论弗洛在哪，他都会这么说的，他都会假装弗洛正在听他们说话。他急着想哄弗洛开心，提前规避她会反对的东西。他似乎下定了这个决心。他安全与否取决于弗洛。

露丝从来都没有回应过他。当他说话的时候，她会自动低下头，紧闭双唇，一副不想开口的表情，同时又小心翼翼地避免流露出一丝不敬。她谨慎行事。但是她对夸耀的需求、对自己的高期待，她那浮夸的野心，他却看得一清二楚。他对她的心思了如指掌，仅仅跟他同处一室，露丝就会感到羞耻。她觉得自己给他丢脸了，从出生开始就给他丢脸，以后会丢得更加彻底。但她不是在忏悔。她清楚自己的固执，她并不想改变。

他认为女人就应该是弗洛那个样子。露丝知道，事实上他也经常这么说。一个女人应该精力充沛、脚踏实地、心灵手巧、精打细算；她还得会砍价、会指挥、会察言观色。同时她在读书上也该钝些、孩子气些，该对地图、长单词和书里的一切感到不屑，脑子里都是迷人的混沌想法，迷信神灵，笃信传统。

"女人的脑子不太一样。"在他心平气和，甚至亲切友善的时候，他这样对露丝说。那时候露丝比现在小。或许他忘了露丝是个女孩，以后是要成为女人的。"她们相信那些自己认定了的事情，你跟不上的。"他指的是自己跟不上弗洛的一个想法，弗洛认为，在家里穿橡胶制品会让人变瞎。"不过在某些方面她们能把生活照顾得很好，那是她们的本事。倒不是因为她们脑袋灵光，但她们在某些方面就是比男人更聪明。"

所以让露丝感到丢脸的地方就在于，她是个女孩，却没有一点女孩的样子，她不会变成那种"恰当"的女人。问题还不止这些。真正的问题是，她身上遗传并且融合了他的特质，那些他一定会觉得是自己身上最糟糕的特质。那些他已经破除和埋葬的东西，又一次出现在了她的身上，可是她对此完全不想反抗。她思绪游离，痴心妄想，她爱慕虚荣，急于炫耀；她把自己的整个人生放在脑海之中。而那些他引以为傲、赖以生存的东西呢，比如他的手艺，他在工作上的透彻和严谨，她却一点儿也没有继承。事实上，她不是一般地笨拙、草率和图省事。她的手放在洗碗盆里胡乱泼搅，她的思绪在千里之外，她的臀部已经大过弗洛，她的头发乱作一团，看到这景象，看到她那笨重、懒散又自我中心的样子，他似乎被怒火、被忧愁所填满，甚至还有厌恶。

这些露丝都知道。在他穿过房间之前，她一动也不动，她一直在透过他的眼睛看着她自己。她也讨厌自己那么占地方，不过他一走，这些情绪也都没了。她又重新思绪游离，或者看镜子，她这几天一直忙着看镜子，把自己的头发盘到头上，转过半边身来看自己的臀部，或者捏起皮肤，使眼睛倾斜起来，形成一个细长的、带有挑逗意味的角度，端详自己的模样。

她也非常清楚，他对她还有另一种看法。跟他那无法控制的愤怒和忧虑一样，他也为她感到同等程度的骄傲。事实，最终的事实就是，他压根不愿她成为别的样子，他宁愿她保持现在这样。或者说，他身上的某一部分的确是这么想的。自然，他得一直否认这一点。出于谦恭，他得这么做，也是出于固执。固执的谦恭。而且他得表现出跟弗洛足够一致的态度。

露丝没有仔细想这事儿，也不愿想。感到两个人心弦碰撞时，她和他一样，都颇不自在。

露丝从学校回来的时候弗洛对她说："啊，你回来就好了。你得在店里面待着。"

她的父亲要去伦敦，去退伍军人医院。

"为什么？"

"别问我。医生说要去的。"

"是更严重了吗？"

"我不知道。我什么都不知道。那个什么事都不会干的医生觉得没有。他今天早上来了，上上下下看了一眼，就说他得去。我们很幸运，有比利·波普带他过去。"

比利·波普是弗洛的表兄弟，在肉店干活。而他以前竟真的住在屠宰场，那儿有两个房间，铺着水泥地，不可避免地散发出肚子、肠子和生猪的味道。但他一定天性恋家，他会在老旧烟草罐头里种天竺葵花，放在厚厚的水泥窗台前。如今他在肉店楼上有一间小公寓，存了钱，买了一辆奥尔兹莫比尔牌汽车。战后没多久就买了，那个时候新车有一种独特的诱惑力。他过来做客的时候，会不断走到窗前看一看，说些吸引大家注意的话，比如："她吃草吃得不多，但你别指望她能拉出肥料。"

弗洛为他和他的车感到骄傲。

"看，比利·波普的车后座很宽敞呢，需要的话你爸爸可以躺下。"

"弗洛！"

露丝的父亲在叫她。他刚开始生病卧床的时候很少叫她，后来开始小心翼翼地叫，甚至带着歉意。但是他已经过了那个阶段，她说，现在他经常叫她，找各种理由让她到楼上去。

"他怎么会觉得楼下没了我能行？"她说，"他五分钟都离不开我。"她似乎对此感到骄傲，不过她常常会让他先等等。有的时候她会走到楼梯底下，让他详细点交代为什么要让她上去。她跟店里的顾客说，他五分钟都离不开她，她每天都要给他洗两次床单。这是真的。他的床单被他的汗水浸透了。到了晚上，她或者露丝，或者她们俩会待在小棚屋里的洗衣机旁。有时候露丝看到她父亲的内裤上有污渍。露丝本不想去看的，但是弗洛会把它拿起来，几乎在露丝鼻子底下挥舞着，大喊道："瞅瞅这个呀！"然后啧啧两声，嘲弄地表示不满。

在这些时候，露丝恨她，也恨她的父亲。恨他的病；恨贫穷或者节俭，连送点东西去洗衣房都是难以想象的；恨他们的生活方式，所有事都暴露无遗，没有一样东西他们躲得过。弗洛保证了这一点。

露丝在店里待着。没人进来。这是一个尘土飞扬的大风天，已经过了平常下雪的时节，却总也没下雪。她可以听见弗洛在楼上来回走动，骂骂咧咧，又鼓着劲儿，叫她父亲穿好衣服，也许现在正在打包他的行囊，四处找东西。露丝把她的课本放在柜台上，正在读英语课本里的一篇短篇小说，这样就可以不去听家里的噪声了。这篇小说是凯瑟琳·曼斯菲尔德[1]写的，叫作《花园茶会》。故事里有一些很穷的人。他们住在花园尽头的小巷子里。作者描写他们时用的是同情的笔触，小说各个方面都恰到好处。但是露丝很生气，她生气跟小说本身无关。她不清楚自己到底是在为什么生气，但是肯定跟这样一个事实有关——她确信凯瑟琳·曼斯菲尔德从来没有被迫看过一条有污渍的内裤。她的亲戚也许残酷又浅薄，但是他们却有着悦耳的口音，她的同情是飘然在丰硕的财富之上的，毫无疑问，她自己为之遗憾，但却让露丝感到鄙视。露丝在贫穷这个问题上俨然是个义正词严的专家，并且很久都会如此。

她听见比利·波普走进厨房，他高兴地喊："啊，我猜怎肯

---

① Katherine Mansfield（1888—1923），新西兰短篇小说家，被称为"新西兰文学的奠基人"。

定在想我到底哪儿去了。"

凯瑟琳·曼斯菲尔德的亲戚们可不会说恁。

露丝已经读完那个故事。她拿起《麦克白》。她能背出里面的一些台词。她背莎士比亚的作品，还有诗歌，却不背学校规定的那些东西。当她说出这些台词的时候，她并没有把自己想象成一个演员，在舞台上饰演麦克白夫人。她想象的是她自己，她自己就是麦克白夫人。

"我是走过来的，"比利·波普朝楼上喊，"我得把她送走。"他以为人人都能明白他说的"她"指的就是他的车。"我不知道为什么，我玩不转她，她朝我熄了火。我没法开着一个不怎么灵光的东西到城里去。露丝在家吗？"

打露丝还是个小女孩的时候起，比利·波普就很喜欢她。他常常会给她一枚十分硬币，然后说："存起来，给自己买点紧身胸衣吧。"说这话的时候她还胸部平坦，身体瘦削。他这是开开玩笑。

他走进店里。

"露丝，你最近乖不乖？"

她没怎么理他。

"你在看你的课本？你想当个教书匠吗？"

"有可能。"她没打算做一个老师。但是你一旦说自己想当老师，就不会有人再说什么了——这点也真是叫人吃惊。

"今天对你们来说真是悲伤的日子。"比利·波普压低声音说。

露丝抬起头来，冷淡地看着他。

"我是说，你爸爸要去医院。不过他们会治好他的。他们那里设备都全。他们有好的医生。"

"我不信。"露丝说。这种说话的方式她也很讨厌，人们暗示点什么，然后又把话给收回去，那狡猾劲儿。谈到死亡和性的时候他们就会这样。

"他们会把他治好，春天就会把他送回来。"

"如果得了肺癌就不一定了。"露丝坚定地说。她从来没有说过这话，当然弗洛也没有这么说过。

比利·波普看起来很痛苦，像她说了什么污言秽语，为她感到丢脸似的。

"这叫什么话。你不能那样说话。他马上要从楼上下来了，会听见的。"

不可否认，家里的情形有时会让露丝感到痛快。一种淋漓尽致的痛快，只要她没被那些杂事过度烦扰，比如洗床单或听见一连串咳嗽。她会幻想自己在此事中扮演的角色，自觉思维清晰、沉着冷静，拒绝一切欺骗之语，年纪虽小，却成熟老练。怀着这样的心情，她说出了"肺癌"这个词。

比利·波普打电话给修理厂。结果发现那车得到晚餐时间才会修好。于是比利·波普决定不在那个时候出发，而是要留下来过夜，睡在厨房沙发上。他和露丝的父亲会在第二天早晨去医院。

"不用太着急，我也不会因为他就着急上火。"弗洛说，她指的是医生。她到店里拿来了一罐三文鱼，要做成肉饼。尽管她哪儿都不去，也没打算去哪儿，但她已经穿好了丝袜，一身干净的衬衫和裙子。

做晚餐的时候，她和比利·波普一直在厨房里高声说话。露丝坐在高高的椅子上默诵着，她从前窗看着西汉拉提，尘土飞扬的街道和干干的水洼洞。

你们这些杀人的助手，
进入我的妇人的胸中，
把我的乳水当作胆汁吧！①

如果她朝厨房里大声朗诵这话，准能让他们震惊。

六点钟的时候她关上了店门。她走进厨房的时候，惊讶地看到她父亲也在那里。她没听见他的动静呢。他没说话，也不咳嗽。他穿着他那套漂亮的西服，是种并不常见的颜色，一种油油的深绿色。可能是挺便宜买的。

"瞧他都穿好啦，"弗洛说，"他觉得他看上去挺精神的。不用回床上躺着了，他可高兴了。"

露丝的父亲不自然地、顺从地笑了笑。

"你现在感觉怎么样？"弗洛说。

"我感觉很好。"

_____

① 出自莎士比亚的戏剧《麦克白》，此处的译文出自译林出版社 2018 年出版的《麦克白》（朱生豪译本）。

"你也没咳嗽嘛。"

她父亲的脸刚刮过，平滑又细腻，就像他们曾经在学校里用黄色的洗衣皂雕刻的动物一样。

"或许我应该起来，这宿都醒着。"

"这就对了，"比利·波普热切地说，"别再犯懒了。起床，今晚都别睡。回去工作吧。"

桌子上有一瓶威士忌。是比利·波普带来的。这两个男人用曾经装着奶油芝士的小杯子当作酒杯，他们往里兑了大概半英寸深的水。

露丝同父异母的弟弟布莱恩从什么地方玩耍回来了。他闹哄哄的，身上还带着泥，有一股来自户外的冰冷味道。

他进来时露丝说："我能喝点吗？"朝威士忌瓶子点了点头。

"女孩子不能喝的。"比利·波普说。

"如果给了你一点，布莱恩就会过来哭着要了。"弗洛说。

"我能喝点吗？"布莱恩说。他哭闹着，弗洛哈哈大笑了起来，把她的杯子移到面包盒后面。"瞧见了吧？"

"以前的确有人是能治好的，"比利·波普在晚饭桌上说，"但这事儿现在就没听说了。"

"真糟糕，我们现在连一个这样的人都找不到了。"露丝的父亲说着，努力控制住一串咳嗽。

"我以前听我爸讲过一个信仰治疗师，"比利·波普说，"他有一套自己的说话方式，他说起话来跟《圣经》似的。有个聋家伙去找他，他给这人看了病，治好了他的耳聋。然后问他：'你敢听见？'"

"你可听见？"露丝纠正道。她去拿晚餐面包的时候把弗洛杯子里的酒一饮而尽，感觉对所有亲人都更加亲切自然了些。

"没错。你可听见？然后那个人说听见了，他听见了。信仰治疗师接着问，你可相信？可能那个人并不是很明白他是什么意思。就说，相信什么？信仰治疗师就生气了，他又拿走了那个人的听力，走的时候那人还是个聋子，跟原来一样。"

弗洛说，她还小的时候，她家那边有个女人会灵视。每到周日，马车，后来是汽车，都会排到她家那条巷子的尽头。周日是人们远道而来向她询问要事的日子。大多数都是来咨询自己丢了的东西都跑到哪儿去了。

"他们不想跟自己的亲人说话吗？"露丝的父亲说。他总是喜欢在她讲故事的时候撺掇几句。"我以为她能让你跟死去的人联系上呢。"

"嗯，大多数人在他们的亲戚还活着的时候就已经受够他们了。"

他们想知道的是戒指、遗嘱和牲口的事，它们都跑到哪儿去了？

"有一个我认识的人到她那儿去，他丢了钱包。他在铁路上工作。然后她对他说，嗯，你记得大概一周之前，你沿着铁路干活，走到果园附近，然后你想吃个苹果的事吗？你当时跃过了栅栏，就在那个当口，你的钱包掉了，就在那当口，掉在了深深的草丛里。不过一只狗走了过来，她说，那只狗把钱包叼了起来，然后沿着栅栏把它扔到了很远的地方，你就去那儿找好了。他已经忘掉果园和爬栅栏的事情了，他觉得她很神，就给了她一块钱。然后他到那儿去，就在她说的那个地方找到了钱包。真事儿。我认识他。但是钱都已经被啃碎了，碎成了一条一条的，他发现后气疯了，说他真希望自己没给她那么多钱。"

"听着，永远别去找她，"露丝的父亲说，"你不会相信那种事情吧？"他跟弗洛说话的时候，经常会用乡村土话，或者乡下人的调侃方式，用反话来表达他的真实想法。

"不会，我从来不会真的去问她什么事儿。"弗洛说，"但有一次我就去了。我得去那里拿一些大葱。我妈妈病了，是神经上的毛病，这个女人传话过来说，大葱对神经比较好，她那里正好有一些。其实根本就不是神经问题，是癌症，所以大葱到底有什么用，我是不知道的。"

弗洛的声音急匆匆的，越说调子越高，把那个词说了出来，让她有点尴尬。

"我得去取大葱。她把它们拔了出来，洗干净，捆上给我，然后说，先别走，到厨房来看看我给你准备了什么。嗯，我不知道是什么，但是我不敢不去。我觉得她是个女巫。我们都这么觉得。在学校，大家都这么觉得。所以我到厨房坐下，她到食品柜那儿拿出一个大大的巧克力蛋糕，切出一块来递给我。我只得坐下把它吃掉。她坐在那儿看我吃。现在我只记得她的手。那双红通通的大手，粗粗的血管突起。那手总是放在她的腿上，这儿拍拍，那儿扭扭。从那之后我常常想，她自己才应该吃点大葱，她的神经状况也不怎么好。

"然后我尝了一口，怪怪的。就是那个蛋糕。很奇怪的味道。但是我没敢停下来。我吃啊吃啊把它给全吃完了，我说谢谢，然后我就那么走了。我沿着小巷一直走，因为我总觉得她在看着我，一到大路上我就跑了起来。但我还是害怕，怕她在后面跟着我，她可能会隐形什么的，可能她还会读心术，知道我在想什么，然后把我逮住，揪着我的脑袋往碎石上撞。回到家我甩开门大声呼叫：有毒啊！我就是这么想的。我觉得她让我吃了一个毒蛋糕。

"只不过是发霉了。我妈妈是这么说的。她房间很潮湿，里面的东西没人吃，她能连着放几天，因为平时也没人来，至于其他时候她招来的那群人，那得另说。她能把一块蛋糕放特别久。

"但我不这么觉得。不。我觉得我吃了有毒的东西，我死定了。我就跑到谷仓的一个角落里，我的秘密角落。没人知道我有那么个地方。我把所有没用的玩意儿都放在那里。一些碎陶瓷片啊，绒花啊什么的。我记得它们，它们是从一顶淋过雨的帽子上掉下来的。我就坐那儿，就等着。"

比利·波普在笑她。"他们把你拖出去了吗？"

"我忘了。我觉得没有。他们找我可没那么容易，我坐在一堆饲料袋后边儿呢。没有，我不知道。我想最后是我等得太困了，就自己走出来了。"

"而且活下来把这个故事讲出来。"露丝父亲说的最后一个词被一阵长长的咳嗽声吞没。弗洛说他不能再熬夜了，他说他就在厨房的沙发上躺一会儿，他也这么做了。弗洛和露丝把桌子擦干净，洗了碗碟，然后为了找点事情做，他们所有人，弗洛、比利·波普、布莱恩和露丝都围坐在桌子前，开始玩尤克牌①。她的父亲打起瞌睡来。露丝在想象弗洛坐在谷仓角落的样子，旁边是破碎的陶瓷和蔫了的绒花，那些对她来说的珍贵之物。她就在那儿等着看死亡如何将那一天一分为二，与此同时，恐惧一点点在减少，那过程一定充满兴奋和欲求吧。

　　她的父亲在等着。小棚屋锁上了，他的书再也不会被他翻开了，明天是他最后一天穿鞋的日子。他们都已经习惯这么想了，要是他没死，某种程度上反倒还觉得不对劲。也没有人能问他是怎么想的。他可能会把这种问题当作粗鲁之举，有种大惊小怪和无礼放纵的意味。露丝相信他会这么想。她相信他已经准备好去威斯敏斯特医院，那所老兵医院了，那里有着阳刚而阴郁的气息，床边会围起发黄的帘子，盥洗槽满是斑点，还有后来将要发生的一切，他也都做好了准备。她明白，以后与他共处的时光不会比此刻多。不过令人庆幸的是，也不会比现在更少了。

　　露丝参加了一场百年校庆聚会，她喝着咖啡，在新建的高中暗绿色的围墙边闲逛。她不是特地为此而来，是想回家看能帮弗洛忙活些什么的时候，无意间撞上的。但在那个聚会上，露丝听

① Euchre，一种起源于德国，流行于美国和加拿大的纸牌游戏。

见有人说："你知道吗，鲁比·卡拉瑟斯死了。他们切掉了她的一个乳房，然后又切掉了另一个，但是癌症蔓延到了她全身，她死了。"

还有人说："我在杂志上看到你的照片了，那杂志是什么名字来着，我家里有。"

新建的高中有一间为汽车维修培训而设的汽修店，一间为训练美容师而设的美容院，一个图书馆，一座礼堂，一座体育馆，女洗手间里还设有水回旋着的喷泉式水池，专门给人洗手的。还有高洁丝卫生巾的自动贩售机。

德尔·费尔布里奇当了殡仪员。

小不点·切斯特顿当了会计师。

霍斯·尼科尔森做了承包商，赚了一大笔钱，现在转行进入政坛。他做过一次演讲，说学校里需要多谈些神的信仰，少学些法语。

野天鹅

弗洛说，要警惕那些白奴贩子。她说他们是这样操作的：一个老女人，像当妈的，或者是当外婆的那种，在你坐公交或者火车的时候跟你交个朋友。她会给你糖果吃，其实里面下了药。很快你就会口水横流，神志不清，完全没法为自己说话了。哦，救命啊，女人说，我的女儿（孙女）病倒啦，谁来帮帮我把她抱出去呼吸点新鲜空气，让她好起来吧。然后一位有礼貌的绅士走来，假装是个陌生人，来帮忙。于是在下一站，他们一起推推搡搡地把你带下火车或者公交，你就再也见不到正常世界了。他们会把你囚禁在关白奴的地方（你已经中了毒，被绑着运到这里，所以你也不知道自己在哪儿），到了这个时候，你就完全处于屈辱和绝望之中了，你的身体从内到外会被喝醉的男人蹂躏个遍，还会染上可怕的病毒，你的头脑被毒药摧毁，你的头发和牙齿都掉光了。大概三年后你就到了这个境地。那个时候你已经不想回家，可能都记不起家来了，要是记得，也找不到回去的路。所以他们开始让你到街上去。

弗洛拿了十块钱，把它放进小布袋里，那小布袋是弗洛给露丝缝的，就缝在露丝的腰带间。另外一件有可能发生的事情，就是露丝的钱包会被偷。

小心点啊，弗洛说，遇到穿得像牧师的人都留个心眼。他们是最坏的。白奴贩子就经常假扮牧师，小偷也是。

露丝说她不知道怎么能分得清哪个是假装的哪个不是。

弗洛之前在多伦多工作过。她在联合车站一家咖啡馆当服务员。就是在那儿，她学到了如今知晓的一切。那段日子，她从来没有见过阳光，除非是在她放假的时候。但是她见到了很多别的事。她见过一个男人用刀子划开另外一个男人的肚子，他就那么拉开他的衬衫，利落地划了一刀，仿佛那是个西瓜，不是肚子。肚子的主人只是坐着，低头往下看，满脸惊讶，连反抗的时间都没有。弗洛暗示说，在多伦多，这都不算什么。她见过两个坏女人——弗洛管妓女叫作坏女人，她把两个词连起来说，就像"羽毛球"那样 ①——打起了架，有个男人对着她们大笑，其他男人也停下脚步笑，在一旁怂恿她们，她们的拳头里都满满地攥着一把对方的头发。最后警察来把她们带走了，走的时候她们还大吼大叫个不停。

她还见过一个死于痉挛的孩子。他的脸就像墨水一样黑。

"不过我不怕，"露丝挑衅地说，"不是还有警察吗？"

---

① "坏女人"的原文为 bad women，"羽毛球"的原文为 badminton。

"哦，警察！第一个骗你的就是他们！"

弗洛说的关于性方面的话她一句都不相信。想想那个殡仪员吧。

一个穿着整洁的小个子秃头男人有的时候会到店里来，带着讨好的神色跟弗洛说话。

"我只要一包糖果。还有几包口香糖。再来一两块巧克力棒就可以了。能麻烦你帮我包一下吗？"

弗洛用一种嘲讽的礼貌语调告诉他没问题。她拿结实的白色纸张把它们包好，像包礼物似的。他则慢慢挑选，一边哼着歌，聊几句天，然后闲站着。他可能会问弗洛最近怎么样。如果露丝在，也会问露丝最近怎么样。

"你脸色很苍白。年轻女孩需要点新鲜空气啊。"他会对弗洛说，"你干活太卖力了。你这辈子都在卖力干活呢。"

"咱们下等人就是没得休息啊。"弗洛会表示同意地说。

他走出去之后，弗洛会匆匆跑到窗户去看。就在那儿，一辆破旧的黑色灵车，紫色的帘子盖下来。

"他今天要去找她们了！"灵车以慢得几乎像葬礼队伍的速度开走时，弗洛会这么说。那小个子男人曾经是个殡仪员，不过他已经退休了。那灵车其实也已经退休了。他的儿子接过了送葬的工作，买了一辆新的。于是他就开着这辆旧灵车跑遍乡村，找女人玩。弗洛是这么说的。露丝不相信这事。弗洛说他给她们口香糖和糖果。露丝说很可能是他自己吃了呀。弗洛说有人看见过，也有人听见过。天气温和的时候，他会把窗户放下来，唱歌，唱给自己听，也唱给后车位上看不见的某人听。

　　她的眉毛像雪堆
　　她的喉咙像天鹅

　　弗洛学着他唱。他会温柔地赶上那些在岔道上走着，或者在乡村的十字路口上休息的女人。他会拿出所有的赞美、礼貌，还有巧克力棒，主动提出载她们一段。当然每一个自称被问到过的女人都说自己拒绝了他。他从来没有纠缠过任何人，只是礼貌地继续开走。他还会光顾别人家里，如果丈夫在家，光是坐下聊天他似乎也挺喜欢。妻子们说，反正他也只做过这样的事了，但是弗洛不相信。

　　"有些女人被带进他的灵车里了，"她说，"有不少。"她喜欢猜测那灵车里面是什么样的。一定有长毛绒。墙壁、屋顶和地板都铺着长毛绒。窗帘是柔和的紫色，那种深色丁香花的颜色。

　　全是胡说八道，露丝说。谁能相信呢，那个年龄的男人？

　　露丝要第一次自己一个人坐火车去多伦多了。她之前去过一次，不过是跟弗洛一起，远在她父亲去世之前。她们带上了自己的三明治，在火车上的小摊那里买了牛奶。是酸的。酸的巧克力牛奶。露丝一直在小口小口地抿，不愿意相信她渴望良久的东西居然如此令她失望。弗洛闻了闻，然后来来回回把火车找了个遍，终于找到了那个穿着红色夹克衫的老男人，他没牙，脖子上挂着一个托盘。她让他自己喝喝那巧克力牛奶看看。她让旁边的人去闻。他只好免费给了她一些姜汁汽水。还有点热乎。

"我得让他知道，"他走了之后，弗洛环顾四周说，"你得让他们知道。"

有个女人表示同意，但是大多数人都望向窗外。露丝喝下了那瓶热乎的姜汁汽水。要么是因为这个，要么是因为弗洛和小摊贩的争执，要么呢，就是因为弗洛跟那个表示同意的女人熟络起来，她们聊到对方来自哪里、为什么去多伦多，还聊到露丝脸色这么差是早上便秘，或者是她肚子里那点巧克力奶的缘故，总之，露丝到火车的厕所里吐了。她整天都在害怕多伦多的人们会闻到她大衣上呕吐物的味道。

这一次旅途开始前，弗洛对列车员说："看着点她啊，她可从来没有离开过家！"然后环顾四周大笑起来，表示这只是开开玩笑。然后她就得下车了。那位列车员好像和露丝一样不想听什么笑话，也没打算看着点任何人。除了问露丝检查车票，他没有跟露丝说过一句话。露丝坐在靠窗的位置上，很快就心情雀跃了，她感到弗洛正在远去，西汉拉提从她身边飞走，她轻快地把那个倦怠的自己丢掉，就像把一切抛在脑后一样。她喜欢那些越来越不熟悉的市镇。一个女人穿着睡衣站在后门门口，不在乎车上的人会不会看见她。他们往南边行进，开出那雪域，迎接一个早春，去看更柔和的风景。人们可以在后院里种桃树。

露丝把她到多伦多要买的东西都记在心里。首先，买弗洛的东西。她静脉曲张，需要几双特殊的长袜。一种用来粘锅柄的特殊水泥。还有一整套多米诺骨牌。

她自己想要涂在手臂和腿上的脱毛膏，如果可能的话再买一些充气坐垫，据说可以瘦臀部和大腿。她觉得汉拉提的药房里可能是有脱毛膏的，不过那里的店员是弗洛的朋友，什么都跟弗洛讲。她会告诉弗洛谁买了染发剂、减肥药和避孕套。至于充气坐垫，也可以邮寄购买，不过邮局的人肯定会说三道四，弗洛在那儿也有认识的人。露丝还打算买几只镯子和一件安哥拉山羊毛毛衣。她对银镯子和灰蓝色的安哥拉山羊毛毛衣满心期待。她觉得这些东西可以改变她，可以让她变得沉静，苗条，头发柔顺，腋下干爽，神采奕奕。

买这些东西的钱，以及这次旅途的费用，来自露丝写《明日世界的艺术和科学》这篇论文赢得的奖金。让她吃惊的是，弗洛问她能不能读一下这篇文章，而当她在读的时候，她评价说，他们肯定觉得就凭露丝吞下了整本词典也得把奖给她。然后她不好意思地说："这篇文章很有趣。"

她会在塞拉·麦肯尼家过夜。塞拉·麦肯尼是她父亲的表亲。她嫁给了一位酒店经理，就觉得在这世间有了地位。然而有一天，酒店经理回到家，坐在餐厅两把椅子之间的地板上说："我再也不想离开这个房子了。"没什么特别的事情发生，但是他就是决定不再离开这个房子了，他真的没离开过，直到他死去。这事儿让塞拉·麦肯尼变得古怪又紧张。每到八点她就要锁住房门。她还很小气。晚餐通常是燕麦粥加葡萄干。她的房子漆黑、狭窄，闻起来像银行。

渐渐地，越来越多的人上了火车。在布兰特福德，一位男人问她是否介意他坐在她旁边。

"外面比你想象的要冷。"他说。他分出一些报纸给她看。她说不用，谢谢。

然后为了不让他觉得她粗鲁，她说，外面的确更冷一些。她继续看窗外这个早春的清晨。这里已经看不见雪了。这里的树皮和灌木丛颜色似乎比家里的要更浅些。甚至阳光看上去都不一样。这种不一样，就像地中海海岸或者加州山谷和家里相比的那种不一样。

"窗户可真脏，你以为他们会多打理打理的，"男人说，"你常坐火车出门吗？"

她说不是。

窗外的田地里淌着水。他冲着那个方向点了点头，说今年这样的景象很常见。

"有不少积雪。"

她注意到他说的是"积雪"，蛮有诗意的说法。家里的人们都会说雪。

"有一天我经历了件不寻常的事。我开车去乡下。实际上我是去看我的一位教民，一位心脏有点毛病的女士——"

她迅速地看了看他的领子。他穿着一件普通的衬衫，打着领带，深蓝色的西装。

"哦，对了，"他说，"我是联合教会的牧师。但是我并不总穿牧师服。布道的时候才会穿上。我今天休息。"

"好了，我刚才说到，我开车穿过乡村，看到池塘里有一些加拿大雁，我又看了一眼，跟它们在一起的还有些天鹅。有很大一群天鹅。它们真美啊。它们应该正在春天迁徙的路上，我想，它们正去往北方。多壮观啊。我从来没有见过这样的景象。"

露丝没法对这些野天鹅产生什么赞赏之情，因为她害怕他会将这个对话引向对自然的讨论，然后会说到神，牧师通常会觉得有义务这么做。但是他没有，他说完天鹅就停下来了。

"非常美丽的景象。你会喜欢的。"

他大概五六十岁年纪，露丝想。他个头小，精神矍铄，长着一张红润的方脸，灰白的头发整齐地从前额梳向后面，如同明亮的波浪。当她意识到他不打算提到神的时候，她觉得自己应该表现出一些感激来。

她说，那景象一定很美妙。

"那甚至都不是一个真正的池塘，就是田野里有些水，多幸运啊，那里有水，我也恰好是在那个时候开车经过。都是运气。它们是从伊利湖的东端过来的，我觉得。但是以前我从来没有这么好的运气看见过它们。"

她的身子往窗户转过去一点，他又重新看起他的报纸。她一直保持着淡淡的微笑，以便不显得粗鲁，不至于看上去完全拒绝对话。早上的确冷，她从挂钩上取下了自己的大衣。一上火车她就把大衣挂在那儿，现在她用它盖住了身体，就像盖着条毛毯一样。那牧师坐下来的时候，她就把自己的手提包放在地板上了，好给他挪点位置。他将报纸的不同部分分开，慢悠悠地，以一种显摆的姿态摇晃着它，发出沙沙的声音。在她看来，他像是那种干什么都慢悠悠的人。有种牧师的感觉。他把现在不想看的部分都甩到一边去。报纸的一角碰到了她的腿，就挨在大衣的边上。

有一会儿她觉得是报纸碰着了她。然后她对自己说，如果碰到她的是手怎么办？这是她能想象得出的事情。她有的时候会看男人的手，看他们前臂的汗毛，看他们专注的侧影。她会想象一切他们能做的事情。那些愚蠢的也不例外。比如那个把面包送到弗洛店铺的流动销售员。他的举止熟练而自信，还有他开面包车时那悠然又警觉的样子。皮带上那成熟的便便大腹也不会令她心生不悦。还有一次她观察学校里的一个法语老师。他根本不是个法国人，真的，他的名字是麦克拉伦，但是露丝觉得教法语已经影响了他，让他看着就跟法国人一样了。他反应敏捷，面色发黄，肩膀瘦削，长着鹰钩鼻，眼神忧郁。她想象他会在不紧不慢的欢愉里徜徉，纵情国度之中完美的独裁者。她非常希望自己也成为别人的幻想对象。被撞击着，领受欢愉，任其摆布，直至精疲力竭。

如果那是一只手呢？如果真是一只手可怎么办？她微微转动，尽量往窗户那边靠。她的想象力似乎已经创造了这样的现实，一种她完全没有准备好面对的现实。她觉得情形危急。她把注意力放在了那条腿上，放在被长袜盖住的那一小片皮肤上。她简直没法去看。她是在那个地方感受到了一种压力吗？还是没有？她又转了一下身子。她的两腿一直都是，现在也是，紧紧地并拢着。是。那是一只手。那是一只手的压力。

别这样。她想这么说。她在脑海里组织起语言，演练说出来的效果，但是无法将它们送出她的唇间。为什么？是尴尬吗，是害怕别人可能听到吗？他们身边全都是人，座位都坐满了。

不仅仅是这样。

她最终还是去看他了，不是抬头去看，而是小心翼翼地扭头去看。他已经斜靠着座椅，闭上了他的眼睛。他深蓝色西装的袖子，消失在报纸下面。他刻意让报纸叠在露丝的大衣上。他的手放在下面，只是放在那儿，就像睡觉的时候伸出去一样。

现在，露丝可以移一移报纸，把大衣挪走。如果他没有睡着的话，他就必须得把手缩回去了。如果他睡着了，不缩手，那么她可以小声地说，抱歉，然后把他的手稳稳地放在他自己的膝盖上面。这种显而易见又万无一失的解决办法，她并没有想到。后来还让她想不明白的是，为什么就想不到呢？她并不欢迎，或者说暂时还不欢迎这位牧师的手。这让她感到不适、愤懑，感到一丝厌恶，感到行动受限，必须小心翼翼。但她无法掌控它，拒绝它。既然他似乎要坚持表现出手没有放在那儿，她也没法坚持说，它就是放在了那儿。在忙碌的一天开始前，他躺在那里，带着愉悦而健康的面容，看上去毫无恶意，值得信任，这叫她怎么说他对此事有责任呢？如果她父亲还活着，他会比她父亲年纪更大，这是个惯于表现出敬意的男人，他会欣赏自然，会对野天鹅感到欣喜。就算她真的说了"别这样"，她敢肯定他会装作没听到这句话，就像忽略她做出了什么笨拙、无礼之举一样。她知道，她一说出这句话，就会希望他没有听到。

但除此之外还有别的。好奇。比任何欲望都更加持久、更加专横跋扈。这本身就是一种欲望，它会让你后退，等待，过久地等待，几乎赌上一切，就为了看看到底会发生什么。看看到底会发生什么。

接下来几英里的旅途中，那只手开始了它最优雅、最怯懦的按压和勘探。没睡着。或者说他睡着了，而他的手并没有。她的的确确感觉到了恶心。她感到一阵眩晕的、错乱的反胃。她想到肉体：层叠的肉体、粉红的口鼻、肥大的舌头、粗钝的手指，全都各自小跑着，爬着，懒懒地靠着，摩挲着，寻着安慰。她想到发情的猫一路沿着木围栏的顶部蹭过去，哀号着那痛苦的埋怨。那样的瘙痒、推撞、挤压，如此可怜，如此孩子气。海绵状的组织，红肿的内膜，煎熬的神经，羞辱的味道——耻。

一切都开始了。他的手，她永远不会想去拉住，也不会回握的手，他那顽固的、耐心的手，毕竟能让植物沙沙作响，能让小溪淙淙流淌，也能唤醒偷欢的极乐世界。

无论如何，她还是不愿意。她还是宁愿不要这样。请拿开吧，她对着窗外说。停下来吧，求你了，她对着树桩和谷仓说。那手移上了她的腿，越过了她的长袜，来到她裸露的皮肤上，然后又移得更高，在她的吊袜带之下，到达她的内裤，她肚子下方的那个部分。她的两腿仍然是合上的，并拢在一起。两腿如果并在一起，她就可以自认为清白，她就什么都没有承认。她还觉得自己能马上停止这一切。什么都不会发生，什么都不会再发生。她的双腿永远不会张开。

但是它们张开了。张开了。火车经过登达斯的尼亚加拉悬崖，他们低头去看那冰河期前的山谷，看小山银灰的碎石，当他们滑向安大略湖的岸边时，她会做出这个迟来的、安静的、明晰的宣告，或许会让那只手的主人感到既满足又失望。他没有睁开眼，他的脸色没有变化，他的手指未加犹豫，依旧有力而谨慎地行动着。侵略，欢迎，阳光照耀在湖面上，尽情铺洒；伯灵顿那绵延几英里开外的果园，光秃秃的，骚动着。

　　这是耻辱，这是乞讨。但又有什么害处呢，在这样的时刻我们总会这样对自己说，有什么事是有害的呢，当我们驾着贪婪的冰凉波浪时，当我们得到了贪婪的许可，事情越坏才越好呢。陌生人的手、根茎类蔬菜、简陋的厨房工具，人们常拿这些来讲笑话；这些看上去人畜无害的东西争先恐后地向世界宣告自己的正身，又狡猾又热心。她注意着自己的气息。她无法相信这一切。她是受害者，也是同谋，火车经过格拉斯科的果酱工厂，经过炼油厂那如脉搏般跳动的巨大输油管。他们滑进了郊区，在那儿，用来擦去那些私密的污渍的床单和毛巾从晾衣绳上垂落，频送秋波般摆动着；在那儿，连孩子们在校园里玩的游戏都似乎有了下流意味，停在铁路十字路口的司机一定正在欢快地将拇指插进圈起的手里。想想看，那景象这么多见，那动作却这么滑稽。展览中心的大门和高塔出现在眼前，着了色的穹顶和柱子在她眼皮下玫瑰色的天空中令人惊异地飘浮着。继而欢快地飞走。你甚至可以看到一群鸟儿、一群野天鹅，在其中一个大大的穹顶之下同时苏醒，惊起，向天空进发。

她咬了咬舌边。很快，列车员就穿过火车，叫醒旅客，警告他们该回到现实中来了。

　　在漆黑的车站，联合教会牧师神清气爽地睁开眼睛，把报纸叠起来，然后问要不要帮她拿大衣。他自我满足于这殷勤，又显得满不在乎。不用，露丝说，她舌头还痛着。他赶在她前面下了火车。她在车站也没看见他。此生再没见过他。但是可以这么说，关于他的记忆总是及时出现，年复一年，这记忆随时可以溜进一个关键的瞬间，对于后来的丈夫或者情人的存在也从不理会。是什么让他出现的？她不明白。是他的率真、他的傲慢，还是因为在他不英俊的面容之中，甚至在那普通成年男子气概的欠缺之中，存在着有悖常理的吸引力？当他站起来的时候，她看到他甚至都没她想象的高，他的脸红扑扑的，发着光，他身上有种粗鲁、任性和孩子气的东西。

　　他真的是一个牧师吗，还是他自己编的？弗洛提到过那些不是牧师，但是穿得像牧师的人。她可没说过穿得不像牧师，但其实真的是牧师的人啊。或者说，更奇怪的那种，不是真的牧师，但假装是，却又穿得跟他们不是似的。不过对于有可能发生的事情，她已经如此接近，这让她感到难以接受。露丝穿过联合车站，感觉到那装着十块钱的小袋子摩擦着她，她知道一整天她都会感觉到它的存在，那提醒着她它的存在的东西，摩擦着她的皮肤。

　　即便如此，她脑子里也一直想着弗洛传递的信息。因为她在联合车站，她记得弗洛在这里的咖啡店工作的时候，有一个叫作梅维斯的女孩也在这里工作，在礼品店里。梅维斯的眼皮上长了肉赘，看起来似乎要变成麦粒肿，不过最后没有，消失不见了。可能她做了去除的手术，弗洛没问。去除它之后，她的样子很好看。她长得很像那个时候的一个电影明星。那位明星的名字叫作弗兰西斯·法默。

弗兰西斯·法默。露丝从来没有听说过她。

是这名字。梅维斯去买了一顶大大的帽子，垂在她一只眼睛前，还有一条完全用蕾丝做成的连衣裙。她周末的时候去乔治亚湾，去那儿的一个旅游胜地。她是用弗洛伦斯·法默这个名字预订的。她想让人以为，她其实是另外一个人，是弗兰西斯·法默，但管自己叫弗洛伦斯，因为她不想在度假时被人认出来。她有一个珍珠母做的黑色小烟斗。她会被抓起来的，弗洛说，就凭这胆儿。

露丝差点就要去那礼品店，去看梅维斯是不是仍然在那儿，看看自己能不能认出她来。她想，能做出那样的一种转变，会是一件特别不错的事情。有那样的胆量，瞒天过海，踏上那段荒谬的旅程，容貌未变，却已改名换姓。

乞丐新娘

帕特里克·布兰奇福德爱上了露丝。这在他已经成为一个坚定不移，甚至是炽灼激烈的想法。对她来说，却是一连串的惊讶。他想娶她。他等她下课，过来跟她一起走，这样一来，她跟谁说话，那个人都得考虑到他的存在。她这些朋友或同学在身边的时候，他不说话，但他会努力迎上她的目光，好用一个冷冷的、怀疑的眼神表达他对这群人聊天内容的看法。露丝受宠若惊，不过也很紧张。她的朋友中，有个叫南希·佛斯的，女孩当着他的面读错了"梅特涅"这个名字。他过会儿跟露丝说："你怎么能跟这样的人做朋友呢？"

南希和露丝一起去维多利亚医院卖血。她们都得到了十五块钱。她们把大部分的钱都花在了晚宴鞋上，那种花哨的银色凉鞋。当然由于放了血，她们觉得自己一定也减重不少，所以就跑到"甜潮店"去吃巧克力圣代。为什么露丝没能在帕特里克面前为南希辩护呢？

帕特里克二十四岁，是一名研究生，打算当历史教授。他个子很高，瘦瘦的，长得挺好看，尽管脸上有一道长长的淡红色胎记，仿佛泪水从太阳穴和脸颊滴落下来。他为此表示歉意，说随着年龄增长，它正在褪去，到了四十岁就会完全消失不见了。并不是这胎记抵消了他的英俊，露丝想。（但对她来说，也确实有些什么抵消了，或者至少是减损了他的英俊；她得一直提醒自己，他其实长得还挺好看的。）他身上有一种神经质的焦躁，某种令人不安的东西。备受压力时他的声音会变哑——跟她在一起的时候，他似乎总是处于压力之下。他会把碟子和杯子从桌面上碰掉，把喝的东西和碗里装的花生洒出来，跟个喜剧演员似的。他不是一个喜剧演员，他一丁点扮演这种角色的想法都没有。他来自不列颠哥伦比亚。他的家里很有钱。

他们俩有一次约好去看电影，他早早地来接露丝。他没敲门，知道自己来早了。他坐在亨肖博士家门口的阶梯上。这是在冬天，外面漆黑一片，门口旁亮着些门廊灯。

"哦，露丝！过来看呀！"亨肖博士用逗乐的口吻轻轻地喊道。于是她们一起从书房漆黑的窗户往下看。"那个可怜的年轻人啊。"亨肖博士温柔地说。亨肖博士已经七十多岁了，她从前是位英语教授，充满生气，却不好取悦。她跛着一只脚，却仍然青春又神气地昂着脑袋，白色的辫子绕在周围。

她说帕特里克"可怜"是因为他恋爱了，还可能因为他是个男的，注定要鲁莽犯错。即便是从这里看下去，他都显得固执又令人同情，踌躇满志却又需要依靠，就这么在寒冬中坐着。

"他守门呢，"亨肖博士说，"哦，露丝啊！"

另外一次，她的话就有点让人心烦了："哦，我的天啊，恐怕他是追错了人呢。"

露丝不喜欢她这么说。她不喜欢她这么嘲笑帕特里克。她也不喜欢帕特里克那么坐在阶梯上。这嘲笑是他自找的。他是露丝认识的人中最脆弱的一个，是他把自己弄成那样的，他不懂得怎么保护自己。不过他也有很多残酷的评判，他非常自负。

"你是搞学问的人，露丝，"亨肖博士会说，"你会对这个感兴趣的。"然后她会大声读报纸里的内容，或者，更通常的是《加拿大论坛》①或《大西洋月刊》②上的什么东西。亨肖博士是加拿大平民合作联盟的创始成员，一度是学校董事会的主席。她现在仍然是委员会成员，给报纸写信、评论书籍。她在中国出生，父母都是医学传道士。她的房子小巧而板正。锃亮的地板，鲜艳的毯子，有来自中国的花瓶、碗和风景画，还有乌黑的木雕屏风。在那个时候，露丝还不懂得欣赏这些。亨肖博士家壁炉架上摆放的玉雕小动物跟汉拉提珠宝商店橱窗里摆放的饰品到底有什么区别，她那时还分辨不出来。尽管她现在已经能够分辨这两处地方的东西跟弗洛从廉价商店买回来的东西有什么不一样了。

她不太能确定自己到底喜不喜欢待在亨肖博士家。有时她

---

① *Canadian Forum*，创刊于 1920 年，是加拿大运营时间最长且持续出版的一本政治期刊。

② *Atlantic Monthly*，创刊于 1857 年，是美国的一本文学和文化评论杂志。

会感到受挫，比如坐在用餐室里的时候，她要在膝盖上铺一块亚麻布手帕，用蓝色餐具垫上那精致的白色碟子就餐。首先，菜品的量是从来都不够的，她得去买甜甜圈和巧克力棒，把它们藏在自己的房间里。用餐室的窗户上，金丝雀在它的栖息处摇摆着身子，亨肖博士掌控着对话。她会谈到政治，谈到作家。她会提起弗兰克·斯科特①和多萝西·利夫赛②。她说露丝一定要去读读他们。露丝一定要读读这个，一定要读读那个。露丝开始不高兴、不情愿了。她读的是托马斯·曼。她读托尔斯泰。

来亨肖博士家之前，露丝从来没有听说过工人阶级。她把这个称谓带回了家。

"这里肯定是镇上最后装上下水道的地方。"弗洛说。

"当然了，"露丝冷冷地说，"这可是镇上的工人阶级区。"

"工人阶级？"弗洛说，"这里的人想不做工人阶级都难吧。"

亨肖博士的家做了一件事。它摧毁了"家"给人的理所当然的印象。回到家里，就等于回到了一种粗俗光线的笼罩之下。弗洛在店里和厨房都安装了荧光灯。厨房的角落里还有一盏弗洛在宾果游戏中赢来的落地灯，它的灯影永远包裹在宽条纹透明玻璃纸里。在露丝看来，亨肖博士和弗洛的房子表现最突出的地方，就是让彼此失去了权威。在亨肖博士那迷人的房间，露丝那关于家的原始认知总会冒出来，如一块无法消化的疙瘩；现在回到家里呢，她在别处感受到的秩序和整洁感，就会暴露出这个地方那

---

① Frank Scott（1899—1985），加拿大诗人、知识分子和宪法学者。
② Dorothy Livesay（1909—1996），加拿大抒情诗人。

些从来没有感觉过自己贫穷的人身上的尴尬又悲伤的穷酸。但是亨肖博士的想法似乎是这样的：贫穷并不只有可怜，也不只关乎匮乏。贫穷意味着拥有那些难看的日光灯，并为它们感到自豪。它还意味着不断地谈及金钱，以及带着恶意谈论那些人们买回来的新东西，谈论他们有没有为此付钱。它意味着因类如弗洛为前窗买的一幅新窗帘那样的东西而升腾起的骄傲和嫉妒，窗帘的材质是一种仿制蕾丝的塑料。它同样意味着把你的衣服挂在门后的钉子上，意味着能听到厕所里的每一个响动。它意味着用一连串的告诫，那种伪善、欢乐和稍微下流的语录来装饰你的墙壁。

主是我的牧羊人
当信主耶稣
你们都必得救

弗洛都不信教，她怎么有这种东西呢？人们都有这些，它们就像日历一样平常。

这是我厨房，我爱干吗干吗
超过两人一张床，一来危险二违法

这句话是比利·波普带来的。帕特里克会对这话说些什么呢？一个因为念错"梅特涅"就感到被冒犯的人，会怎么看待比利·波普的故事呢？

比利·波普在泰德的肉店工作。现在他最常提到的，是那位比利时难民。他来店里干活，整天肆无忌惮地唱着法文歌，幼稚地想在这个国家扎下根，希望哪天能买一家自己的肉店，这些都让比利·波普好生不得安宁。

"别想着你能来这儿搞到什么点子，"比利·波普对难民说，"是恁们给我们打工，别想着我们哪天会给恁们打工。"这话让他住了嘴，比利·波普说。

帕特里克老是说，露丝家只有五十英里远，所以他应该过去见见她的家人。

"只有我继母在。"

"太糟糕了，我都没法见到你的爸爸。"

她草草地向帕特里克介绍了她的父亲，说他是一位历史阅读者，一位业余学者。这算不上假话，不过也说明不了什么真实情况。

"你的继母是你的监护人吗？"

露丝得说，她不知道。

"嗯，你爸爸在遗嘱里肯定给你指定了一个监护人的。他的遗产管理者是谁？"

他的遗产。露丝以为遗产就是土地，就像在英国人们所拥有的那种。

帕特里克觉得她这么想实在是太迷人了。

"不是，是他的钱和股票和其他东西。他留下来的东西。"

"我不觉得他留下了什么东西。"

"别傻了。"帕特里克说。

有时候亨肖博士会说:"嗯,你是个搞学问的人,对那些可不会感兴趣。"有的时候她指的是学校里的一些事,比如赛前动员会、一场足球赛或者一场舞会。通常她是对的,露丝是不感兴趣。但是她并不着急去承认这一点。她没有去给自己下定义,也并不为这种定义感到快乐。

楼梯墙壁上挂着其他女孩的毕业照,她们是获得奖学金的女孩,都跟亨肖博士一起生活过。大多数人都成了老师,然后成了母亲。其中一位是营养学家,两位是图书管理员,一位是英语教授,就像亨肖博士自己一样。露丝并不喜欢她们的样子,那些随意而温顺的微笑表达着感激之情,那些巨大的牙齿和少女般的鬃发。她们似乎在敦促她死心塌地遵循世俗轨迹。这里没有演员,没有厚脸皮的杂志记者——没有一个人过上了露丝想要的那种生活。她想在公共场合表演。她觉得自己想做一名演员,但是她从来没有尝试过表演,她又不敢靠近学校的剧团。她知道她唱也不行,跳也不行。她真的很想演奏竖琴,但是她在音乐上也不灵光。她希望出名,惹人艳羡,希望苗条,头脑伶俐。她跟亨肖博士说,如果她是个男人,她会想去做一名驻外记者。

"那你一定要去做啊,"亨肖博士义正词严地说,"未来对女性是敞开的。你得把重点放在语言上。你得上政治学的课。还有经济学。也许你这个夏天可以找份在报社的工作。我在那儿有朋友。"

露丝害怕在报社工作，她也讨厌经济学入门课程，她正想着怎么才能甩掉这门课。跟亨肖博士提点事儿可真是危险。

她跟亨肖博士住到一起是出于偶然。本来是另外一名女孩被选上来这里住，但是她病了，她得了肺结核，所以就进了疗养院。新生入学第二天，亨肖博士到大学办公室查阅获得奖学金的大一新生名单。

露丝刚才还在办公室，她来问获奖学金的学生会议是在哪里举行。她把自己那张通知给弄丢了。财务主管要在那个会议上给新来的奖学金学生讲应该如何挣钱、如何节约生活，以及如果想要奖学金持续发放，他们的表现应该达到怎样的高标准。

露丝弄清了那个会议室的门牌号，开始走下楼梯去一楼。一个女孩跟在她后面走了过来，说："你也去 3012 室吗？"

她们一起走，互相交流关于她们奖学金的细节。露丝还没有住的地方，她那个时候住在基督教青年会，钱根本不够在这里上学生活。她手头的钱就是交学费的奖学金、供她买书的县里的奖金和三百块钱的助学金，这就是全部了。

"你得找份工作。"那个女孩说。她的助学金更丰厚些，因为她读的是理科（钱都在那儿呢，钱全都在科学上，她认真地说），但是她希望在餐厅里找份工作。她住在别人家地下室的一个小间里。你的房间要花多少钱？一份热食要多少钱？露丝问她，她的思绪在焦虑的计算中扑腾着。

这个女孩把头发卷了起来。她穿着一件绉纱衬衫，由于洗涤和熨烫而泛黄发亮。她的双乳巨大，下垂着。她大概是穿了一件脏粉色的挂钩式胸罩。她的脸颊上有一块鳞样的斑点。

"肯定是这一个了。"她说。

门上有个小窗口。从这里可以看到其他奖学金获得者已经聚集在里面等着了。露丝好像看见那里有四五个女孩都长得差不多，弓着背，一副中年妇女的模样，就像身边这位似的。还有一些长着明亮双眸、扬扬自得的娃娃脸男孩。仿佛这里的规则是获得奖学金的女孩长得都像四十岁，男孩长得都像十二岁似的。当然，他们不可能全长成这样。同样不可能的是，露丝只消从窗口看一眼，就能探测出这里面有人长了湿疹，腋下的衣服变了色，有头屑，牙齿上有霉掉的残留物，眼角有硬硬的分泌物。这只是她自己想出来的。不过的确有一种东西笼罩着他们，露丝没有看错，笼罩着他们的是一种渴望而顺从的氛围，这种感受真切又可怕。不然的话，他们又怎能给出那么多正确的，那么多取悦人心的答案呢？如果不是这样，还有什么能让他们跟其他人区别开来，考上这所学校？露丝做的，也是一样的事罢了。

"我得去上个厕所。"她说。

她能够想象自己在餐厅工作的样子。她想象自己的体形，本身已经足够宽大了，穿着一件绿色棉制服便显得更宽大些，由于闷热，她的脸蛋通红，头发打了绺，为那些智力不足、财力丰厚的食客端上炖菜和炸鸡。她觉得自己被堵住了去路，被挡在餐厅里的那些蒸汽保温餐桌、那身制服、那个不需要感到丢人的辛苦但正派的活儿，以及她那公之于众的机敏和贫穷之后。男孩们如果是这样，勉强还行。对于女孩们来说，这则是致命的。贫穷女孩并不吸引人，除非她有点可人的小放浪，蠢蠢的。机敏的女孩也不吸引人，除非她还有一些优雅的意味，有格调。是这样吗？还是说因为她蠢才会在意这事儿？的确是这样，她在发傻也是真的。

她回到一楼，大厅里挤满了没有获得奖学金的普通学生，人们不会指望他们得 A，指望他们充满感激、节俭生活。他们令人艳羡又天真无邪，在入学登记台前转来转去，穿着崭新的紫白相间的校服夹克，戴着他们紫色的新生小圆帽，彼此间高声呼喊着注意事项，混乱的信息，荒唐的辱骂。她走在他们中间，带着一种苦涩的优越和不快。她穿着绿色灯芯绒套装，走路的时候，裙子老是在她两腿之间往后扯。材质太软塌了，她本应该多花点钱，买一件更加厚实的。她现在觉得那件外套剪裁得也不对头了，尽管在家里的时候看上去一切都好。这身衣服是汉拉提一个女裁缝做的，是弗洛的朋友，她的主要想法就是衣服不应该显示体形。当露丝问这裙子能不能做得更紧的时候，这个女人说："你不会想要人看到自己的屁股，对吧？"露丝不想说她不在乎。

女裁缝还说了另外一件事："我以为你现在已经上完学了，应该找份工作，给家里搭把手了。"

一位从大厅走过来的女士叫住了露丝。

"你是获了奖学金的女孩之一对吧？"

她是入学注册主任的秘书。露丝想她会被谴责一番，因为她没有去开会，她准备说自己病了。她已经做出一副符合这个谎的表情来了。但是秘书说："现在跟我过来吧。我这儿有一个人想让你见见。"

在办公室里，亨肖博士的行为让她成了一个公认的可爱的讨厌鬼。她喜欢贫穷的女孩，聪明的女孩，但她们都得是很好看的女孩才行。

"我想今天是你的幸运日，"秘书带着露丝过来，对她说，"只要你能摆出一副高兴的样子来就好。"

露丝讨厌别人让她这么做，但她还是顺从地笑了笑。

一个小时之内，她就被亨肖博士带进家了。她在那个有中国屏风和花瓶的家里安顿了下来。亨肖博士告诉她，她是个搞学问的人了。

她得到一份在大学图书馆的工作，而不是在餐厅里。亨肖博士是图书馆馆长的朋友。她在每个周六下午工作。她身处书架之间，负责把图书放好。秋天的周六下午，由于足球比赛的缘故，图书馆几乎空无一人。狭窄的窗户打开，那边就是枝叶繁茂的校园，是足球场，是干燥的秋天的国度。远处的歌声和吵闹声飘了进来。

大学的大楼并不老旧，但是造成了古老的样子。它们是用石头建造的。艺术楼有一个塔，图书馆有几扇竖铰链窗，可能是设计出来射箭用的。图书馆最让露丝感到愉悦的地方，就是这建筑和里面的藏书。这楼里通常充满生气，如今已然流散出去，蜂拥在足球场周围，释放出来的那些响动，对她来说既不合时宜又分散注意。如果你仔细听那些词，那欢呼和歌声蠢得可以。既然他们要唱这样的歌，当初还造这样庄严的建筑来做什么？

她相当清楚，这想法不宜说出去。如果有人跟她说："太糟糕了，周六你要工作，不能去看比赛。"她会热烈地表示同意。

有一次一个男人抓住了她没有遮盖的腿，就在她袜子和裙子中间。这是在农业书区发生的事情，就在那书架下面。只有教职工、研究生和员工能够到书架这边来，不过如果足够瘦，人也可以从一楼的窗户爬进来。她看见一个人蹲下来看底层书架上的书，蹲了好长时间。在她往上够，想把一本书推放归位的当口，那人从她后面过去了。他弯腰抓住了她的腿，动作迅猛又流畅，然后一下子人就不见了。她有好一会儿还能感觉到他的手指压凹下去的地方。这不像是关于性的抚摸，更像是一个玩笑，虽然并不友好。她听见他跑开，感觉到他的跑动——金属的架子在振动。然后停住。他的声音消失。她四处走动，看看架子中间，看看那些小单间的动静。假如她果真看到了他，或在转角处撞见了他，她准备做些什么？她不知道。只知道找到他是必要的，就像是那些紧张的孩子气的游戏一样。她往下看看自己壮硕而红润的腿肚子。令人惊讶，毫无缘由地，现在有人想蹭蹭脏、揩揩油了。

小单间里总是会有一些研究生在那儿，周六下午也是如此。比较罕见的时候，会有教授在那儿。她去看的每一个单间都是空的，直到她来到角落的那间。她悠然地探探脑袋，觉得那儿也不会有什么人。然后她就得说句抱歉了。

那里有一个年轻男人，一本书摆在大腿上，其他书放在地上，周围都是试卷。露丝问他见没见到有人跑过。他说没有。

她告诉了他事情的经过。奇怪的是，她并不是因为感到害怕或者感到恶心才跟他说——虽然他之后倒是这么觉得的，只是她必须把这事儿告诉别人，至于他会是什么反应，她完全没有做好准备。他那长长的脖子和脸蛋变得通红，血流冲褪了他脸颊一侧的胎记。他身材瘦削，相貌英俊。他站了起来，全然不顾腿上的书或者周围的试卷。那书撞到了地面上。那一大沓试卷被推过桌子，打翻了他的墨水瓶。

"太恶劣了。"他说。

"抓住你的墨水瓶。"露丝说。他侧身过去接瓶子，却把它打翻在地。幸亏盖着盖子，也没有摔碎。

"他伤害你了吗？"

"没有，其实没有。"

"上楼去。我们去报告这事儿。"

"哦，别。"

"他逃不过的。不能允许这种事。"

"没有什么人可以报告，"露丝如释重负地说，"图书管理员每周六中午就能下班了。"

"太恶心了。"他的声音很激动，调门高高的。露丝很后悔自己跟他讲了这些事，然后说她要回去工作了。

"你真的没事吗？"

"哦，是的。"

"我会在这里。如果他回来你就告诉我。"

那就是帕特里克。如果说她一直试图让他爱上自己，那么没有比现在更好的时机了。他的很多观念颇具骑士精神，尽管他会假装嘲弄，说出一些特定的词句，故意表现出在说反话。女子，他会这样说，还会说落难少女。露丝来到那个单间，带着她的故事，她便把自己变成了落难少女。他语气中那假装的讽刺唬不了人：显然，他就是希望能够活在一个骑士和淑女的世界里，为邪恶愤慨，为正义献身。

每个周六，她仍然会在图书馆里见到他，也常常能在校园散步时，或在餐厅里遇到他。他特意礼貌而关切地对她打招呼："你还好吗？"这样的语气似乎是因为想到她可能会受到更多袭击，或者可能仍然没有从第一次袭击中走出来。他常常见到她就脸红得厉害，她觉得这是因为一想起她告诉他的事就让他感到尴尬。后来她发现这是因为他恋爱了。

他弄清楚了她的姓名，以及住处。他往亨肖博士家里打电话给她，问她要不要一起去看电影。一开始他说："我是帕特里克·布兰奇福德。"露丝都想不起来这是谁，但是一会儿之后露丝认出了那个音调高高的、听上去委屈又胆怯的声音。她说她会去。她会去的部分原因是亨肖博士总是说，露丝没有浪费时间跟男孩子们混在一起，她可真是欣慰。

开始跟帕特里克约会不久后，她就跟他说："要是那天是你抓了我的腿，多有趣啊不是？"

他不觉得有趣。他觉得她这么想太恐怖了。

她说这只是开玩笑。她说她是想说，如果是这样，那么这个故事的转折还挺妙的，就像毛姆的小说，或者希区柯克的电影。他们刚刚一起去看过一部希区柯克的电影。

"你知道，如果希区柯克拍了部这样的电影，你的性格可能就一半是狂野无节制的抓腿人，另一半就是个害羞的学者了。"

他也不喜欢这说法。

"一个害羞的学者，这是你对我的看法吗？"她觉得他压低了自己的嗓音，用了几个嗡鸣声，缩起他的下巴，似乎是为一个笑话做出的表情。但是他很少跟她讲笑话，他觉得谈恋爱的时候不适合讲笑话。

"我不是说你是一个害羞的学者或者是一个抓腿人。这只不过是个想法。"

过了一会儿他说："我想我看上去并不怎么像个男子汉吧。"

对于他的这种坦白，她感到震惊，并且被激怒了。他这是投机取巧的话，他难道没有受过教训，教他不要这么投机取巧吗？不过也可能他其实并没有投机取巧。他知道她肯定要说一些安慰他的话。尽管她很希望不这么做，她希望能明智而审慎地说一句："嗯，是的。你不怎么像。"

但这不是真话。对她来说，他的确挺有男子气概的。就是因为他讨了个巧。只有男人会如此粗心又苛求。

"我们来自两个不一样的世界。"另一次，她跟他说。说这话让她感觉自己就像话剧里的一个角色似的。"我家那边的人都是穷人。你会觉得我住的地方是一个垃圾堆。"

现在，她成了那个不诚实的人了，假装任由他怎么看待自己，因为她觉得他当然不会说，哦，这样啊，如果你身边都是穷人，还来自垃圾堆，那我就收回我的请求好了。

"但是我挺高兴的，"帕特里克说，"我很高兴你是个穷人。你这么漂亮。你就像'乞丐新娘'。"

"谁？"

"《国王科法图和乞丐新娘》。你知道。那幅画。你不知道那幅画吗？"

帕特里克有个把戏——不对，这不是把戏，帕特里克不会坑把戏——当人们不知道一些他知道的东西时，帕特里兑会表现出一种惊讶，颇为讽刺的惊讶；同样，当人们知道一些他不知道的东西时，他也会表现出同样的讽刺，同样的惊讶。他的傲慢和谦卑都夸张得古怪。那种傲慢，露丝那时就觉得，一定来自他宽裕的家境，尽管帕特里克从来没有在那个方面表现出自己的傲慢来。当她见到他的姐妹们的时候，发现她们也一样，对任何不懂马匹和航海的人都表现出厌恶，就像厌恶任何懂音乐或者政治的人一样。帕特里克能跟她们一起做的，除了扩大这厌恶情绪就没别的了。但是，当比利·波普傲慢起来，当弗洛傲慢起来的时候，不也一样糟糕吗？可能是。但有一个差别，那就是比利·波普和弗洛是不受保护的。别的人别的事会影响到他们，比如难民，比如电台里的法语，比如变化。帕特里克和他的姐妹们表现得就像永远都不会受到任何烦扰一样。当他们在桌前吵架的时候，他们的声音听上去孩子气得令人震惊：他们会要自己喜爱的食物，只要见到桌上有什么他们不喜欢吃的，就会大发雷霆，跟小孩子一样。他们从来都没有通过顺从和磨炼赢得这个世界的喜爱，他们从来也都不需要，因为他们很有钱。

露丝一开始对帕特里克有多少钱是没有概念的。没人相信这一点。每个人都认为她很聪明，会算计。但是在这方面，她真的不聪明，而且她也的确不在意他们到底相信不相信。后来她发现，那些一直在努力上位的女孩，并没有像她那样击中关键。大一点的女孩，还有姐妹会的女孩们，她们之前从来没有注意过她，如今开始用困惑和尊敬的目光来看待她。就连亨肖博士，当发现情况比她想象的更进一步时，都会让露丝过去好好聊一聊，觉得她可能是看中了人家的钱。

"吸引了商业帝国二代的注意是一个很大的胜利。"亨肖博士说。话语里同时带着讽刺和严肃。"我不是鄙视财富，"她说，"有时候我也希望自己能有一些财富。"（她真的认为自己没有吗？）"我相信你能够学会如何把这些财富用在好的地方。但是你的抱负呢，露丝？你的学习，还有你的学位呢？你这么快就要把这一切抛在脑后吗？"

商业帝国真是一种相当堂皇的表达。帕特里克的家庭在不列颠哥伦比亚拥有连锁百货商场。帕特里克只跟露丝提了下他父亲有几家店。当她跟他说"两个不一样的世界"时，她以为他大概住在亨肖博士家那一带那种大大的房子里。她想象的是汉拉提最有钱的商人。她意识不到自己撞了个多大的彩头，因为对她来说，中彩意味着屠夫的儿子或者珠宝商的儿子爱上了她，人们会说她干得漂亮。

她去看了看那幅画。她在图书馆的一本艺术类书籍中查到了。她仔细研究了"乞丐新娘"，她温和动人，体态丰盈，长着羞答答的白皙双足。她看到她那欲说还休的顺从，那种无助和感激。这就是帕特里克心目中的露丝吗？这就是她会成为的人吗？她需要的是那位国王，他皮肤黝黑，个性敏锐，即使在激情洋溢时也透着聪明和野性的气质。他那凶猛的欲望会让她春心荡漾。他身上没有歉意，没有信念不足，没有畏畏缩缩，而这些似乎在帕特里克身上处处可见。

她不能拒绝帕特里克。她做不到。她无法忽视的，并不是那堆钱，而是那堆爱。她认为自己是在怜惜他，想帮帮他的忙。仿佛他穿过人群，来到她身边，拿着一颗巨大的、简单的、明晃晃的物体——也许是一颗蛋，银灿灿的蛋，用途可疑，重量唬人，仿佛他在把这个递给她，事实上是硬塞给她，求她为他分担些那东西的重量。如果她又给他塞回去，他可如何忍受得了？但是这种解释里遗漏了一些东西。遗漏了她自己的欲望，不是对于财富的欲望，而是对于被崇拜的欲望。他所称之为爱的东西，那尺寸、那分量、那光辉——她从来没有怀疑过这点——必然给她留下了深刻的印象，尽管她自己从来没有要过。这样的给予似乎以后不会再出现了。帕特里克自己虽然对她心怀敬意，但是含糊间也承认了这是她的运气。

她总是觉得会发生这样的事情，觉得有人会看着她，全心全意、无可救药地爱上她。同时她又觉得没有人会这么做，完全不会有人爱上她，在此之前，从来没有。别人想要你，不是因为你做了什么，而是因为你身上有什么，可你怎么知道你到底有没有那个东西呢？她会对着镜子想：妻子，亲爱的。这些柔和而好听的词语。这些词怎么能用在她身上呢？这是个奇迹，这是个错误。那是她梦想过的东西，那不是她现在想要的东西。

她变得疲惫，易怒，难以入眠。她尝试以赞赏的眼光来看待帕特里克。他那清瘦的、白嫩的脸蛋的确很好看。他一定知道很多事情。他给试卷打分，主持考试，完成他的论文。他身上有一种烟斗和糙糙的羊毛衫味道。他二十四岁。在她认识的女孩中，没有一个有年纪这般大的男朋友。

她毫无征兆地想起他说的话来："我想我看上去并不怎么像个男子汉吧。"他还说过："你爱我吗？你真的爱我吗？"他会以一种担惊受怕又有胁迫性的方式看着她。然后当她说爱的时候他说自己真是幸运啊，他们俩真是幸运啊，他提到他的朋友和他们的女朋友，他们的爱情跟他和露丝的比起来多没劲哪。露丝会因为恼怒和痛苦而发抖。她厌恶自己，就像她厌恶他一样，她厌恶他们此刻营造的画面，走过市中心白雪皑皑的公园，她赤裸的双手塞进了帕特里克的手里，塞进他的口袋里。她内心呼喊着残酷而骇人的话语。她得做些事情，得防止这些话被说出来。她开始撩拨他，挑逗他。

在亨肖博士的后门外，在雪中，她亲吻了他，试着让他张开嘴，她对他做了不少恬不知耻的事情。当他亲吻她的时候，他的嘴唇是软软的，他的舌头是羞怯的，他并不是拥着她，而是瘫向一边，她在他身上没有发现任何的力量。

"你很好看。你的皮肤很好。眉毛也这么漂亮。你真是优雅。"

她听到这话很开心，谁听了都会开心。但是她用警告的语气说："我不优雅，真的。我块头很大。"

"你不知道我有多爱你。我有一本书叫作《白色女神》。每次我看到它的题目，都会想起你。"

她从他身上扭开。她弯下腰来在阶梯处的雪堆里抓了一把雪，拍在他的脑袋上。

"我的白色男神。"

他把雪甩掉。她抓起更多的雪，然后扔向他。他没有笑，他感到讶异和惊恐。她把雪从他的眉毛刷下，从耳朵上舔掉。她笑着，尽管她的感受并不是快乐，而是绝望。她不知道她为什么会这么干。

"亨肖博士。"帕特里克对她嘟哝两声。那种他用来赞美她的、温柔如诗般的声音消失了，没有任何过渡就变成了抗议和恼火。

"亨肖博士会听见的！"

"亨肖博士说你是一个体面的年轻男人，"露丝做梦似的说，"我觉得她是爱上你了。"这是真的，亨肖博士是这么说过。他的确是这样的男人，这也没错。但是他忍受不了她说话的方式。她吹走了他头发上的雪。"你为什么不进去蹂躏下她？我觉得她一定是个处女。那是她的窗户。为什么不去呢？"她揉了揉他的头发，然后把她放在他大衣内的手滑下去，在他裤子前面摩挲着。"你硬了呀！"她胜利般地说。"哦，帕特里克！你对亨肖博士硬了呀！"她从来没有说过这样的话，也从来没有做过哪怕类似的事。

"别说了！"帕特里克说，他备受折磨。但是她停不下来。她抬起头，用耳语假装对着楼上的窗户高喊："亨肖博士！下来瞧瞧帕特里克给你带了什么！"她那欺负人的手伸向他的裤门襟。

为了制止她，为了让她安静下来，帕特里克得跟她扭打在一起。他一只手盖住她的嘴巴，另一只手把她的手从拉链上打掉。那外套大大的宽松的袖子像扑棱扑棱的翅膀一样拍打着她。他一开始反抗，她就松了一口气——她就想要他这样，要他有点行动力。但是她得继续抵抗，直到他的确证明自己比她更强壮为止。她担心的是他做不到。

但是他是强壮的。他把她压下去，再压下去，直到她跪下，脸埋在地下的雪里。他将她的手臂向后拉，让她的脸在雪地上摩擦。然后他放手了，差点毁掉了这一刻。

"你还好吗？你怎么样？对不起。露丝？"

她摇摇晃晃地站起来，用她那沾满了雪的脸朝他脸上撞。他退了几步。

"吻我！吻这些雪！我爱你！"

"你爱我吗？"他哀怨地说，然后拂去她一边嘴角上的雪，吻了吻她。脸上露出那理所当然的困惑。"你爱我吗？"

然后一束光线对着他们冲洒了下来，淹没了他们和被践踏的积雪，亨肖博士在他们的头顶上叫唤起来。

"露丝！露丝！"

她用一种耐心的、鼓舞的声音喊着，仿佛露丝在附近的大雾中迷了路，需要她指引回家的方向。

"你爱他吗，露丝？"亨肖博士说，"现在，你好好想想。你爱他吗？"她的声音里充满了怀疑和严肃。露丝深深地吸了一口气，用似乎满心平静的声音说："是的，我爱他。"

"那就行了。"

到了半夜，露丝醒来，开始吃巧克力棒。她渴望甜食。经常，在课堂上，或者电影看到半途，她就开始想念软糖蛋糕、布朗尼，那种亨肖博士在欧洲烘焙店买回来的糕点——它里面是一坨浓郁的苦巧克力，会溢出到盘子上。每当她开始想她和帕特里克，每当她下定决心要看看自己的感受到底是怎么样的，这些渴望就来作乱了。

她的体重在上涨，眉毛之间长起了一些粉刺。

她的卧室很冷，就在车库上面，三个方向都有窗户。除了这点之外，这屋子还是挺让人愉悦的。床的上方挂着装裱好的希腊天空和废墟的照片，是亨肖博士在她的地中海之行中拍下来的。

她正在写一篇关于叶芝戏剧的论文。在其中一出戏剧里，一个年轻的新娘即将进入一段合情合理又令人难以忍受的婚姻，最终在精灵的引诱下逃走了。

"去吧，人世间的孩子……"露丝读着，为自己，她眼里噙着泪水，仿佛她就是那个羞涩而难以捉摸的处女，她太过纤细精巧，与那个诱骗她的手足无措的农民毫不相配。然而现实生活中，露丝才是那个农民，令高洁的帕特里克感到震惊，但是他没有想要逃跑。

她将其中一张希腊照片拿了下来，在墙纸上涂写起来。她在床上吃着巧克力棒，风从吉本斯公园呼啸而来，撞在车库的墙上，她写下一首诗歌的开头：

> 稍不注意，漆黑的子宫里，
> 我就怀上了个疯子的孩子……

她没有再写更多，有的时候也在想"稍不注意"是不是真的。她也从来没有想把这首诗擦去。

帕特里克跟另外两个研究生同学在一起住。他生活得很简朴，没有车，也不参加什么兄弟会。他穿的衣服像平常学生的一样破旧。他的朋友们都是教师和牧师的儿子。他说他的父亲不希望他成为一名知识分子，几乎和他断绝了关系。他说他永远也不会去做生意。

午后，他们回到他的公寓，他知道其他的学生会出去。房间里很冷。他们很快就脱下衣服，钻进了帕特里克的被窝。现在是时候了。他们紧紧抱在一起，发着抖，发着笑。发笑的是露丝。她觉得有必要一直把这事儿弄成随意、好玩的样子。她非常害怕他们办不成这件事，害怕他们之间可怜的欺骗和诡计暴露无遗，怕一切之中酝酿着一场巨大的羞辱。然而这欺骗和诡计只是她的。帕特里克从来都不是一个骗子：尽管带着巨大的尴尬，还有歉意，他做到了；在一番饱含惊奇的喘息、笨拙的动作之后，他越过一切，到达了平静。露丝不顶什么用，她没有将她的消极情绪诚实地表现出来，而是非常急切地扭动着，颤抖着，伪造出一种颇不熟练的激情。当事情完成了的时候，她很愉快，这个她倒不需要去伪装。他们做了其他人都做了的事情，做了其他恋人们都做了的事情。她想怎么庆祝一下。她想到的，就是一些好吃的东西，比如"甜潮店"里的圣代，淋着热肉桂酱的苹果派。对于帕特里克的想法她毫无防备，他说，要留在这里，再试一遍。

当他们第五或者第六次在一起，欢愉真的产生的时候，她完全被扰乱了，她那激情满溢的轻佻熄了火。

帕特里克说："你怎么了？"

"没什么呀！"露丝说，便再一次让自己容光焕发，聚精会神起来。但是她总是忘记要这样做，这些全新的进展干扰了她，最终，她不得不向那样的挣扎投降了，多多少少地，不把帕特里克放心上了。一旦她又能对他留心起来，她就会表现出让他不知所措的感动，她现在的确很感激他，尽管她说不出口，她想被原谅，原谅她那假装的感动，原谅她施恩的姿态，原谅她的怀疑。

为什么她还要满腹怀疑？当帕特里克去做速溶咖啡的时候，她舒舒服服地躺在床上，这么想着。她假装的那些东西，不是也可能同样真的感觉出来吗？如果在性事上都出乎意料地成功了，那么其他任何事情不也一样吗？帕特里克帮不了她，他的骑士精神，他的自我贬低，几乎都如同他的责骂一般，令她心灰意冷。但说到底不还是她的错吗？是她坚信任何爱上她的人都必然有无可救药的缺陷，终将暴露出自己是个傻瓜的真相。所以她会留心证明帕特里克愚蠢的每一个信号，尽管她觉得自己寻找的是他身上那些强势能干、令人倾慕的地方。此时此刻，在他的床上、他的房间里，她身边尽是他的书和衣服，他的鞋刷和打字机，还有贴在各处的漫画——她坐在床上看它们，它们真的很有趣，她不在的时候，他肯定是把这里弄得很有趣的——她可以把他看作一个可爱、聪明，甚至幽默的人，不是英雄，也不是傻瓜。或许他们能一起过普通人的生活。只要他回来之后，不要又开始对她进行一番感谢、爱抚和崇拜就行。她不喜欢被崇拜，真的，她只是喜欢崇拜这个想法而已。另一方面，她也不喜欢他纠正和批评她。他想改变的东西太多了。

帕特里克爱她。他爱她什么？不是她的口音，他在尝试改变她的口音，只不过她常常不听劝告，也不讲道理，面对凿凿证据，她仍然宣称自己没有乡村口音，大家都是这样说话的。也不是她对待性那带有紧张的大胆（她的处女身让他松了一口气，他的性能力也让她松了一口气），只要她爆出一个粗鲁的单词，发出一点拖腔，就能把他吓退。在所有这些时候，她做的动作、她说的话，都是在为了他毁掉她自己，然而，他却看穿了她，他穿过所有她制造的障碍，去爱那个她自己都看不见的乖巧形象。他抱有很高的期望。她的口音可以被消灭，她的朋友们可以名誉扫地、然后被清除出局，她的粗鲁可以被拦下。

她的其他品质呢？她的活力、懒惰、虚荣、不满和野心呢？她全部隐藏起来了。他对此一无所知。尽管她心有怀疑，她却从来不想让他停止爱她。

他们旅行了两次。

复活节假期的时候，他们坐火车去了不列颠哥伦比亚。帕特里克的父母给他寄了车票钱。他替露丝付了钱，用完了自己在银行里的积蓄，还从他一个室友那里借了点。他告诉她不要跟他父母说她没有自己买票的事情。她知道这意思是要向他们隐瞒她很穷。他对女性的衣着一无所知，否则他会发现那是不可能的。虽然她已经尽力。为了应对沿海地区的气候，她从亨肖博士那里借了一件雨衣。虽然有点长，但除了这点之外其他都还好，因为亨肖博士的品位一贯都是青春系的。为了买一件毛茸茸的桃红色安哥拉羊毛衫，她还去卖了比上次更多的血，不过这衣服看上去乱糟糟的，完全是小镇女生的盛装品位。她总是在买完了之后才意识到这一点，之前却意识不到。

帕特里克的父母住在悉尼附近的温哥华岛上。半亩修剪过的绿草坪沿着石墙、窄窄的卵石沙滩和海水倾滑而下——现在已是隆冬，那草地仍然是绿的；对露丝来说，三月就像隆冬。房子一半是石头造的，一半是木材加以灰泥粉饰。都铎式风格，混搭其他。客厅、餐室和书房的窗户都面朝大海，由于强风有的时候也会刮到岸上来，这些窗户都有厚厚的玻璃，露丝觉得应该是那种平板玻璃，就像汉拉提汽车展厅里的那种。餐室朝向大海的一整面墙都是窗户，那曲线就在温柔的海湾里伸展，你从那厚厚的曲线玻璃望过去，就像视线穿过一个瓶底。餐具柜也有一个弧状的、发出微光的肚子，而且看上去就像一艘小船那么大。这里到处都会让人注意到尺寸，特别是厚度。毛巾的厚度，地毯的、刀柄的、叉子的厚度，还有沉默的厚度。这里的奢侈和不安都是厚重的。一两天之后，露丝已经气馁，她的手腕和脚踝都觉得没力气了。拿起自己的刀叉是一件麻烦事，切开和咬下一块完美的烤牛肉几乎是办不到的；爬个楼梯让她气喘吁吁。她从来不知道有些地方会让你窒息，会让你的生活窒息。尽管她去过一些非常不友好的地方，但她从来不知道还有这种事儿。

第一天早晨，帕特里克的母亲带她到院子里走走，带她看了花房，还有"那对夫妇"住的小屋，一间漂亮的、有遮挡的、常春藤环绕着的小屋，比亨肖博士的房子还大。那对夫妇，还有仆人们，比露丝在汉拉提见过的任何一个人说起话来都要更加温和，举止更加谨慎和端庄，这样比较之下，他们倒显得比帕特里克家的人更优越了。

帕特里克的母亲带她去看玫瑰园和蔬果园。那里有不少低矮的石墙。

"这是帕特里克建造的，"他母亲说，她说任何话都显得很冷淡，几近厌恶，"这些石墙都是他建造的。"

露丝的声音一出口，全都是虚假的自信，以及不恰当的热情。

"他一定是真正的苏格兰人——"她说，帕特里克是苏格兰人，虽然名字不像，布兰奇福德家族来自格拉斯哥，"最好的石匠不都是来自苏格兰吗？"（她就在最近才学会不要说"苏格兰来的"。）"也许他有一个当石匠的祖先呢。"

说完之后她感到很难为情，她想着自己付出的努力，那种假装的自然与愉悦，就跟她的衣服一样廉价，一样亦步亦趋。

"不是，"帕特里克的母亲说，"不是。我想他们不是石匠。"她身上仿佛散发出一种烟雾来：她被侮辱了，她不同意，她不高兴。露丝觉得，也许是暗示她丈夫的家族需要亲自参与劳动的说法让她感到被冒犯了。但是等到她更了解她之后——或者说观察她更久以后，因为了解她是不可能的——她明白了，帕特里克的母亲不喜欢对话里出现任何想象的、推测的、抽象的东西。当然，她也不会喜欢露丝那闲聊式的语调。任何超出眼下实际事物的东西，也就是食物、天气、请客、家具和仆人之外的东西，对她而言，都是马虎、粗野、危险的。说"今天这天气真暖和"没问题，但是说"今天让我想起我们以前——"就不行了。她讨厌人们想起什么。

她是温哥华岛上早期发迹的那批木材大亨之一的独生女。她出生在如今已经消失了的北方殖民地。但是每当帕特里克让她讲讲从前的事，让她提供最简单的信息，比如沿着海岸航行的是什么样的轮船，殖民地是哪一年荒废的，第一条伐木铁路的路线是什么，她都会生气地说："我不知道。我怎么可能知道这些？"这种气愤是她语言里最强烈的表达了。

帕特里克的父亲也不关心过去。关于帕特里克的很多事情，大多数事情，在他看来都是不好的征兆。

"你想知道那些干吗？"他在饭桌上吼道。他是个矮个子，长着一副方正的肩膀，通红的脸，出奇地好斗。帕特里克长得像他的母亲，很高，很好看，很优雅，但姿态尽可能低调，仿佛她的衣服、她的妆容、她的风格，都是出于中立的考量而选定的。

"因为我对历史感兴趣。"帕特里克用一种愤怒而自负，但是紧张得变调的声音说道。

"因为我对历史感兴趣。"他的妹妹玛丽昂马上学了起来，包括那变了调的嗓音。"历史！"

乔恩和玛丽昂都比帕特里克要小，但是比露丝大。不像帕特里克，他们不紧张，她们在自鸣得意上不露破绽。之前一次吃饭的时候她们向露丝提出过疑问。

"你会骑马吗？"

"不。"

"你会驾船航行吗？"

"不。"

"你打网球吗？打高尔夫吗？打羽毛球吗？"

不。不。不。

"也许她是个学问天才，就跟帕特里克一样。"他父亲说。而让露丝感到恐惧而尴尬的是，帕特里克开始在饭桌上大吼着露丝获得了多少奖学金和奖项。他想干什么？难道他蠢到认为这样的吹嘘会让他们服气，这样做难道不是除了被嘲讽，什么都捞不到吗？面对帕特里克大喊大叫的炫耀，面对他对运动和电视的鄙视，面对他所谓的学问兴趣，家人们显得团结一致地反对。但这个联盟只是暂时的。他父亲对自己女儿们的厌恶跟对帕特里克的厌恶比起来，也没小到哪里去。他有时间的话也会斥责她们：他嘲讽她们花这么多时间玩这玩那，抱怨她们花太多钱来买装备、买船只、买马匹。她们也会互相争吵，争吵那些关于分数、借还和损伤的含糊问题。她们都会向妈妈抱怨食物，尽管食物丰富而美味。那位母亲也尽量对所有人说最少的话，说实在的，露丝其实不怪她。她从来没有想象过一个地方会同时积聚那么多的恶意。比利·波普是个偏执又爱抱怨的人，弗洛也阴晴不定、不公正，喜欢说长道短，她的父亲活着的时候，总是能给出冷酷的评价和不间断的反对意见，但是相对于帕特里克的家人来说，露丝家的人反而显得愉悦而满足了。

"他们总是这样吗？"她对帕特里克说，"还是因为我？他们不喜欢我。"

"他们不喜欢你是因为我选择了你。"帕特里克带着些许满足说。

夜幕降临之后，他们躺在石子沙滩上，穿着雨衣，拥抱、亲吻，尝试了更进一步，但不舒服，也没成功。亨肖博士的雨衣被露丝蹭上了海草的斑痕。帕特里克说："你知道我为什么需要你了吧？我是多么需要你啊！"

她带他去了汉拉提。事情跟她想象的一样糟糕。弗洛大费周章，她做了一顿大餐，烤土豆，萝卜和大大的乡村香肠——比利·波普从肉店带来的特别礼物。帕特里克不喜欢这种粗糙的食物，也没有装作喜欢吃下它们。桌子上铺着塑料桌布，他们就在荧光灯下吃饭。桌子中间的摆饰是崭新的，专为此刻准备的，一只塑料天鹅。颜色是石灰绿，翅膀上有个缝口，那里叠放着有颜色的餐巾。他们提醒比利·波普拿一张用，但是他嘟哝两声，拒绝了。除此之外，他老老实实，就是有点闷闷不乐。他得到了消息，他和弗洛都得到了消息，露丝这次大获全胜了。消息是从汉拉提那些比他们更有头有脸的人们中间传出来的，否则他们也不会相信。肉店的顾客——那些难对付的女士，牙医和兽医的太太——告诉比利·波普，露丝找了个百万富翁。露丝知道明天比利·波普开工的时候会给大家讲百万富翁或者百万富翁儿子的故事，而所有的故事结果都是在说他自己——比利·波普在这个场合中的直率又不卑不亢的态度。

"我们给了他一些香肠让他好好坐下来吃了，他是哪儿来的对我们来说都一样！"

她知道弗洛也会说点什么的，她知道帕特里克那紧张的样子可逃不过她的眼睛，她知道她会学他的声音，学他那夸张的手部动作，笨手笨脚打翻番茄酱瓶子的样子。但是现在，他们都弓身坐在桌子前，无精打采的，可难受了。露丝试着开启话题，兴高采烈地、不自然地发发言，就像是一个采访者在调动淳朴的当地居民的兴致。她感到羞愧难当。她还为这食物、这天鹅、这塑料桌布感到羞愧；她为帕特里克，这个郁郁寡欢的势利眼感到羞愧，弗洛递给他牙签筒的时候，他还做了一个受惊吓的厌恶表情；她也为弗洛的胆怯、虚伪和做作感到羞愧；她最为自己感到羞愧。她甚至没法好好说话，没法让自己听起来自然些。因为帕特里克在，她说话的口音也回不到从前那种跟弗洛、比利·波普，跟汉拉提的口音比较像的样子。反正那口音现在她听着也很刺耳。好像不仅仅是发音的问题，一整套说话方式都是不同的。说话就跟大喊大叫似的，词与词都是分开的，每一个都是重音，仿佛这样人们就可以用它们互相轰炸。大家说出来的话也都像最平庸的乡村喜剧里的台词。没准儿完了一伙计能有这念想——他们都是这么说话的。真的就是这么说的。露丝想象自己通过帕特里克的眼睛和耳朵来看他们的样子，听他们的语言，也无法不对此感到惊异。

她试着让他们谈谈关于当地历史的话题，她觉得这个帕特里克可能会感兴趣。现在弗洛的确开始说话了，不论她有什么顾虑，憋到现在已经是她的极限了。对话转向另一个话题，不是露丝计划的那种。

"我小时候住的那条线，"弗洛说，"是弄得最糟糕的自杀地界。"

"她说的线就是特许的公路路段，镇上的。"露丝对帕特里克说。她对弗洛接下来要说什么心存疑虑，果然，帕特里克不得不听着有个男人怎么割了自己的喉咙，自己的喉咙，从一边耳朵到另一边，有个男人开枪自杀，但是第一次没成功，所以他又装上子弹，再开了一枪才搞定，还有一个男人用一条链子把自己给吊了起来，就是拖拉机上挂的那种链子，所以他的脑袋没被拧下来简直是个奇迹。

拧下来，弗洛说。

她又讲了一个女人的故事，虽然她不是自杀，不过她在夏天死在了自己的房子里，一周之后才被发现。她说要帕特里克想象一下。全部这些事情，弗洛说，都发生在离她出生地不到五英里的地方。她是在社交，展示证据，不是要吓唬帕特里克，至少没有超出他可以接受的范围，她并不是在为难他。他如何能明白这些呢？

"你是对的，"当他们坐公交离开汉拉提的时候，帕特里克说，"这是个垃圾场。你能离开这个地方一定很开心。"

露丝马上觉得，他不应该这样说。

"当然她不是你的亲妈，"帕特里克说，"你的亲生父母肯定不会是那样的。"露丝也不喜欢他这么说，尽管她自己是这么认为的。她看出他正在试着为她提供一个更加有教养的家庭背景，也许就跟他那些穷朋友一样：家里有一些书，一个茶具托盘，还有修补过的亚麻织品，越旧越显得有品位——一群骄傲、疲乏、受过教育的人。他真是个胆小鬼，她生气地想，但是她知道自己才是胆小鬼，她都不知道应该如何自如地应对自己家乡的人、那个厨房，以及所有那一切。几年之后，她将学会运用这些，她会在晚宴上动用早年家乡的几小则趣事把在场的人逗笑或者镇住他们。但现在她感到困惑和痛苦。

无论如何，她的忠诚感开始萌芽了。现在她必将要离开这个地方，在她所有的记忆周围，在小店和小镇周围，在那不算热闹、有点乱糟糟的乡村周围，她架设起了一层忠诚和防护的外壳。她会悄悄以此与帕特里克的世界抗衡，他的高山和海洋，他的石头和木制豪宅。她的忠诚远比他的更加骄傲和固执。

但其实他什么都没有放弃。

帕特里克给了她一枚钻戒，向她宣布：为了她，他要放弃做一个历史学家。他要去跟他爸爸做生意了。

她说她还以为他讨厌他爸爸的生意呢。他说现在因为有妻子要养，这样的态度行不通了。

仿佛帕特里克对结婚的欲望，即便是想跟露丝结婚的欲望，也被他父亲当作一种理性的标志。在他那个家，丰厚的礼金和病态的意志混在了一起。他的父亲马上提出想为他在店里找份工作，想给他们买个房子。帕特里克没能拒绝他的好意，就像露丝也没能拒绝帕特里克的一样，他们的理由都和金钱没什么关系。

"我们的房子会像你父母的那样吗？"露丝说。她真的觉得一开始可能就得住那样的房子了。

"嗯，可能一开始不会那样。不是完全——"

"我不想要那样的房子！我不想这样生活！"

"你想怎么生活我们就怎么生活。你想要什么样的房子我们就住什么样的房子。"

只要不是一个垃圾场就好，她心里愤愤地想。

她不怎么认识的女孩们都会停下来问她这戒指的来历，欣赏它，祝福她。一次周末她一个人回到汉拉提的时候，真是谢天谢地，她在主街道上遇到了牙医的老婆。

"哦，露丝，可真是棒极了呀！你什么时候再回来呢？我们要请你来家里坐坐，镇上的姑娘都想请你去做客！"

这个女人之前从来没有跟露丝说过话，从来没有任何迹象表明她之前认识露丝。如今道路敞开了，壁垒削弱了。而露丝——哦，这是最糟糕的，这是最丢人的——露丝没有打断牙医老婆的话，她脸红起来，得意地扬着自己的钻戒说，好啊这个主意不错。当人们说她一定很幸福的时候她的确觉得自己幸福了。就这么简单。她笑容满面、神采奕奕，轻而易举地化身为一个未婚妻。你会住在哪里呀，人们会问，然后她说，哦，在不列颠哥伦比亚！这就给故事增添了更多的魔力。那里是不是真的很漂亮啊，他们说，是不是从来都没有冬天啊？

"哦，是呀！"露丝喊道，"哦，不对！"

她早早地醒了，起床、穿好衣服，从亨肖博士车库的侧门出去。太早了，还没有公交车。她步行穿过这城市，到帕特里克的公寓去。她穿过公园。在南非战争纪念碑附近，她看见一对灰狗在跳跃，在玩耍，一位老妇人站在旁边，牵着它们的皮绳。太阳刚刚升起，照射在它们发白的皮毛上。草地是湿湿的。水仙花都开了。

帕特里克来开门，头发乱乱的，睡眼惺忪，穿着灰色和栗色条纹的睡衣。

"露丝！你怎么了？"

她什么都说不出来。他把她拉进屋子里。她将他抱住，头埋在他的胸口，用夸张的声音说："求你了，帕特里克。请别让我嫁给你。"

"你生病了吗？你怎么了？"

"请你别让我嫁给你。"她又说了一遍，但语气没那么坚定。

"你疯了。"

她并不怪他这么想。她的声音听上去很不自然，像在哄骗，像在犯傻。他打开门之后，她看到了他的样子，他迷蒙的眼睛，他的睡衣，她知道她要来做的事情简直是浩瀚繁杂，是天方夜谭。她得把一切解释给他听，但是这个她肯定也办不到。她不能使他明白她的无奈。她找不到一种语调、一种表情能够表达她的心情。

"你生气了吗？"帕特里克说，"发生什么了？"

"没什么。"

"你是怎么过来的呢？"

"走过来。"

她很想去洗手间，不过一直在忍。仿佛如果她去了洗手间的话，她在这事儿上积蓄起来的力量就会被损毁掉一些。但是她忍不住。她放了自己一马。她说："等等，我要上个厕所。"

她出来之后，帕特里克开了电水壶，开始配速溶咖啡。他看上去很得体，又困惑。

"我其实还没清醒过来，"他说，"好了。坐下来。首先，你是快来月经了吗？"

"不是。"但是她沮丧地想起，她的确是在经期前，而且他可能也能算出来，因为上个月他们还为这事担忧来着。

"好吧，如果你不是快来月经，也没有什么让你生气的事情，那这又是为什么呢？"

"我不想结婚。"她说，回旋了一下，没有太残忍地说"我不想和你结婚"。

"你是什么时候这样决定的？"

"很久了。今天早上。"

他们很小声地交流着。露丝看看钟点。七点刚过。

"其他人什么时候起来？"

"大概八点。"

"有冲咖啡的牛奶吗？"她去冰箱里看。

"关门小声点。"帕特里克说。不过太晚了。

"抱歉。"她用她那奇怪的、显得蠢蠢的声音说。

"我们昨天晚上一起散步的时候还什么事都没有。你今天早上就过来告诉我你不想结婚了。你为什么不想结婚？"

"我就是不想。我不想结婚。"

"你还想做什么呢？"

"我不知道。"

帕特里克盯着她，神情严峻，喝着咖啡。这个之前会以恳求的语气说"你爱我吗，你真的爱我吗"的人，现在已经不提这个话题了。

"我知道了。"

"什么？"

"我知道谁跟你聊了。"

"没人跟我聊。"

"哦，不。我敢打赌，亨肖博士跟你聊了。"

"没有。"

"有些人对她没有太高的评价。他们觉得她会对女孩们产生影响。她不喜欢跟她住一起的女孩有男朋友。是吧？你都跟我说过。她不喜欢让她们过正常人的生活。"

"不是这样。"

"她跟你说了什么，露丝？"

"她什么都没说。"露丝开始哭了。

"真的吗？"

"哦，帕特里克，听我说，求求你，我不能嫁给你，别这样，我不知道这是为什么，我不能，拜托了，我很抱歉，相信我，我不能。"露丝絮叨着，哭泣着。帕特里克说："小声点！你会吵醒他们的！"他把她从厨房的椅子上抱起来，或者说是拖了出来，带到他自己房间里，她坐在床上。他关上门。她双手交叉，捂住肚子，身体来回摇着。

"怎么了，露丝？你怎么了？你病了吗！"

"跟你说这个好难！"

"跟我说什么？"

"说我刚才说的那些！"

"我是说你是查出自己得了肺结核还是什么吗？"

"不是！"

"是你家里有什么事情你没告诉我吗？是精神疾病吗？"帕特里克鼓励着她。

"不是！"露丝摇着，哭着。

"那是什么呢？"

"我不爱你！"她说，"我不爱你。我不爱你。"她倒在床上，把头埋在枕头里。"对不起。对不起。我控制不了。"

过了一会儿帕特里克说："好吧。如果你不爱我那就不爱我吧。我不会强迫你。"他的声音听上去很勉强，带着恨意，跟他话里的通情达理完全不一样。"我只是想，"他说，"你是不是知道你自己要什么。我觉得你不知道。我觉得你根本不知道自己想要什么。你现在就是紧张而已。"

"我不需要知道我想要什么我不想要什么！"露丝翻过身说。下一句让她解脱了。"我从来都不爱你。"

"嘘。你会吵醒他们的。我们得停下来了。"

"我从来都不爱你。我从来都不想。这是一个错误。"

"好的。好的。你的意思表达到了。"

"我凭什么要爱你？为什么你表现得像我不爱你我就有什么不对劲似的？你鄙视我。你鄙视我的家人，我的出身，你还觉得你在帮我一个大忙——"

"我是爱上了你，"帕特里克说，"我不鄙视你。哦，露丝，我崇拜你。"

"你是个娘娘腔，"露丝说，"你还是个假正经。"说这话时，她兴冲冲地跳下床去。她感觉自己充满了能量。还有更多话呢。

还有更可怕的事情要发生。

"你甚至都不知道该怎么做爱。第一次我就想逃开了。我真是为你感到难过。你从来都不看路，总是把东西碰倒，因为你都不在乎，你不在乎要注意些什么，你的眼里只有你自己，你老是吹嘘，太蠢了，你甚至都不知道该怎么吹才是对的，如果你真的想要给别人留下印象，那你永远也做不到，你这样做只会让别人嘲笑你！"

帕特里克坐在床上，抬头看她，她说什么他都听着。她想继续鞭笞他，说更坏的坏话，说些更丑恶、更残忍的事情。她停歇片刻，喘了口气，以防体内正在繁衍的怒火跑出来。

"我不想再见到你了，再也不想！"她恶狠狠地说。但是走到门口的时候，她却转过身来，用一种正常而遗憾的声音说了声："再见。"

帕特里克给她写了一张纸条："我不明白那天发生了什么，我想跟你谈谈这件事情。但是我觉得我们应该等两周，不见面，不跟对方说话，看看到时候我们的感觉是怎么样的。"

露丝把还戒指给他这事儿全忘了。当她早上从他的公寓楼走出来的时候，她还戴着它呢。她不能回去，而且如果寄的话也太贵了。她继续戴着它，最主要的原因是她不用告诉亨肖博士到底发生了什么。收到帕特里克的纸条，她松了一口气。她想到那个时候她就可以把戒指还给他了。

她在想帕特里克说亨肖博士的那些话。不消说，这话里是有说对了的地方，不然的话，为什么她那么不愿意告诉亨肖博士她解除了婚约，那么不愿意面对她那理性的赞同，她那克制的、宽慰的祝贺呢？

她告诉亨肖博士她在准备考试的时候不去见帕特里克。露丝能看出，即便是这事儿，也能让她愉悦起来。

她没有告诉任何人她的情况不一样了。她不仅仅是不想让亨肖博士知道。她不想放弃被嫉妒的感觉，这体验对她来说还是那样新鲜。

她试着考虑下一步该做什么。她不能再待在亨肖博士家里了。事情是明摆着的，如果她想逃离帕特里克，那么她必须也得逃离亨肖博士。她不想再在大学里住，让人们都知道她毁掉的婚约，让现在祝贺她的女孩们说她们早就知道，她得到帕特里克，纯属侥幸。

图书馆馆长给她提供了一份暑期工作，不过这大概是亨肖博士的提议。她一旦搬出去，这份工作可能就保不住。她知道她不该准备考试，而是应该去市中心，申请保险公司档案管理员的工作，或在贝尔电话公司、在百货商场找份工作。这想法把她给吓着了。她一直在学习。这是她唯一知道该怎么做的事情了。毕竟她是一个获得奖学金的学生。

周六下午，当她在图书馆工作的时候，她见到了帕特里克。不是偶然遇见。她走到底层去，尽量不在螺旋的金属阶梯上弄出声音来。书架中间有个地方，几乎漆黑一片，她可以站在那里，朝他所在的小单间里看。她就这样做了。她看不清他的脸。她能看见他那长长的、粉色的脖子，他那件在周六穿的旧格子衬衫。他的长脖子。他瘦削的肩膀。她不再被他激怒，不再被他吓退，她是自由的。她看着他，就像她看着任何人一样。她能欣赏他了。他的表现很好。他没有试图唤起她的怜悯，他没有威胁她，他没有可怜兮兮地打电话和写信骚扰她。他没有坐在亨肖博士的阶梯上不走。他是一个体面的人，他永远不会知道她对此有着怎样的赞许，怎样的感激。她现在为自己说过的那些话感到惭愧了。那些话甚至都不是真的。不全是。他确实知道怎么做爱。看到他的样子，她很感动，她变得温柔又依依不舍，她想给他一些东西，给他一些惊喜的回馈，她想解除他的不快。

然后她无法自控地想象了自己的一个画面。她轻轻地跑到帕特里克的单间，从后面抱住他，把一切还给他。他还会要吗，他还想要吗？她想到他们大笑、大哭、解释、原谅。我爱你。我真的爱你，没事的，我很糟糕，我不是故意的，我只是疯了，我爱你，没事了。这对她来说是一个剧烈的诱惑，甚至是难以抵挡的诱惑。她有一种向前奔去的冲动。前方到底是悬崖还是野草和鲜花的温床，她真的不知道。

毕竟，这是抵御不了的诱惑。她真的这么做了。

当露丝日后想起，并谈起她人生中的这个时刻，她说有一种战友般的同情战胜了她，她看到那光溜溜的弯弯的脖子，就抵挡不住了——跟现在大多数人一样，她经历了一段可以跟朋友、情人，以及可能不会再见到的聚会熟人畅谈最私密决定的时期，而他们也会各自说起自己的事。她会更进一步说，那是贪心啊，贪心。她说她向他跑去，紧紧抱住他，打消了他的怀疑，又亲，又哭，让自己恢复到原来的样子。而这一切，都只是因为她不知道没有了他的爱和他承诺的关照该怎么办；她对世界感到害怕，她也不能为自己想出别的计划来。当她从经济的角度看待生活，或者她跟这样看待生活的人们在一起的时候，她便说，只有中产阶级的人们是有选择的，如果她的钱足够买一张去多伦多的火车票，她的人生也就不一样了。

胡说八道，她之后可能也会说，别管那些，其实就是虚荣，她让他复活，把幸福重新带给他，就是因为虚荣，没别的。她就是想看看自己能不能做到。她无法抵抗以这种方式测试自己拥有多大权力。然后她解释说她已经为此付出代价了。她说她和帕特里克已经结婚十年，在这十年里，第一次分手又和好的场景周期性地一遍遍重复着，她第一次说的那些话也都说了一次又一次，还要加上其他的她曾忍住没说出口的话，以及很多她新想到的话。她希望她没有告诉别人（不过她觉得她说了）她曾经把头往床柱上撞，用一个船形酱料盘打碎了餐室的窗户，她为自己所做的事情感到如此恐惧和厌恶，以至于她躺在床上发抖，不断乞求他的原谅。他原谅了她。有的时候她猛扑向他，有的时候他打她。第二天早上，他们会早早地起床，做一顿特别的早餐，他们会坐下来，吃培根、鸡蛋，喝过滤咖啡，筋疲力尽，昏头昏脑，带着羞愧的好意来对待对方。

你觉得引发这次争吵的原因是什么？他们会说。

你觉得我们应该去度假吗？一起去度假？就我们俩？

结果，这是一场浪费，一个假象，那些努力全都是。但是那一阵是奏效的。冷静下来之后，他们会说，婚姻里大多数人可能都会经历同样的过程，事实上他们认识的人当中大部分似乎都有这种经历。他们无法彻底分开，直到发生了足够的、几乎致命的伤害。直到露丝找到一份工作自己开始赚钱。所以这一切其实是有原因的，一个普普通通的原因。

她从来没有跟任何人吐露过的是，有的时候，她觉得，他们的婚姻生活其实并不关乎同情、贪婪、胆怯或者虚荣，而是一些非常不一样的东西，像是对幸福的憧憬。不过鉴于她说过其他那些，她又很难把这种感受表达出来，因为听上去会很奇怪，她说不通。她的意思不是说他们的婚姻里也有平平淡淡、可以忍受的时光——铺开墙纸、度假、晚饭、购物、担心孩子健康，而是有的时候，不知道什么原因，在没有预警的情况下，幸福，幸福的可能性，会让他们感到惊讶。那个时候就好像他俩都不是自己，只是拥有看上去一模一样的外表而已，好像还存在着一对带着满满善意和纯真的露丝和帕特里克，只是在他们平常面目的遮盖之下很难看得清楚而已。或许正是她在那个单间里见过的帕特里克，那时的她自由于他，遁形于他。或许正是如此。她应该把这样的他留在那里的。

她知道这就是她看他的方式，她知道的，因为这样的场景又发生了一遍。有一次，深夜，她在多伦多机场。这是她跟帕特里克离婚九年之后了。这个时候她已经相当出名，她的脸对这个国家的很多人来说都很熟悉。她在做一个电视节目，采访政客、演员、作家，名人们，还有许多为政府、警察或者工会对他们做过的事感到愤怒的普通人。有的时候她会跟那些见到过奇怪景象的人对话。比如有人看到了UFO，看到了海怪，还有些人拥有不寻常的成就或收藏品，或遵循着某种过时风俗。

　　她一个人在那里。没有人来接她。她刚刚从耶洛奈夫过来，航班延误了。她很疲惫，风尘仆仆。她看到帕特里克背对着她，在一个咖啡吧里。他穿着一件雨衣。他比之前胖了，但是她一下子就认出了他。她又有了那种同样的感觉：这就是她注定要在一起的那个人，通过某种魔法般的、但可能的招数，他们会找到对方，信任对方，而要开始这一切，她只需要走上前去，拍拍他的肩膀，给他个幸福的惊喜。

　　当然，她没有这么做，但她还是停下了脚步。他转过身来，向咖啡吧前面那些塑料桌子和弧线型椅子中的一张走去时，她仍然站在那里。他那瘦削的身材、寒酸的学院气，他那板着脸的专横表情，统统不见了。他变得圆润、充实，变成了一个这般时髦、随和、可靠，看起来有些许得意的男人。他的胎记已经褪去。她想着自己穿着那么皱巴巴的风衣，看上去得多憔悴无力，她那长长的、变灰的头发散落在她脸的周围，眼睛下面沾上了旧睫毛膏的污渍。

　　他对她做了一个鬼脸。这表情展示着真切的痛恨，凶狠的警告，显得幼稚、任性，却像精心计算过一般：如同一个厌恶和憎恨的定时炸弹爆发了。很难相信这是真的。但是她看到了。

　　有的时候，当露丝在电视机镜头前跟别人谈话的时候，她能感觉到他们也有做这个鬼脸的冲动。她会在各种各样的人身上感受到这一点，精于算计的政客、风趣智慧的自由派主教、受人尊敬的人道主义者、亲眼见过自然灾害的家庭主妇，以及那些实施过英勇救援或在伤残抚恤金问题上被欺骗过的工人。他们渴望着冲破自己的藩篱，做一个鬼脸，说一次脏话。这就是他们都想做的表情吗？想让某些人看到，让所有人看到吗？不过他们不会这么做，他们得不到这个机会。他们需要特殊的环境。在一个极度超越现实的地方，在半夜，带着一种难以置信、精神错乱般的倦意，突然间，你真正的敌人就这样如梦如幻地出现了。

　　然后她跑开了，跑到那长长的五颜六色的走廊上，颤抖着。她看到了帕特里克，帕特里克看到了她，他做出了那个鬼脸。但是她并没有真正理解，为什么她会成为一个敌人。就在她已经准备好拿出她的善意，她疲惫而坦诚的微笑，还有那种不太自信能得体寒暄的神情，就在这个时刻，怎么还有人会这样恨她呢？

　　哦，帕特里克会。帕特里克会的。

淘气

在一场聚会上，露丝爱上了克里夫德。那场聚会是克里夫德和乔瑟琳办的，露丝和帕特里克去参加。那时他们俩已经结婚三年。克里夫德和乔瑟琳结婚一年左右，或者更久。

克里夫德和乔瑟琳住在西温哥华^①郊外的一间夏日农舍，就是那种冬天不怎么保暖的小屋。这类小屋曾经沿着大海和低低的公路之间那些弯弯曲曲的短街道排成列。聚会在三月份的一个雨夜举行。露丝为此感到很紧张。当他们开车穿过西温哥华时，她看到路旁的霓虹灯在水洼里流泪，听见雨刮摩擦挡风玻璃发出该死的咔嗒声，她几乎想吐。在这以后，她总是会想起那天，她坐在帕特里克旁边，穿着低胸的黑衬衫和黑色的天鹅绒裙子。她希望自己穿对了衣服。她希望他们只是去看场电影。她完全不知道之后的人生会发生改变。

---

① West Vancouver，位于温哥华市西北部的一座城市。

帕特里克也很紧张，尽管他不会承认。对他们俩来说，社交生活是一件令人困惑而多生不快的事情。他们来到温哥华的时候一个人都不认识。他们随大流。露丝也不知道他们是真的渴望友情，还是只是觉得他们应该有朋友而已。他们穿戴好出去见人，或者把客厅收拾好，等着他们邀请的人过来。在有些场合，他们建立了一套稳定的迎客模式。晚上他们会喝点东西，到了总是很难等到的十一点或者十一点半左右，露丝会跑到厨房煮点咖啡、做点吃的东西。她做的通常是切成小方块的吐司，上面放一片番茄，然后是一片切成小方块的奶酪，一点培根，整个用牙签穿起来烤好。她也想不到还能做什么别的了。

　　如果他们俩要一起去交朋友，那么他们更容易结交上帕特里克喜欢的人，而不是露丝喜欢的人。因为露丝跟很多人都合得来，只不过是不怎么真诚的那种，而帕特里克几乎跟谁都合不来。不过这一次，乔瑟琳和克里夫德都是露丝的朋友。或者说，乔瑟琳是露丝的朋友。乔瑟琳和露丝其实都懂得，不要让夫妻双双来做客这种事情成为习惯。帕特里克不认识克里夫德，但仅凭知道他是个拉小提琴的就已经不喜欢他了。不消说，克里夫德也不喜欢帕特里克，因为帕特里克在他家族的百货商场分店工作。那时候，人与人之间的隔阂仍然坚不可摧，搞艺术的和做生意的人之间，男人和女人之间，都是如此。

　　乔瑟琳的朋友，露丝一个都不认识，但是她知道他们都是音乐家、记者、大学老师，甚至还有一个女作家，她写了部剧本，在电台播出过。她觉得这些人应该都是聪明、风趣，很容易瞧不起人的那一类。不管去做客还是有人来拜访，露丝觉得她和帕特里克好像就一直坐在客厅里，跟来来去去的人打打招呼。那些人机智幽默，拥有鄙视他们的权力，在别处有着不寻常的生活和聚会——现在，跟这些人待在一起的机会来了，她却感到反胃，她的手心在出汗。

乔瑟琳和露丝是在北温哥华①综合医院的产房认识的。把安娜生下来之后，露丝回到产房见到的第一幅景象，就是乔瑟琳坐在床上看《纪德日记》。露丝看颜色就知道这是什么书，她之前在杂货店的书报摊上注意到过。纪德是她打算读的作家之一。那个时候，她只读伟大作家的作品。

乔瑟琳长得像个学生，几乎没有受到产房环境的影响，这让露丝顿时感到讶异和舒心。乔瑟琳梳着长长的黑辫子，一张凝重而苍白的脸，戴着厚厚的眼镜，不怎么漂亮，脸上有种舒适的专注神情。

乔瑟琳邻床的女人正在描述她是怎么整理厨房柜的。她会忘记交代她把大米红糖什么的都放哪儿了，然后她就得重新再讲一遍，确保她的听众能全听懂。她这样说："记住了，炉子右边最高的架子上，我放的是袋装汤料，不是罐头汤，我把罐头汤放在柜台下面，跟其他罐装食物放在一起，它的旁边就是——"

其他女人试图打断，也想来讲讲她们的整理经验，但是都没

---

① North Vancouver，现分为北温哥华市（City of North Vancouver）和北温哥华区（District of North Vancouver），与其西面的西温哥华市都位于温哥华市北岸。

有成功，要么就是没能说太久。乔瑟琳就坐在那里读书，用手指在辫子的小尾巴上打着圈，就像在图书馆、在大学里一样，仿佛她是在为一篇论文做研究，而其他女人所构成的那个世界从来都无法对她造成影响。露丝希望自己也能做到这一点。

她刚生完孩子，仍然头昏脑涨。闭上眼睛的时候，她能看到日食，一个大黑球，周围是火圈。那是婴儿的脑袋，婴儿被推出来之前的那一瞬，周围紧绕着疼痛。在这图像之外是烦扰人的声波，女人们谈论着厨房里的架子，沉浸在她们那夺目的罐头和料包里。但是当她睁开眼睛，看到的却是乔瑟琳，黑色的辫子落在她雪白的病号服上。乔瑟琳是她见过的唯一能够以冷静和严肃与这场合相配的人。

很快，乔瑟琳从床上站起身来，露出了还没有刮毛的白色长腿和怀孕过后仍旧松弛的肚子。她披上一件条纹睡衣。绑在她腰间的不是绳子，而是一条男人的领带。她光着脚在医院的油地毡上吧嗒吧嗒地走过。护士跑过来，提醒她要穿上拖鞋。

"我没有拖鞋。"

"那你有鞋子吗？"护士的态度很不好。

"哦，有。我有鞋子。"

乔瑟琳回到她床边的小金属柜子旁，拿出一双大大的、脏脏的、超出了脚尺寸的软皮平底鞋。她穿上了，走出去时还是发出一阵声响，跟之前一样显得邋里邋遢、旁若无人。

露丝很想认识她。

第二天，露丝拿出自己的书来读，是乔治·桑塔亚那[①]写的《最后一个清教徒》，不幸的是，由于这是图书馆借来的，封面上的书名已经被磨得模糊不清，所以，想要乔瑟琳像自己佩服她那样佩服自己正在读的书，已经不可能了。露丝不知道该怎么跟她说话。

解释过她怎样整理柜子的女人现在讲起了她如何使用真空吸尘器。她说重要的是所有配件都要用上，因为它们各自都有不同的功能，而且毕竟你也是花了钱的。很多人都没有用到它们。她又讲她如何用吸尘器清洁自己家客厅的窗帘。另一个女人说她也试过这么做，但是窗帘总是卷起来。于是那位权威的女人说那是因为她没有掌握方法。

露丝在她那本书的边角处遇到了乔瑟琳的目光。

"但愿你也会擦你家炉子的旋钮呢。"她安静地说。

"当然，我会。"乔瑟琳说。

"你每天都擦吗？"

"我以前是每天都要擦两次，但现在我有了宝宝，我不知道还能不能有精力去做这件事情。"

"你会用那款炉钮专用清洁剂来擦吗？"

"当然会了。我还会用那套专用包里的抹布呢。"

"不错啊。有的人是不用的。"

"有些人什么都用。"

---

① George Santayana（1863—1952），西班牙裔美国哲学家、美学家、艺术批评家。

"旧洗碗布啊。"

"旧手帕啊。"

"旧手帕上的鼻涕啊。"

这之后，她们俩的友谊就迅速生长起来。就是那种在一些机构，像学校、度假营，以及监狱里蓬勃发展的亲密关系。她们一起走在大厅里，不听护士的劝告。她们使别的女人烦恼又困惑。她们大声为对方朗诵，变得像女学生一样歇斯底里，读的不是纪德或者桑塔亚那，而是《真爱》和《私人风流史》①，这是她们在候诊室里找到的。

"这里说你可以买一些假腿肚子，"露丝读着，"不过我不知道应该怎么把它们藏起来。我想应该是把它们绑在你的小腿上吧。或者可能它们只是套进袜子里的，可是你不觉得这会露出来吗？"

"在腿上？"乔瑟琳说，"你把它们绑在你的腿上？哦，你说的是假腿肚子！假腿肚子！我还以为你说的是假牛犊子呢！假的小牛娃娃！"

类似这样的玩笑就能让她们疯上一阵。

"假牛娃娃！"

"假奶子、假屁股、假牛娃娃！"

"他们还会想出什么花样来！"

那个吸尘器女人说她们总是插嘴，打断别人的谈话，而且

---

① 《真爱》（*True Love*）及《私人风流史》（*Personal Romances*）均为 20 世纪流行于北美地区的生活类杂志，主要聚焦于女性生活及情感话题。

她并不觉得说这些脏话有什么好笑的。她说如果她们不停下来的话，她们的奶水就会馊掉。

"我想知道我的奶水是不是馊掉了呢，"乔瑟琳说，"那颜色真是可怕。"

"什么颜色呀？"露丝问。

"嗯，有点蓝蓝的。"

"上帝啊，没准是墨水呢！"

吸尘器女人说她们俩如果再骂脏话，她就要去告诉护士了。她说她不是在装正经，不过她们俩这样还怎么当妈。人人都知道乔瑟琳从来都不洗自己的睡衣，她这样的人还怎么去给孩子洗尿布呢？

乔瑟琳说她会用苔藓当尿布，她是个印第安人。

"真是不可思议。"那女人说。

这之后，乔瑟琳和露丝经常会用"我不是在装正经，不过"来作为开场白。

"我不是在装正经，不过你瞧瞧这布丁都成什么样子了！"

"我不是在装正经，不过这孩子好像长着满口的牙呢。"

护士说，她们也是时候长大了吧？

两个人走在大厅里的时候，乔瑟琳告诉露丝她二十五岁了，她孩子要起名亚当，她家里还有一个叫作杰罗姆的两岁小孩，她丈夫名叫克里夫德，他是以拉小提琴为生的。他在温哥华交响乐团演奏。他们没什么钱。乔瑟琳是从马萨诸塞州来的，上过韦尔斯利学院。她的父亲是一名心理医生，她的母亲是一名儿科医生。露丝告诉乔瑟琳，她来自安大略省的一个小镇，帕特里克是温哥华岛人，他的父母并不同意他俩这门婚事。

"在我的那个小镇上，"露丝夸张地说，"大家都说'恁'。恁都吃过吗？恁最近好吗？"

"恁？"

"恁们。这就是你的复数了。"

"哦。跟布鲁克林一样。还有詹姆斯·乔伊斯。帕特里克在哪里工作？"

"他家的百货商场。他家开了一个连锁百货商场。"

"那你岂不是很有钱喽？干吗还来这个产房呢？"

"我们刚刚花完了所有的钱，买了帕特里克想要的一栋房子。"

"你不想要吗？"

"没他那么想要。"

有些话，露丝以前是从来没有说过的。

她们又随意聊起更多坦露心迹的事情来。

乔瑟琳讨厌她的母亲。她母亲非得让她睡在有白色蝉翼纱窗帘的房间里，还鼓励她多收集鸭子。乔瑟琳十三岁的时候，可能就已经拥有这个世界上最大的鸭子收藏了，包括橡皮鸭子、陶瓷鸭子、木头鸭子、鸭子图片和刺绣鸭子。她还写了一个早熟得可怕的故事，《大鸭子奥利弗的伟大旅行》，她母亲还把故事打印了出来，在圣诞节的时候分发给朋友和亲戚。

"她是那种会用过时的奉承话把一切掩饰过去的人。她好像对什么都黏糊糊的。她从来都不用正常的声音说话，从来都不。她忸忸怩怩的，忸怩得有点下流。作为一个儿科医生，她自然很成功。她给你身体的每个部位都起了一个糟透了的忸怩的名字。"

露丝自己其实挺喜欢蝉翼纱窗帘的，不过她也感受到了乔瑟琳的世界里那些微妙的界限，以及何为冒犯。跟她自己的世界相比起来，乔瑟琳的世界好像没有那么自然和即兴。她怀疑自己能不能告诉乔瑟琳汉拉提那边的事情，不过她开始尝试去做了。她随口带过弗洛和那家小店。她夸大那里的贫穷。她没必要这样的。她童年的那些事情对于乔瑟琳来说已经足够奇异，甚至令她羡慕。

"听上去真实多了，"乔瑟琳说，"我知道这是个浪漫的想法。"

她们谈论各自青春时代的野心。（她们真的都相信自己的青春已经过去了。）露丝说她想当一个演员，不过她太胆小了，从来都不敢走上舞台。乔瑟琳想当一个作家，不过在大鸭子的故事之后，一直都羞于提笔。

"然后我就遇见了克里夫德，"她说，"当我见识到什么是真正的才华，我就知道我这么写来写去也只是瞎糊弄而已，我还不如好好照顾他，或者为他干点什么都行。他真的很有才华。有的时候他有点流氓气，不过他总能躲开麻烦，因为他真的是个很有才华的人。"

"我觉得这才是个浪漫的想法，"露丝坚定地说，她很嫉妒，"认为有才华的人就总能全身而退。"

"你真这么觉得吗？不过伟大的艺术家总是可以这样。"

"女人就不行。"

"但是女人通常都不是伟大的艺术家，不太一样。"

这就是这个时代那些受过良好教育、有思想，甚至不恪守传统，或者在政治上激进的年轻女性的想法。露丝不同意这种观点的原因之一是她并没有受到良好的教育。后来乔瑟琳跟她说，一开始她跟露丝聊天的时候觉得很有意思的一点，就是尽管露丝没有受过教育，但还是有些想法的。露丝很惊讶，于是提到了她曾在西安大略上过的那所大学。然后她看到乔瑟琳的脸上露出了一种尴尬的悔意，有一瞬间，那种坦诚的感觉消失不见了——这在她是很不寻常的事情——这说明，乔瑟琳确确实实就是这个意思，就是这么想的。

在她们对艺术家，以及对于男性和女性艺术家有了不一样的看法之后的那天晚上，克里夫德前来看望乔瑟琳，露丝好好地看了看他。她觉得他脸色苍白、自我放纵，看上去有点神经质。后来她发现了乔瑟琳在这场婚姻中所花费的机智、努力，以及纯粹的体力（家里漏水的水龙头和堵塞的下水道都是她修好的）。这让露丝确信，是乔瑟琳浪费了自己，乔瑟琳想错了。她有种感觉，乔瑟琳在露丝与帕特里克的婚姻里也没有看到太多意义。

一开始，这场聚会比露丝想象的要简单。她有点担心自己穿得太隆重了，她其实想穿她的西班牙斗牛裤，但帕特里克绝不会答应的。不过也只有少部分女孩穿了休闲裤。其他人都穿长袜、戴耳环，打扮得跟她自己差不多。就像当时的任何年轻女人的聚会一样，有三四个能看出来是怀孕了的。大部分男人都穿着西装、衬衫，打着领带，就像帕特里克一样。露丝松了口气。她不仅仅希望帕特里克能够融入这场聚会，还希望他能接纳那里的人，相信他们都不是些怪人。帕特里克还是学生的时候，他带她去听音乐会和话剧，他那时不会对参与其中的人有过多的怀疑，事实上他相当喜欢这些东西，因为这些东西是他的家人所憎恶的，而就在他选择露丝的那段时间里，他正在经历一次短暂的家庭逆反期。有一次他和露丝去多伦多，他们坐在博物馆的中国庙宇展厅里，看壁画。帕特里克告诉她这些壁画是怎样从中国的山西省零零碎碎带出来的——他似乎对自己拥有的知识很是自豪，同时却一反常态地卸下了高姿态的全副武装，谦逊地承认这只是自己从一次旅行中得知的。工作之后他的观点才变得尖锐，他才开始发起大规模的抨击。现代艺术都是唬人的。先锋艺术都是下流玩意儿。帕特里克用一种特别的、装腔作势的、唾沫横飞的方式说着"先锋"二字，让这个词听上去做作得恶心。它们的确是这样，露丝想。在某种程度上，她能理解他的意思。她能看到一件事情的很多个方面，过于多了。帕特里克就没有这样的问题。

　　除了阶段性的争吵，她温顺地跟帕特里克生活着，尽量保持良好的感情状态。做到这点并不简单。即便是在他们结婚之前，针对任何简单的问题，任何一点新发现，他都会习惯性地发表一番责备的言论。在那些日子里，有时她会问他一个问题，希望他能够借此炫耀些高人一等的知识，好让她崇拜崇拜。但是她每次问完都会后悔，他的回答很长，带有指责的意味，知识也没那么高人一等。她的确想羡慕他、尊敬他，但她每次总是像被推到悬崖上，却无法大胆一跃。

后来她想，她的确是尊重帕特里克的，但并不是以他想要被尊重的那种方式，她也爱他，但不是以他希望被爱的那种方式。当时她并不知道。她觉得自己是懂他的，她觉得她知道，他并不想成为自己正在狂热地日渐成为的那种人，无论那是什么样子。她那时将傲慢当作了尊重，把专横错认为爱。这不能让他感到快乐。

有些人穿的是牛仔裤、高领毛衣或者运动衫。克里夫德是其中一位，一身全黑。那时"垮掉的一代"正在旧金山大行其道。乔瑟琳打给露丝，在电话里给她读《嚎叫》①。克里夫德皮肤黝黑，跟他穿着的全黑相映衬，他的头发在当时来看有些长，颜色浅得就跟没有漂白过的棉花一样。他的眼睛颜色也很浅，那种明亮的灰蓝色。在露丝看起来，他显得矮小，轻手轻脚的，很女孩气，她希望帕特里克不会对他太反感。

聚会上提供啤酒，还有葡萄潘趣酒。乔瑟琳这个大厨正在搅拌一锅什锦饭。为了躲开似乎想黏着她的帕特里克，露丝去上了个洗手间。（她觉得帕特里克总是盯得很紧，却忘了他可能是因为害羞。）她出来之后，他已经走开了。她快速地连喝了三杯葡萄潘趣酒。有人把她介绍给话剧的作者。让露丝感到吃惊的是，

---

① 《嚎叫》（"Howl"）是美国"垮掉的一代"代表诗人艾伦·金斯伯格（Allen Ginsberg，1926—1997）创作于20世纪50年代的著名长诗，以极具反叛精神的文字描绘了美国那个年代的年轻人群像。

这位女士是这屋子里最不引人注目、最不自信的人之一。

"我喜欢你的话剧。"露丝对她说。事实上她觉得它不知所云，帕特里克还觉得它有点令人作呕。好像讲的是一个吃了自己孩子的女人。露丝知道这是个象征手法，但是不太清楚这到底是在象征些什么。

"哦，可是演出太糟了！"那位女士说。说到她的剧，她的言语中带着尴尬、兴奋和急迫，手里的潘趣酒洒在了露丝的身上。"他们演得太写实了。我担心它会让人觉得可怕，原本是想优雅一点的，我想象中的跟他们演出来的完全不一样。"她开始给露丝讲一切都弄得多糟糕，演员选错了，最重要、最关键的台词都被删掉了。对方的倾诉让露丝受宠若惊，她一边听着这些细节，一边悄悄地把洒在身上的酒抹掉。

"但你懂我意思吧？"那女人说。

"哦，我懂！"

克里夫德为露丝倒上另一杯潘趣酒，对她笑笑。

"露丝，你看上去很可口。"

克里夫德用了"可口"这个词，听上去很奇怪。可能他喝醉了。或者，就像乔瑟琳说的，他讨厌聚会，所以就找了个角色来扮演，扮演一个会告诉女孩"你长得很可口"的男人。他可能擅长伪装，露丝觉得自己也快变成那样了。她继续去跟那个女作家，以及一个教十七世纪英国文学的人聊天。她也在众人前面扮演一个出身贫穷但聪明、激进又不重礼节的女人。

一个男人和一个女孩在窄窄的过道里热情拥抱着。无论谁走过，这一对儿都得分开，但是他们继续注视着对方，甚至连嘴都没闭上。看到那湿湿的嘴巴张着，露丝就直哆嗦。她这辈子从来没有像他们那样跟人拥抱过，她的嘴巴也从来没有那样张开过。帕特里克觉得法式接吻很恶心。

一个叫作西里尔的秃头小个子男人站在洗手间门外，上前亲吻每一个从那里出来的女孩，说："欢迎啊，亲爱的，你来了可真好，很高兴你来了。"

"西里尔很讨厌，"女作家说，"西里尔觉得他非得表现得像个诗人才行。除了在厕所周围溜达着惹人烦，他也想不出别的了。他以为自己很不同寻常。"

"他是诗人吗？"露丝问。

教英国文学的讲师说："他告诉我他把自己所有的诗都烧掉了。"

"好浮夸啊。"露丝说。她这话逗笑了周围的人，她很高兴自己这样说了。

这让那位讲师想起了汤姆诙谐句①。

"那种词我一个都想不出来，"作家伤心地说，"我太在意语言了。"

客厅里传来了响亮的声音。露丝认出了那是帕特里克的声音，骤然响起，压倒了其他人的声音。露丝张开嘴想说点什么，

---

① Tom Swifties，英语中的一种类似汉语歇后语、能表达双关和幽默的语言形式，上文中"浮夸"的原文为 flamboyant，亦有"火焰似的、绚丽夺目的"之意，与前面的"烧掉"相呼应。

说什么都行，想把他的声音盖住——她知道有什么不好的事情要发生了——就在这时，一个满脸洋溢着兴奋的鬈发男人穿过大厅，毫不客气地把那对激情洋溢的情人推向两边，举起双手来引起大家的注意。

"听啊，"他对整个厨房的人说，"你们不会相信客厅那个家伙说了些什么的。你们听啊。"

肯定是有人在客厅里谈起了印第安人的事情，现在帕特里克接上茬了。

"要把他们带走，"帕特里克说，"他们一出生就要把他们从父母身边带走，放到一个文明的环境里，让他们接受教育，他们就会变得跟白人一样有教养。"毫无疑问，他觉得自己的观点很开明。如果他们觉得这发言就算精彩，那么真应该让他讲讲关于处决罗森堡夫妇[①]、审判阿尔杰·希斯[②]，或者核试验的必要性之类的话题。

一个女孩语气温和地说："嗯，你知道的，他们有自己的文化。"

"他们的文化已经到头了，"帕特里克说，"完蛋了。"他现在总是用这个词。他使用一些词的时候，比如一些用滥的套话或者是严肃社论文章里的词——"全面重新评估"就是其中之一——

---

① 此处指朱利叶斯·罗森堡（Julius Rosenberg，1918—1953）和艾瑟尔·格林格拉斯·罗森堡（Ethel Greenglass Rosenberg，1915—1953）夫妇，他们是冷战期间美国的共产主义人士，因被指控为苏联进行间谍活动而判处死刑。
② Alger Hiss（1904—1996），曾任美国前总统罗斯福的顾问，1948 年被指控为苏联间谍，后以伪证罪被判入狱。

用得是如此悠然自得又浑然不觉，以至于你会认为是他自己发明了这个词，或者至少就是因为他的使用，这些词才显现出了分量和光彩。

"他们想要文明开化，"他说，"那些聪明点的人想要。"

"嗯，或许他们并不觉得自己是未开化的。"女孩说道。帕特里克没有听出她话里冷冰冰的一本正经。

"有些人就需要别人推一把。"

他那扬扬自得的腔调，那老成的责备语气，让厨房里的那个男人听了之后直摆手，他难以置信地摇头笑了笑。"这人得是个支持社会信贷运动的政客。"

事实上帕特里克还真的给社会信用党 ① 投过票。

"没错，嗯，不管你怎么看，"他这么说，"他们就得是连踢带喊地被拖入二十世纪。"

"连踢带喊？"有人重复道。

"连踢带喊地被拖入二十世纪。"帕特里克从不介意重复任何自己说过的话。

"多有趣的表达。也很人性化。"

难道他自己还没有明白过来，他正在被针对、被逗弄、被嘲笑吗？但是如果帕特里克知道自己被针对，就会更加气势汹汹。露丝再也听不下去了。她走向后门的过道，那里堆满了靴子、大衣、瓶子、木盆和玩具，这是乔瑟琳和克里夫德为了给聚会腾地

---

① Social Credit，指 1935 年建立于加拿大的一个崇尚社会信用理论的政党。

方而放在这里的。谢天谢地，这会儿没有人。她走出后门，在潮湿而凉爽的夜晚里站着，浑身滚烫，发着抖。她的心情非常复杂。她感到受了羞辱，她为帕特里克而感到羞耻。但是她知道，最让她丢脸的其实是他的行事风格，这又让她怀疑起自己是不是心灵败坏、想法轻浮了。她对那些比帕特里克聪明，或者至少比他反应快很多的人感到生气。她想把他们想得很坏。他们对印第安人能有多关心啊，说真的？如果有机会好好对待一个印第安人，帕特里克可能会比他们表现得好得多。这事儿虽然只是脑中设想，不大可能发生，但是她得这么相信。帕特里克是个好人。他的观点不怎么样，但他人好。他的心，露丝相信，是简单的、纯洁的、值得信任的。但她要怎样理解它，怎样让她自己安心，更不用说，怎样才能让别人看到这一点呢？

她听到后门关上了，担心乔瑟琳出来找她。乔瑟琳可不是个能信任帕特里克的内心的人。她觉得他嘴硬、脑子不开化，主要是有股傻气。

不是乔瑟琳。是克里夫德。露丝不想跟他没话找话。她有点喝醉了，愁容满面，整张脸都被雨水淋湿了，露丝看他的眼神里没有半点欢迎的意思。但是他伸出双臂把她揽了过来，摇摇她的身子。

"哦，露丝。露丝宝贝。没关系的。露丝。"

原来克里夫德是这样的人。

他们开始接吻、低语、颤抖、挤压、抚摸，持续了大约五分钟的时间。他们从前门回到聚会上去，西里尔在那儿。他说：

"嘿，哎呀，你们俩去哪儿了？"

"在雨中散步呢。"克里夫德冷静地说。就跟他说露丝很可口时一样，淡淡的，听上去好像不太友好。逗弄帕特里克的游戏已经结束。谈话变得随意、醉醺醺的，也没那么有责任感了。乔瑟琳把什锦饭端了上来。露丝到卫生间把头发吹干，在被摩擦得掉了妆的嘴唇上涂好唇膏。她像变了个人似的，变得刀枪不入了。出来之后，她见到的第一个人就是帕特里克。她想哄他开心。她现在不在乎他之前说过什么，或者将要说些什么。

"我想我们之前没见过，先生，"她用低低的调情语调说，当他们俩在一起氛围轻松点的时候，她也会这么跟他说话，"不过你可以亲吻我的手。"

"我的天啊。"帕特里克发自内心地喊道，他紧紧地抱了抱她，亲她的脸颊，声响很大。他亲吻的时候总会发出声响。他的手肘总是会戳到她哪儿，戳疼她。

"玩得开心吗？"露丝说。

"还好，还好。"

当然了，在这个夜晚接下来的时间里，她玩起了偷偷看克里夫德又假装没在看他的游戏，她觉得克里夫德也在做同样的事情，两个人的目光相遇了几次，没有任何表情，但其中传达出的清晰信息却给了她强烈的震撼。她眼里的他，已经跟从前很不一样了。他那瘦小的、单薄的身体，现在对她来说显得轻盈、光滑又富有能量，他像一只猞猁，或者一只短尾猫。他肤色黝黑是因为滑雪。他登上过西摩山①去滑雪。这是一项昂贵的爱好，但乔瑟琳不能剥夺它，她觉得，正是这项运动弥补了他形象上的缺失——他作为小提琴家在这个社会上的男性形象。乔瑟琳是这么说的，她把克里夫德的事情都告诉了露丝：他的父亲有关节炎，家里在纽约北部小镇上开了一个小杂货店，有一群不太友好的邻居。她也讲过他小时候遇到的问题，不合时宜的才华，吝啬的父母，还有欺负人的同学。他的童年让他痛苦，乔瑟琳说。但是露丝现在不再觉得乔瑟琳对克里夫德有最终发言权了。

聚会发生在周五的晚上。第二天早上，电话铃响了，帕特里克和安娜正坐在桌前吃鸡蛋。

"你还好吗？"克里夫德问。

"挺好的。"

"我想给你打电话。我觉得你可能以为我当时喝醉了什么的。我没有。"

"啊，我没有。"

"我整个晚上都在想你。我以前也在想你。"

"嗯。"那间厨房简直绚丽夺目。她眼前的那副景象，帕特里克和安娜坐在桌前，几滴咖啡沿着咖啡壶的侧面淌下来，盛着果酱的玻璃罐，一切都充满了欢乐、可能和危险。露丝的嘴巴太干了，她都说不出话来了。

---

① Seymour Mountain，位于北温哥华的滑雪胜地。

"天气真不错，"她说，"帕特里克、安娜和我可能会去爬山。"

"帕特里克在家里吗？"

"嗯。"

"哦天哪。我真傻。我忘了周六是不上班的。我在这儿彩排呢。"

"嗯。"

"你能假装我是别人吗？就假装是乔瑟琳。"

"当然。"

"我爱你，露丝。"克里大德挂了电话。

"是谁呀？"

"乔瑟琳。"

"我在家的时候她也要打电话来吗？"

"她忘掉了。克里夫德在彩排，所以她忘了其他人都没在上班。"露丝提到了克里夫德的名字，很高兴。欺骗、隐藏，对她来说似乎不可思议地轻松，它们本身几乎都成了一种乐趣。

"我不知道他们周六还得工作，"她说，将这个话题继续下去，"他们的工作时间肯定很长。"

"他们也不比一般人多工作多长时间，只不过时间安排不一样。他看上去不像是能干很多活的人。"

"他应该是挺不错的。作为小提琴家。"

"他看上去像个混蛋。"

"你这么觉得吗？"

"你不这么觉得吗？"

"我想我从来都没对他有过什么看法，说真的。"

周一乔瑟琳打电话过来，说她不知道自己为什么要办聚会，她到现在还没收拾完那片狼藉呢。

"克里夫德没帮忙收拾吗？"

"开玩笑，我整个周末都没看见他。他周六要彩排，昨天表演。他说聚会是我想办的，所以我来对付这后面的事。没错。我有时候是很想多跟人社交一下，办聚会是唯一的办法了。帕特里克是个很有意思的人。"

"非常有意思。"

"他是令人惊叹的那种类型，真的，对吧？"

"像他那样的人有一大把。你只是还没遇到而已。"

"真令人伤感啊。"

这场对话跟往常没有什么不同。她们的对话，她们之间的友谊，跟以前也没什么两样。露丝没有因为要忠于朋友而感觉到束缚，因为她已经把克里夫德一分为二了。其中一个是乔瑟琳认识的克里夫德，就是她常常会描述给露丝听的那个；还有一个是露丝认识的克里夫德，就是现在这个。她觉得乔瑟琳可能并不完全了解他。比如她说他的童年让他痛苦——乔瑟琳所说的痛苦，在露丝看来更加复杂，也更为平常。其实就是倦乏、顺从、卑鄙又吝啬而已，这对某一个阶层来说是寻常事，是克里夫德，也是露丝那个阶层的寻常事。乔瑟琳在某种意义上被孤立了，手足无措又无辜。在某些方面她跟帕特里克很像。

从现在开始，露丝的确把克里夫德和自己看成了一类人，而乔瑟琳和帕特里克则是另一类人，尽管他们看上去如此不同，又如此厌烦对方。他们身心健全，也规规矩矩。他们对自己的生活采取的是绝对的严肃态度。跟他们比较起来，克里夫德和露丝可不好对付呢。

如果乔瑟琳爱上了一个已婚男人，她会怎么做呢？在她触碰他的手之前，她会先召开一个会议。克里大德会被邀请到会议中，那个男人也会，还有那个男人的老婆，很可能还有乔瑟琳的心理医生。（尽管乔瑟琳对自己的家庭心有抵触，她相信去看心理医生是每个处于人生成长或者自我调节阶段里的人都应该做的事情，她自己就每周去一次。）乔瑟琳会考虑可能造成的影响，她会直面一切。她从来都没有试过偷着乐，也从来都没有试过偷着干点什么事。这就是为什么她很难爱上别的男人。她不贪心。帕特里克现在也不贪心，至少不对爱贪心。

如果爱上帕特里克是因为看到了他心底的善良和厚道，那么爱上克里夫德则是完全不同的另一回事。露丝不用相信克里夫德是一个善良的人，当然她知道他也不厚道。他对除了她以外的人表现出来的那种虚伪和无情，于她而言都无关紧要。那她爱的是他的什么，她想从他身上得到什么呢？她想要小花招，想要闪着金光的秘密，想要温柔的爱欲，想要规律的猛烈的不忠的性。在雨中那五分钟之后，她想要这所有。

聚会过去大约六个月后的一个晚上，露丝躺在床上，整夜没合眼。帕特里克睡在她身旁，睡在他们这所由石头和杉木建造的房子里。它位于松鸡山①边上一个叫作卡皮拉诺高地的郊区。接下来的打算，就是第二天晚上她要跟克里夫德在鲍威尔里弗②同床共枕，如今他正在那儿随乐团演出。她无法相信这真的要发生了。她把所有的信念都放在了这件事上，但就是没法把事情安排好。

在这几个月里，克里夫德和露丝从来没有上过床。他们也没有在任何其他地方做过爱。情况是这样的：乔瑟琳和克里夫德没有车。帕特里克和露丝有车，但是露丝不知道怎么开。克里夫德不固定的工作时间的确给他行了些方便，但是他怎么去看露丝呢？他要坐公交车跨过狮门大桥③，然后在光天化日之下踏上郊区的街道，从邻居们的大落地窗前走过吗？露丝能不能雇一个保姆，假装自己要去看牙医，坐公交车去城里，在餐厅跟克里夫德碰头，然后和他去酒店？但是他们不知道该去哪家酒店，他们担心，没有行李会被赶出来，或者被人举报给缉捕队，要坐在警察局接受审问，等待收到通知的乔瑟琳和帕特里克来接他们。还有，他们没有足够的钱。

不过露丝是去过温哥华市的，用的就是看牙医的借口。他们俩并排坐在一家咖啡厅的卡座里，亲吻着、爱抚着。那就是克里

---

① Grouse Mountain，位于北温哥华的一座比较高的山峰，有"温哥华之巅"的美誉。
② Powell River，加拿大不列颠哥伦比亚省西南部城市，距离温哥华市约180公里。
③ Lions Gate Bridge，连接温哥华市中心及北岸市镇的一座悬索吊桥。

夫德的学生和音乐家同事们经常出入的地方，多冒险啊。坐公交车回去的路上，露丝低头看她的连衣裙，汗水从她的双乳间淙淙流过，想到这光辉熠熠的自己，想到那千钧一发的刚才，她几乎要昏厥过去。还有另一次，在一个炎热的八月午后，她在剧院后面一条小巷里等正在彩排的克里夫德，她在阴影中躲着，然后发狂地、不知满足地跟他扭抱在一起。他们看见一道门打开了，就溜了进去。周围堆满了盒子。他们在找一个可以安顿下来的地方，这时，有一个男人跟他们说话了。

"有什么需要帮忙的吗？"

他们走进的是一家鞋店的库房。男人的声音冰冷又可怕。缉捕队。警察局。露丝的连衣裙脱到了腰间。

有一次他们在公园里见面，露丝常常带安娜去那儿，推着她玩荡秋千。他们在一张长椅上手拉着手，放在露丝那宽大的棉裙子底下。他们的手指勾连在一起，抓得紧紧的，很疼。然后安娜在长椅后面突然出现，大叫道："嘿！我抓到你们啦！"可真是惊喜啊。克里夫德猛地转过身，脸色发白。回家的路上，露丝对安娜说："你在长椅背后跳出来吓我们的时候可真好玩。我以为你还在荡秋千呢。"

"我知道。"安娜说。

"你说你抓到我们了，是什么意思呢？"

"我抓到你们了。"安娜说，咯咯地笑着，露丝觉得这笑声里有一种令人不安的冒失，好像她知道很多。

"想吃巧克力软糖冰棒吗？我想来一根！"露丝快活地说道，

想到了敲诈勒索、讨价还价，安娜二十年后会怎么把这事儿从记忆里挖出来，跟自己的心理医生说。这件事让露丝感到心神不宁、心生厌恶，她想知道这事有没有让克里夫德对她倒了胃口。有，但只是暂时的。

天放亮时，她走下床去看天气怎么样，适不适合飞行。天空晴朗，见不到雾气，每年这个时候，大雾总让飞机无法起飞。除了克里夫德，没人知道她要去鲍威尔里弗。自从得知克里夫德要随团演出，他们就开始计划这件事，现在已有六周之久了。帕特里克以为她要去维多利亚，她在那儿有一个大学同学。在过去的几周里，她一直在假装跟这位从前的朋友又有了联系。她说她明天晚上会回来。今天是周六。帕特里克在家里照顾安娜。

她到餐室去看那笔她从家庭津贴里存下来的钱还在没在。就垫在放松糕的银盘子底下。十三块钱。她要把这笔钱跟帕特里克给她去维多利亚的钱一起拿上。只要她开口要，帕特里克都会给她钱，但是他想知道要多少，用来干什么。有一次他们在外面散步时她想去一下药店，她问他要钱，他又摆出往常那副严肃的样子问道："你用来干什么？"露丝哭了起来，因为她要去买阴道润滑剂。她还不如笑一笑，如果放在现在她一定会笑起来。自从她爱上克里夫德之后，她再也没有跟帕特里克争吵过。

她又算了一下她需要的钱。从温哥华出发的飞机票、机场巴士票，到鲍威尔里弗后坐公交车或者是出租车的钱，还要剩下些钱买吃的和咖啡。克里夫德会付酒店的钱。想到这里，她浑身都充满了一种性欲上的安慰和顺从，尽管她知道杰罗姆需要新眼镜，亚当需要橡胶靴子。她想到那素色的、顺滑的、宽大的床，它已经在那里，在那里等着他们了。很久以前，当她还是个小女孩的时候（她现在二十三岁），她常常会怀着对性丰饶的憧憬，去幻想一张平淡无奇的租来的床和一扇紧锁的房门。现在这样的幻想又出现了。尽管在她结婚之前和之后的一段时间里，一想到任何与性有关的事情，她就感到恼火，就像现代艺术让帕特里克恼火一样。

她轻轻地在屋里走来走去，一步步计划她的这一天。洗澡、擦油和粉，把避孕的子宫帽和润滑剂放进包里。记得带钱。睫毛膏、面霜、口红。她站在离客厅还有两层阶梯的地方。客厅的墙壁是苔藓般的绿色，壁炉是白色的，窗帘和沙发套的款式相同，都是白色作底，上面点缀着由灰色、绿色和黄色叶子组成的丝质图案。壁炉架上放着两个韦奇伍德①的花瓶，白色的，上面有一圈绿色的叶子。帕特里克对这两个花瓶情有独钟。有时候他下班回来，就径直走向客厅，在壁炉架上把它们转过来一点点，他觉得它们的位置被动过，不太对称了。

"有人摆弄过这些花瓶吗？"

"当然有，你一上班我就冲进来把它们抛来抛去了。"

"我说的是安娜。你没让她碰吧？"

帕特里克不喜欢听见她用任何开玩笑的方式提到这两个花

---

① Wedgwood，世界顶级瓷器品牌，18 世纪中叶诞生于英国。

瓶。他会觉得她是不喜欢这房子。他不知道，不过也许能猜到，乔瑟琳第一次来到这里时，她们就站在露丝现在站着的这个地方，往下朝客厅看去，露丝这样对乔瑟琳说：

"这就是一个百货商场老板的儿子对高雅的想象。"

这种背叛甚至让乔瑟琳感到难堪。这话说得不全对。帕特里克梦想得到的东西要高雅得多。而且事实并不像露丝这句话所暗示的那样，这全是帕特里克的选择，露丝就一点没参与。确实是帕特里克选的，但是有很多东西也是露丝喜欢过的。她过去常常爬高，用一块沾了水和小苏打的抹布擦拭餐室水晶吊灯上那水滴形的玻璃。她喜欢那吊灯，它的水滴投下蓝色或淡紫色的阴影。但是她所仰慕的人们是不会在餐室里挂吊灯的。他们似乎也不会有餐室。如果他们有，也会拿上一盏来自斯堪的纳维亚的黑色金属烛台，把细细的白色蜡烛插进去。或者他们会在酒瓶子里插上厚厚的蜡烛，里面是各种颜色的蜡滴。她所仰慕的那些人都不可避免地比她清贫。这对她来说似乎是个糟糕的玩笑，从前她很穷，而贫穷在她所在的地方从来不是什么值得骄傲的事，现在呢，她来到相反的境地，却必须为此感到抱歉和尴尬了——比如说她跟乔瑟琳在一起的时候就会这样，乔瑟琳说起中产阶级式繁荣的时候都带着猛烈的批评和鄙视。

那么，如果她并不在人前，如果她没有从乔瑟琳那里学到这些观点，她还会喜欢这所房子吗？不会。她终究也一定会对这房子厌烦的。当有人初次来访，帕特里克总是带他们参观一番，他会指给他们看那盏吊灯，然后带他们去前门旁边那间隐藏式照明设计的化妆室，还有步入式衣帽间，以及通往露台的百叶门。他为这所房子感到自豪，急着想让大家都注意到那些微妙的不同，仿佛从贫穷家庭长大的不是露丝，而是他自己似的。露丝对这种参观一开始就感觉不太愉快，她就默默地跟着，或者说一些帕特里克不想听到的反话。过了一会儿，她就待在厨房里，不过她仍然能够听到帕特里克的声音，而且她事先就知道帕特里克会说什么。她知道他会拉起餐室的窗帘，然后指着那小小的发光的喷泉——海神雕像的胯下挂着一片无花果叶子，他会说："对于郊区房子盖游泳池的风潮，我们就是这样回敬的！"

洗完澡之后，她拿起一瓶她以为是婴儿润肤油的瓶子，涂抹自己的身体。清透的液体顺着她的乳房和肚子流下，感觉像针扎和火烧。她看了看标签，这根本就不是婴儿润肤油，是洗甲水。她把它们擦掉，用冷水泼向自己的身体，使劲地用布猛擦，想到毁掉的皮肤、医院；移植手术、伤疤和惩罚。

安娜在抓浴室的门，带着睡意，却急迫。为了好好做准备，露丝锁上了门，尽管她平时洗澡的时候也不怎么锁门。她让安娜进来。

"你这前面全红了呢。"安娜一边说着一边把自己撑上了马桶。露丝找到了婴儿润肤油，试着用它来冷却皮肤。不过她倒得太多了，新胸罩上沾上了油滴。

她以为克里夫德会在他巡演的时候写信给自己，不过他没

166

有。他从乔治王子城给她打来电话，带着一种公事公办的语气。

"你什么时候到鲍威尔里弗？"

"四点。"

"好，坐公交或任何可以到城里的车。你去过那里吗？"

"没有。"

"我也没有。我只知道我们酒店的名字。你不能在那儿等。"

"汽车站怎么样？每个城里都有一个汽车站。"

"好，汽车站。我到那儿接你，大概五点，然后我们可以把你送到其他酒店。上帝保佑那里不止一个酒店啊。好了，就这样。"

在其他乐团成员面前，他假装自己要去鲍威尔里弗跟朋友们一起过夜。

"我可以去听你演奏，"露丝说，"可以吗？"

"嗯。当然。"

"我不会让别人看出来的。我就坐在最后一排。我会扮成老太太的样子。我想听你演奏。"

"好啊。"

"你不介意吗？"

"不介意。"

"克里夫德？"

"怎么了？"

"你还想让我过去吗？"

"哦，露丝啊。"

"我知道的。就是你的语气听上去不太像。"

"我在酒店大堂里呢。他们在等我。我假装在跟乔瑟琳打电话呢。"

"好的。我知道了。我会过去。"

"鲍威尔里弗。汽车站。五点。"

这一次，跟他们平常打电话不太一样。平常他们讲话挺哀怨的，傻傻的，或者是两个人都激动起来，话都没法好好说了。

"你那儿喘气声很重。"

"我知道。"

"我们得聊些别的。"

"还有什么别的？"

"你们那儿也是个大雾天吗？"

"对。你能听见雾角声吗？"

"能。"

"那声音听上去是不是很可怕？"

"我觉得还好，真的。我还挺喜欢的。"

"乔瑟琳不喜欢。你知道她怎么形容这声音吗？她说这是宇宙乏味之声。"

他们一开始完全避免讲到乔瑟琳和帕特里克。后来就开始以一种直接而老练的方式谈论起他们了，仿佛他们是大人、家长，被自己瞒骗着。现在他们几乎可以用温柔、赏识的方式来提起他们，就像他们是自己的孩子一样。

鲍威尔里弗没有汽车站。露丝坐进了机场轿车，跟另外四个乘客在一起，都是男士。她告诉司机她想去汽车站。

"你知道在哪儿吗？"

"不知道。"她说。她已经感觉大家都在看着她了。

"你想去坐汽车吗？"

"不是。"

"就是想去汽车站？"

"我是要去那儿见一个人。"

"我都不知道这儿有汽车站。"一位乘客说。

"没有，我没听说过。"司机说，"有一趟公共汽车，早上到温哥华，晚上回来，它会停在养老院的门前。那个老伐木工人休养院门前。就停在那儿。我就只能把你带到那儿去了。可以吗？"

露丝说可以。接下来她觉得她得继续解释她的去意。

"我的朋友和我打算在那儿见面，因为我们想不到还有别的什么地方。我们完全不熟悉鲍威尔里弗，就觉得，每个城里都该有一个汽车站的！"

她在想，她不该说我的朋友，她应该说我的丈夫。他们会问她，既然两个人都不熟悉这地方，那他们到这儿来干吗。

"我的朋友在乐团演奏，今晚他们有演出。她拉小提琴。"

他们都不朝她看了，看来这个谎撒得挺值。她在想那乐团里是不是有一个女小提琴家。万一他们问到她名字怎么办？

司机在一个长长的、油漆已经掉得零零落落的两层木楼前让她下车。

"我想你可以到日光室去，就在那尽头。反正汽车就在那接人的。"

日光室里有一张台球桌。没人在玩。几个老男人在玩西洋跳棋，其他人在看。露丝想要不要向他们解释一下自己的来意，不过还是决定不要了。幸好，他们看上去也不感兴趣。在轿车里的那一番解释已经让她累得慌了。

日光室里的钟显示四点十分。她想在剩下的时间里到城里四处走走，直到五点。

一走出去，她就闻到了一阵臭味，她开始担心这味道是不是她自己的。她拿出自己在温哥华机场买的古龙香水——她在花自己花不起的钱——然后抹在手腕和脖子上。那味道还在，最后她发现这是从纸浆厂传出来的。在城里走走不容易，因为街道很陡，很多地方都没有人行道。没有可以闲逛的地方。她觉得人们在盯着她，认出了这个陌生人。几个男人在一辆车里朝她大喊。她在商店橱窗里看到了自己的倒影，明白了被别人盯着、大喊，都是她自己招来的。她穿着黑色天鹅绒的西班牙斗牛裤，黑色紧身高领毛衣，肩上还搭着一件米色的夹克衫，尽管风吹得挺冷的。她曾经的穿衣选择是宽下摆的裙子，淡色系，儿童式的安哥拉羊毛衫，扇形开领，如今穿得很是性感诱人。此时她穿的新内衣上带有黑色的蕾丝和粉色的尼龙。在温哥华机场的候机室里，她涂上厚厚的睫毛膏、黑色的眼线、银色的眼影，她的口红几乎是白色的。这都是那些年流行的时尚，所以没有像后来人们感觉的那么怪异，但已经够引人注目的了。她对这样的妆容的把握在不同场合都不太一样。她不敢在帕特里克和乔瑟琳面前把自己画成这样，每次她去看乔瑟琳，都会穿上她最宽松的裤子和毛衣。不过每次乔瑟琳开门的时候都会说："你好啊，辣妹。"带着友好的讽刺。乔瑟琳自己很不讲究穿着。她只穿克里夫德的旧衣服。他的旧裤子，她穿起来拉不上拉链，因为生完亚当之后她的肚子就再也没有平回来过。她还会穿克里夫德曾经穿去表演、已经磨损了的白衬衫。显然，乔瑟琳觉得保持体形、化妆，以及试图以任何方式看上去吸引人都可笑得很，令她不屑一顾，就像用吸尘器清洁窗帘一样。她说克里夫德也是这么认为的。乔瑟琳说，克里夫德会被没有雕琢和诱惑意味的女性吸引，他喜欢没有刮毛的腿，毛茸茸的腋窝，自然的体味。露丝好奇克里夫德是不是真说过这话，还有为什么会这么说。他是出于同情、友好，还是开个玩笑？

露丝发现一个公共图书馆，走进去，看了看书名，但是她集中不了注意力。她整个脑子和身体涌过一阵无法掌控、倒也不算令人不快的嗡鸣。差二十分到五点的时候她回到日光室，继续等。

六点十分她还在等。她数了她钱包里的钱。一元六十三分。她不能去酒店。她觉得他们也不会让她在日光室里过夜。除了祈祷克里夫德也许还是会来的，没有别的办法。她觉得他不会来了。计划改了；他被叫回了家，因为有个孩子病了；他的手腕扭伤了，拉不了小提琴了；鲍威尔里弗根本就不是个真实存在的地方，只是负罪的旅行者困在这里接受惩罚的难闻的海市蜃楼。她不是非常惊讶。她迈出了不该迈的那一步，结局就是现在这个。

在那几个老男人进去吃晚饭之前，她问他们知不知道晚上高中体育馆里有音乐会。他们不太愿意搭理地说，不知道。

"从来没听说过有人在这儿开什么音乐会。"

她说她丈夫在乐团里演奏，是一个从温哥华来的巡演，她飞过来看他，他们本来打算在这里见面的。

这儿吗？

"也许是走丢了吧。"一个老男人说，这语调在她听来恶意满满，带着心照不宣的意味，"也许你老公走丢了吧，对吧？老公总是走丢！"

外面天都快黑了。现在是十月，这里比温哥华要北多了。她试着想该怎么办。唯一能想到的就是假装晕倒，就说自己失忆了。帕特里克会相信吗？她得说她也不晓得自己在鲍威尔里弗干吗。她得说在轿车上的事情她什么都记不得了，什么乐团啊，她什么都不知道。她得让警察和医生相信，得让报纸这么写。哦，克里夫德在哪里呢，为什么抛弃了她，会是路上出什么意外了吗？她觉得她得毁掉包里的那张纸，那上面写着他给的指示。她想她还是把避孕的子宫帽也丢掉比较好。

她在包里翻找的时候，一辆面包车停在了外面。她想一定是一辆警车。她想那群老男人一定打电话报警了，说发现了一个可疑人士。

克里夫德走下车，跑上了日光室的阶梯。她过了好一会儿才认出他来。

他们在一间酒店里喝了啤酒，吃了汉堡，不是乐团住的那个酒店。露丝的手在抖，把啤酒给洒了。克里夫德说，临时加了一场彩排。然后他找汽车站找了半个小时。

"我想那也不是个好主意，在汽车站等。"

她的手放在桌子上。他用餐巾纸擦去了啤酒，把自己的手放在她的手上。这个举动，她在日后常常想起。

"还是先让你在这儿登记入住吧。"

"我们不一块儿登记吗？"

"只有你登记比较好。"

"我来到这儿之后，"露丝说，"一切都感觉很奇怪。感觉很罪恶。我感觉大家都知道。"她开始告诉他那些故事，以一种她希望是轻松愉悦的方式：那个轿车司机，那些乘客，那个伐木工人休养院里的老男人。"你来了之后我可松了一口气，松了一大口气。所以我在发抖。"她告诉他她打算假装失忆，觉得应该把子宫帽丢掉的事情。他大笑起来，不过不是快活地笑，她想。她感觉当她提到子宫帽的时候，他的嘴唇绷紧了一下，透露出责备或厌恶。

"但现在一切都好啦。"她急促地说。这是他们进行的最长的一次对话，面对面的。

"只是因为你的内疚情绪，"他说，"这很正常的。"

他拍了拍她的手。她想像以前那样，用手指在他的脉搏上摩擦。他放开了手。

半个小时后之后，她说："我还可以去音乐会吗？"

"你还想去吗？"

"还有什么别的可干的？"

她说这话的时候耸了耸肩。她的眼皮垂了下来，嘴唇饱满，沉思着。她在模仿别人，可能是演过类似场景的芭芭拉·斯坦威克[①]。当然她不是故意要模仿的。她只是在想办法让自己也那样有诱惑力，疏离而有诱惑力，让他改变想法。

"是这样的，我得把车开回去。我得把其他人接上。"

"我可以走着去。你告诉我在哪里。"

"恐怕从这儿要上坡才能到那儿去。"

"那我无所谓的。"

"露丝。现在这样更好。露丝。真的。"

"就按你说的吧。"她做不到再耸一次肩了。她还在想一定有什么办法能扭转局面，重新来一遍。重新来一遍，把那些她说错的，或者做错的都重新纠正过来。她已经犯了一个错误，她问他自己是不是说错了或做错了什么，然后他说没有。没有。她跟这事儿没关系，他说。他已经离家一个月了，看很多事情都不一样了。乔瑟琳。孩子们。破坏性的后果。

"只是淘气而已。"他说。

[①] Barbara Stanwyck（1907—1990），美国影视演员、舞者，代表作有电影《火球》《双重赔偿》等。

他的头发比她之前见过的都要短。他黝黑的皮肤褪了色。确实是，确实是这样，他看上去像是脱了一层皮似的，脱掉的是那层对她如饥似渴的皮。他又变成那个她在医院里见过的，到产房看望乔瑟琳的苍白、易怒，但是本分的年轻丈夫了。

"什么淘气？"

"我们做的事情。这不是什么必要的大事。就是平常的淘气而已。"

"你从乔治王子城给我打电话。"芭芭拉·斯坦威克消失了，露丝听到自己在哀诉。

"我知道。"他讲起话来像个牢骚满腹的丈夫。

"你那个时候也是这种感觉吗？"

"是也不是。我们做好了全部的计划。我要是在电话上这么对你说，不是更糟吗？"

"淘气，你这是什么意思？"

"哦，露丝啊。"

"你这话是什么意思？"

"你知道我的意思。如果我们再继续这样下去，你觉得会对任何人有好处吗？露丝，说真的？"

"我们，"露丝说，"对我们会有好处。"

"不，不会的。一切会乱成一团。"

"就一次。"

"不。"

"你说就一次。你说我们会拥有一段回忆，而不是一个梦。"

"老天爷。我说了很多恶心话。"

他说过她的舌头就像一条小小的暖暖的蛇，一条漂亮的蛇，他说过她的乳头就像浆果。他不想被提醒。

　　格林卡：《鲁斯兰和柳德米拉序曲》
　　柴可夫斯基：《弦乐小夜曲》
　　贝多芬：《第六交响曲〈田园〉：第一乐章》
　　斯美塔那：《我的祖国》
　　罗西尼：《威廉退尔序曲》

在很长一段时间里，她听到这些音乐，就会感觉到一阵羞辱感真真切切地袭来，就像一整堵墙向她倾倒而来，碎石将她掩埋。

在克里夫德离开家随团演出之前，乔瑟琳给露丝打过电话，跟她说保姆不能来，她自己那天要去看心理医生。露丝说她可以去帮忙照顾亚当和杰罗姆。她之前也这么做过。她带着安娜，坐了三趟公交车，踏上长长的旅途，到了他们家。

乔瑟琳的房子是靠厨房里的油炉取暖的，客厅里还有一个庞大的石砌壁炉。油炉上面都是溅出来的油印：橘子皮、咖啡渣、烧焦的木头和灰烬从壁炉中滚出来。这房子没有地下室，也没有干衣机。经常下雨，天花板吊架和地上的立架上搭着潮湿的、泛灰色的床单和尿布，还有变硬的毛巾。也没有洗衣机。乔瑟琳是在浴缸里洗的床单。

"她家既没洗衣机也没干衣机，却要去看心理医生。"帕特里克说。露丝经常背着乔瑟琳跟帕特里克说些他喜欢听的。

"她一定是疯啦。"露丝说。这话让帕特里克笑了起来。

但是帕特里克不喜欢她去当保姆。

"你真是有求必应啊，"他说，"你怎么没去帮他们家擦地板，可真稀奇。"

其实，露丝真的擦过。

乔瑟琳在家的时候，那房子的乱倒显出了一种倔强的、令人印象深刻的特质。然而一旦她走了之后，一切就无法忍受了。露丝到那儿当保姆的时候会带个刀子，把厨房椅子上时间久远的麦片屑刮掉，冲洗咖啡壶，抹地板。不过她的确还花了点时间四处看看研究一番。她跑去卧室——因为她得看着杰罗姆，一个早熟又易怒的孩子——她看到克里夫德的袜子和内裤全都跟乔瑟琳的旧哺乳胸罩和破损的吊袜带皱皱地卷在了一起。她去看他是不是在唱盘上放了唱片，想着它会不会让他想起自己。

泰勒曼①。不像是。但她还是放了出来，听听他到底在听什么。她觉得桌子上那个是他用过的脏脏的早餐杯，她拿起来喝咖啡。她把他昨天晚上用来吃西班牙炒饭的砂锅盖了起来。她寻找他的踪迹（他用的不是电剃须刀，而是那种放在木碗里的老式刮胡皂），但是她相信，他在那所房子里，那所乔瑟琳的房子里的

---

① 指格奥尔格·菲利普·泰勒曼（Georg Philipp Telemann，1681—1767），德国巴洛克时期最著名的作曲家之一。

生活，全都是假装的，他在等待着，就像她在帕特里克那所房子里的生活一样。

乔瑟琳回来的时候，露丝觉得自己应该为收拾她的房子这件事向她道歉，不过乔瑟琳想说的却是她跟心理医生吵了一架，因为心理医生让她想起了她的母亲，她又说露丝打扫房子这毛病肯定是轻度狂躁症，要是真的想治好，也应该去看看心理医生。她是在开玩笑。但是在坐公交车回家的路上，看见脾气暴躁的安娜，想到还没给帕特里克准备晚餐，露丝开始想为什么好像自己做什么都不对，她的邻居们嫌弃她，说她在家务上不够用心，乔瑟琳指责她对自然的凌乱状态和生活垃圾不够宽容。她想到爱情，为了跟自己和解。她是被爱的，不过不是本分的、夫妻间的爱，而是疯狂的、出轨的爱，而乔瑟琳和她的邻居并不是这样的。她用这一点来让自己跟任何事情和解，比如跟帕特里克，他会在床上翻过身来，发出一种放纵的、轻轻的咯咯声，这意味着她暂时被赦免了所有的失误，他们要开始做爱了。

克里夫德说的那番冷静而体面的话对露丝丝毫不起作用。她看出他已经背叛了她。冷静和体面从来都不是她对他的要求。她在鲍威尔里弗高中的礼堂里听他演奏。她看着他演奏他的小提琴，脸上带着一种忧郁而殷切的神情，而他曾经以这样的神情望向她。她不知道没有他，自己该怎么活。

半夜，她从自己的酒店打电话到他的酒店。

"跟我说说话吧。"

"没事的。"沉默片刻后，克里夫德说，"没事的，乔丝。"

他肯定有个室友，被电话吵醒了。他在假装跟乔瑟琳说话。要不就是他困得不行真以为是乔瑟琳。

"克里夫德，是我。"

"没事的，"克里夫德说，"放松点。去睡吧。"

他挂了电话。

乔瑟琳和克里夫德现在住在多伦多。他们不再贫穷。克里夫德很成功。他的名字出现在了唱片包装上，还会从收音机里传来。电视上也经常出现他的面孔，出现更多的是他那在小提琴上耕耘的双手。乔瑟琳节食减肥后变苗条了，她剪了头发，做了造型：由中间分开，划向脸的两边，纯白的发丝如同一对羽翼从两边的太阳穴上方升起。

他们住在山后边一栋大大的砖房里。后院有喂鸟器。他们还在那儿盖了间桑拿浴室。克里夫德总是长时间地坐在里面。他觉得这样他就不会像他父亲一样患上关节炎。关节炎是他最大的恐惧。

露丝以前会去看他们。她自己一个人住在乡下，在一所社区大学教书，到多伦多想找个地方过夜的时候，就会来这里。他们似乎很高兴接待她。他们说她是他们交情最久的朋友了。

有一次露丝来看乔瑟琳的时候，乔瑟琳讲了件和亚当有关的事儿。亚当在这所房子的地下室里有个住处。杰罗姆和他的女朋友住在市中心。亚当会带他的女孩们来这儿。

"当时我在书房里看书，"乔瑟琳说，"克里夫德出去了。我听见从亚当的房间里传出来这女孩的声音，她在喊：'不要！不要！'那房间里的声音直直地传了上来。我们向他警告过这一点，我们觉得他会尴尬——"

"我没觉得他会尴尬。"克里夫德说。

"但他只是说，我们在那时候应该放点唱片。然后我一直都在听着那个不知道叫什么名字的可怜女孩喊啊，反抗啊，我不知道该怎么办。我觉得这情况还真是头回见，之前没有先例，如果你的儿子真的在强奸某个女孩，就在你眼皮底下，或者至少就在你脚底下，你应该制止他吗？最后我跑到楼下，把他卧室后面橱柜里所有的滑雪板都拿了出来，我待在那里将那些滑雪板摔来摔去，想着如果他问到我就说我想把它们擦擦干净。那是七月哪。亚当什么也没对我说。我希望他能搬出去。"

露丝就讲帕特里克现在有多少钱，讲他娶了一个比他还有钱的现实的女人，那个女人布置了一个金光闪闪的客厅，有镜子和浅色的天鹅绒，还有用电线铸成的雕塑，活像个讨人厌的鸟笼子。帕特里克现在对现代艺术没什么意见了。

"当然这已经不一样了，"露丝对乔瑟琳说，"房子也不一样了。我想知道她拿那两个韦奇伍德的花瓶怎么办了。"

"没准她还有一个特别有格调的洗衣间呢。把漂白粉放在一个花瓶里，洗涤剂放在另一个里面。"

"它们完全对称地放在架子上。"

但是露丝心里还藏着那一阵久远的痛苦的内疚。

"跟以前一样，我喜欢帕特里克。"

乔瑟琳说："为什么？"

"他这个人比大多数人都要好。"

"说什么蠢话，"乔瑟琳说，"我觉得他肯定不喜欢你。"

"没错。"露丝说。她开始告诉他们有一次她坐公交车的故事。那次她没开车，因为车出了太多毛病，她的钱不够修好它。

"坐在我对面的男人给我讲他之前开卡车的事儿，他说这里见不到他在美国开的那种卡车。"露丝开始带上她的乡下口音接着说，"在米国他们有那种叫高速路的玩意儿，只有卡车能上道。他们在这些道上有维修点，卡车能从国家的一头开到另一头，所以大部分人都从来没见过它们。那车大的，光驾驶室都有公交车的一半儿大，里面一个司机，一个助理司机，还有轮班的司机和助理司机可以休息睡下。洗手间、厨房和床那些东西也都有。一个小时能走八九十英里，因为那些高速公路从来不限速。"

"你变得好怪啊，"克里夫德说，"住在那儿之后。"

"别管那些卡车了，"乔瑟琳说，"别管那些老掉牙的神话传说了。克里夫德又想着要离开我了。"

他们坐下来喝酒，讨论克里夫德和乔瑟琳应该怎么办。这并不是什么新鲜话题。克里夫德到底想要什么？他真的想跟乔瑟琳离婚，还是说他想要的是什么根本得不到的东西？他是在经历中年危机吗？

"别说老一套了。"克里夫德对露丝说。是她刚刚说了中年危机。"我二十五岁就开始这个样子了。我一进来就想逃出去。"

"克里夫德说这话倒是挺新鲜啊。"乔瑟琳说。她跑去厨房拿奶酪和葡萄。"他还真把这话说出来了。"她从厨房那边喊着。露丝避开不去看克里夫德，不是因为他们之间有秘密，而是因为乔瑟琳不在的时候，他们俩不对视似乎是对她的一种礼貌。

"现在是这样的，"乔瑟琳说，一手拿着一盘奶酪和葡萄，一手拿着一瓶金酒，"现在克里夫德完全敞开自我了。过去他经常发牢骚、自怨自艾，说些跟真正的问题一点关系都没有的废话。现在他说出来了。那个了不起的炽烈的真相。现在一切豁然开朗了。"

露丝有些摸不清这话的意思。她觉得生活在乡村里让她思维变慢了。乔瑟琳的话是不是一种嘲弄？她是在讽刺吗？不，她不是。

"那现在呢，我就为你揭露真相啦。"克里夫德哈哈大笑起来。直接对着瓶子喝啤酒。他觉得喝啤酒比喝金酒要好。"说真的，一旦我进去了，就想出来。但我也想进来，也想留在这儿，这也是实话。我从前想跟你结婚，现在也想跟你结婚，从前没法忍受跟你结婚，现在也没法忍受。这是个静态的矛盾。"

"听上去很可怕。"露丝说。

"我可不是那意思。我只是在说这不是中年危机。"

"嗯，可能那说法太简单化了。"露丝说。不过，她接着说，语气坚定，带着她现在养成的那种理性、务实、有种乡间简朴气息的风格，他们说来说去的都是克里夫德。克里夫德想要的到底是什么，他需要什么？他需要一个工作室，还是假期，还是一个人去欧洲旅行？她说，是什么让他觉得乔瑟琳会无休止地替他操心他的幸福？乔瑟琳又不是他妈妈。

"这是你的错，"她对乔瑟琳说，"你没告诉他要么行动，要么闭嘴，就是你的错。别管他到底要什么。要么滚，要么忍。你就跟他说这些得了。要么忍，要么滚出去。"她装出一副粗鲁的样子对克里夫德说："抱歉我说得这么直接，直接得这么不友好。"

她话说得这么不友好倒没什么事儿，她知道的。要是表现得过于礼貌和冷淡才有事儿。她现在说话给人的感觉就是在表明她是他们真正的朋友，对他们上心。她的确是这样的，在某种程度上。

"她说得对，你这操蛋的混账，"乔瑟琳试着这样说，"要么忍，要么滚。"

几年前，当乔瑟琳打电话给露丝，给她念《嚎叫》的时候，尽管她平时说话大胆，但是她还是说不出"操"这个字。她试着强迫自己，不过她还是说："哦，太傻了，但我说不出来。我得说'该死'。我说'该死'的时候，你知道我在说什么吧？"

"但她的意思是说这是你的错，"克里夫德说，"你想当那个妈妈的角色。你想当大人。你想长期忍受痛苦。"

"混蛋，"乔瑟琳说，"哦，或许吧，或许吧。是的。或许我是这样的。"

"我敢肯定在学校里你总是抓住那些有问题的孩子不放，"克里夫德浅浅一笑，"那些可怜的孩子，脸上有粉刺，身上穿着可怕的衣服，或者有语言障碍。你肯定会用你所谓的友好态度去迫害那些可怜的孩子。"

乔瑟琳拿起奶酪刀朝他挥了挥。

"你小心点。你就没粉刺，说话不口吃。你就好看到不行，才华横溢，就那么好运气。"

"我无法应对成年男人的角色，在这方面我有一些几乎无法逾越的问题，"克里夫德一本正经地说道，"心理医生是这么说的。"

"我不相信你。心理医生不会说什么几乎无法逾越的话。他们不用这种词。他们也不下结论。我不相信你，克里夫德。"

"实话说，我压根不看心理医生。我到央街看色情电影。"

克里夫德到外面桑拿室去了。

露丝看着他离开。他穿着牛仔裤和一件写着"只是路过"的T恤。他的腰和臀部就像一个十二岁男孩一样瘦小。他灰灰的头发剃成了平头，脑袋轮廓凸显出来。现在音乐家的发型都这样吗，不像政客和会计师那样头发浓密，留着胡子？还是说克里夫德就爱这么留？他棕黑的肤色看上去像是化了个煎饼妆似的，尽管可能这就是他不加修饰的肤色。他整个人看上去有一种夸张的感觉，精干、有光辉，又略带嘲讽。他的消瘦之中，他那甜甜的、冷酷的微笑之中，透露出一丝猥琐。

"他还好吗？"她对乔瑟琳说，"他瘦得可怕呀。"

"他就希望看上去是那样的。他平时吃酸奶和黑面包。"

"你们可不能分开呀，"露丝说，"因为你们这房子太漂亮了。"她舒展四肢躺到那张钩针编织地毯上。客厅有白白的墙壁、厚厚的白色窗帘、旧旧的松木家具、大大的明亮画作，还有钩针编织地毯。她手肘旁边那个低低的圆桌上放着一碗抛过光的石头，可以任人拿起来，握住，再从手指间滑下去。那些石头来自温哥华的沙滩。桑迪湾、英吉利湾、基斯兰奴、安布尔塞德和邓达拉夫。杰罗姆和亚当很久以前就开始搜集它们了。

克里夫德从各省的巡演回来之后不久，乔瑟琳和克里夫德就搬离了不列颠哥伦比亚。他们去了蒙特利尔，然后是哈利法克斯，然后是多伦多。他们很难想起温哥华来了。有一次他们试着回想他们之前住的那条街道的名字，到后来还是露丝告诉他们的。露丝住在卡皮拉诺高地的时候，她曾经花很多时间去回想她之前在安大略省住过的一些地方，以某种方式表现对那景致的忠诚。现在她住在安大略省，仍然以同样的精力去回想温哥华，把那些本来平凡无奇却在此时让她困惑的细节搞清楚。比如，她试着回忆从北温哥华去西温哥华要在哪里等太平洋城市公共汽车。她想象着自己在某个春日下午一点钟左右坐上那辆老旧的绿色公交车，去给乔瑟琳照顾小孩。安娜跟她在一起，穿着她那件黄色的雨衣，戴着雨帽。冷冷的雨。到西温哥华要经过一段长长的泥泞之地。现在那地方已经是购物中心和高楼大厦了。她能回想起街道、房子，那熟悉的西夫韦超市，圣莫斯酒店，茂密的树林合拢过来，下车之后就会看见那个小店。那里有黑猫牌香烟的标志。穿过树林去乔瑟琳家的时候，能感觉到雪松的潮湿气息。午后一片死寂。正是打盹的时间。年轻女人边喝咖啡边看着窗外的雨。退休的夫妻在遛狗。脚踩在厚厚的苔藓里。番红花，刚冒出头来的水仙，清冷的花骨朵渐次绽放。临近海水时那截然不同的气味，那些不住向下滴落雨水的草木，那寂静。安娜拉着她的手，乔瑟琳的棕色木屋就在前方。走近房子的时候，那种厚重的忧虑和复杂的思绪也就降临了。

其他的事情她就不太想去回忆了。

从鲍威尔里弗回来，她在飞机上戴着太阳镜哭了一路。她坐在温哥华机场的候机室里时也在哭泣。她无法止住眼泪，无法就这么回家见帕特里克。一个便衣警察坐到了她身边，打开他的夹克衫，给她看自己的徽章，问她有没有什么可以帮忙的。一定是有人看到了她，叫他来的。她被吓到了，没意识到自己原来这么引人注目，她逃到了女厕所。她没想过要借酒消愁什么的，没想过要找个酒吧喝一杯。那个时候她还从来没去过酒吧呢。她也没有服用镇静剂，她没有这东西，也不知道它的存在。也许那时也并没有这玩意儿。

那种痛苦。是什么样的痛苦啊？全是浪费，没有回报。从头到尾都是不光彩的悲伤。都是破碎的骄傲和可笑的幻想。仿佛她拿了把锤子，故意砸碎了自己的大脚趾。她有时候就是这么想的；有时又觉得这是必要的，是破坏和改变的开始，是她如今作为独立的人，而不是帕特里克家的人的开始。生活总是这样，牵一发，便动了全身，这不大的力量，却带来了不小的乱套。

帕特里克说不出话来。她把这事告诉他的时候，他没准备什么长篇大论。他沉默良久，跟着她在屋子里转来转去，听她为自己辩白、抱怨。仿佛是他想要她继续说下去，尽管他不相信她说的话，而要是她不说，事情就会变得更糟。

她并没有全告诉他。她说她跟克里夫德"搞了外遇"，说这话的时候她得到了某种微弱的间接的安慰，却被帕特里克的目光和沉默顿时刺穿，不过，这安慰倒也没真的被摧毁。他摆出这样一张毫无遮拦的脸，流露出这不甚恰当、难以消化的巨大悲伤，似乎有点不合时宜，也不太公正。

然后电话铃声就响起了，她想会是克里夫德，心里的情绪变了一变。不是克里夫德，是那次在乔瑟琳的聚会上见到的一个男人。他说他在执导一出广播剧，需要一个乡村女孩。他记得她的口音。

不是克里夫德。

她还是不要想这些了。她还是愿意去想透过金属窗框看到的那些滴着水的雪松、树莓丛，雨林里蓬勃发育的绿色生命，那些逝去的日常生活中的小小景致。还有安娜的黄色雨衣。乔瑟琳家脏兮兮的火堆里冒出的烟。

"你想看看我都买了些什么垃圾吗？"乔瑟琳说着，带露丝到了楼上。她给她看刺绣的裙子和深红色的缎子上衣。水仙颜色的丝绸睡衣套装。爱尔兰产的长长的、看不出形状来的粗编织连衣裙。

"我在大把大把地花钱。我以前能想到的就是钱。费了我好长时间。费了我们俩好长时间，我们才学会花钱。我们干不了这样的事情。我们鄙视那些有彩色电视的人。但你知道吗——彩色电视可好看了！我们现在整天无所事事，就在想，我们想要点什么呢？要么给我们的别墅添个烤箱？或许我想要个吹风机？大家都已经知道那些东西好多年了，可是我们不屑于拥有。但你知道我们现在跟对方说些什么吗？我们是消费者！这没问题！

"不仅仅是画作、唱片和图书。买这些从来都没问题。还有彩色电视！吹风机！华夫饼干模子！"

"遥控鸟笼！"露丝欢快地说。

"就是这个意思。"

"自动热毛巾！"

"是自动热毛巾架子，傻瓜！很好用。"

"电动餐刀，电动牙刷，电动牙签。"

"有些东西还真没它们听上去那么糟糕。真的没有。"

还有一次，露丝来这里的时候，克里夫德和乔瑟琳正在办一场聚会。大家都回家了之后，乔瑟琳、克里夫德和露丝三个人就围坐在客厅的地板上，都喝得醉醺醺的，很舒服。那个聚会玩得不错。露丝感到一阵微弱的、留恋的欲望，可能是一种欲望的回忆。乔瑟琳说她不想回床上休息。

"那我们干点什么呢？"露丝说，"我们不能再喝了。"

"我们可以做爱啊。"克里夫德说。

乔瑟琳和露丝说："真的？"异口同声。然后他们将小指勾在一起，说："天知地知。"

接下来，克里夫德把她们的衣服脱掉。她们没有发抖，火堆前暖烘烘的。克里夫德对两人轮流关照，都很周到。他也脱下了自己的衣服。露丝心头涌上一阵好奇、难以置信，她不情不愿，欲望却被些许勾起，而且在某种程度上，她感到震惊和悲伤，只是她太迟钝了，难以触及。然而，尽管克里夫德最初对两人都有所表示，最后却只跟露丝做爱了，就在那粗糙的钩针编织地毯上。乔瑟琳似乎盘旋在他们上方，发出满足的声响。

第二天，露丝得赶在乔瑟琳和克里夫德醒来之前出门。她得坐地铁到城里去。她发现自己正带着好奇的饥渴和一种冰冷又刺痛的需求看着那些男人，有一阵，这种感觉曾离她而去。她开始变得很生气。她对克里夫德和乔瑟琳感到生气。她觉得他们在愚弄她、欺骗她，向她展示她那明晃晃的不足之处，她自己本不会注意到的一点。她决定再也不要见他们，给他们写封信，把他们的自私、愚蠢和道德退化都写在信里。等她把那封信在脑子里写到满意，她已经回到乡村，平静了下来。她决定不去写这封信。一段时间之后，她决定跟克里夫德和乔瑟琳继续做朋友，因为她偶尔需要这样的朋友，在她那个阶段的人生里。

天意

露丝梦见了安娜。这是在她离开家，把安娜抛下之后的事了。她梦见她看到安娜走上了冈萨雷斯山。她知道她是从学校那里过来的。她走上前去跟安娜说话，但安娜从她身边走了过去，没吭声。怪不得。她身上盖着黏土，似乎有一些枝叶在里面，一种枯枝败叶编成花圈的感觉。装饰，消逝。那黏土和泥巴不是干的，它们从她的身上滴下来，所以她看上去粗劣又忧伤，像一尊笨手笨脚、昏昏沉沉的偶像。

"你想跟我来吗，你想跟爸爸在一起吗？"露丝这样对她说，但是安娜拒绝回答，她这样说："我不想你走。"那时露丝在库特尼山区一个小镇的广播电台找了一份工作。

安娜睡在帕特里克和露丝曾经睡过的四柱床上，现在帕特里克一个人睡在那儿。露丝睡在书房里。

安娜会睡在那张四柱床上，然后帕特里克会把她抱到她自己的床上。帕特里克和露丝都不知道，从什么时候开始这种事不再是偶然事件，而成了必然的。屋子里所有东西都乱了套。露丝在打包她的行李。白天帕特里克和安娜都不在的时候，她就打包收拾。到了晚上，她和帕特里克就在屋子里不同的区域活动。有一次她走进餐室，看见他正在往相册的照片上贴胶带。她对他的这种做法很生气。她看见了自己的照片，在公园里推着安娜荡秋千；她穿着比基尼假笑着；真实的谎言。

"那个时候也没好多少，"她说，"其实差不多。"她的意思是她总是在计划，在心灵深处计划，她现在要做的这件事。甚至在她婚礼的当天，她就知道会有这么一天，知道如果这一天不来，那么她还是死了的好。背叛者，是她。

"我知道。"帕特里克愤怒地说。

但是当然也有好一点的时候，因为她还没有开始试着让分手发生，在很长一段时间里，她也忘记了这分手的一天会到来。甚至如果说她一直计划着分手，主动挑起了分手，都是错误的，因为她没有故意去做什么，没有任何盘算。这件事情的发生，是痛苦的，具有毁灭性的，这里面有犹豫不决，有重归于好，有猛烈申斥，现在的她就像走在一座摇摇晃晃的桥上，她只有紧紧盯着桥上的板条，不敢往下或者周围多看。

"你想要哪一种呢？"她轻轻地对安娜说。安娜没有回答，她向帕特里克呼救。他来了，她就坐了起来，把他们两个都拉到床上，一边一个。她紧紧抓住他们，然后开始哭泣、颤抖。这是一个极度情绪化的孩子，有的时候，就像一片光秃秃的刀锋。

"你们不用分开，"她说，"你们都已经不再吵架了。"

帕特里克向露丝看过去，眼里没有责备。多少年来，他看着她的眼神，即便是做爱的时候，都带着责备，但是如今他感受到了安娜身上这般的痛苦，连责备都没有了。露丝不得不起身走了出去，留下他去安慰安娜，因为她害怕自己对他那种具有欺骗性的强烈感情又要涌上来了。

没错，他们不再吵架了。她的手腕和身体上有伤疤，那是她用剃须刀弄的（不过不是在那些危险的部位）。有一次在这房子的厨房里，帕特里克想把她掐死。有一次她跑到外面去，穿着睡衣，跪了下来，扯下了一手的草。然而对于安娜来说，她父母建立起来的这该死的家庭，这错误的、不合的结构，在任何人看来都该被撕毁、丢弃，对她仍然是生活真正的织网，仍然有父母和母亲，仍然是开端和庇护。真是个骗局，露丝想，对每个人来说都是个骗局啊。我们出自父母的结合，那联盟中却缺少了我们自以为该得到的东西。

她写信给汤姆，告诉他自己要怎么做。汤姆是卡尔加里大学的老师。露丝有点爱上了他（她这么告诉知道这件事的朋友：有点爱上了他）。她是一年前在这里遇到的他——他是一个有时跟她一起演广播剧的女人的哥哥。遇见他之后，她一度跟他在维多利亚待了一段时间。他们互相给对方写很长的信。他是个温文尔雅的男人，一个历史学家，写的情书都充满智慧、用词考究。她有点害怕，如果自己说要离开帕特里克，汤姆会不会给她写得少了，或者更有戒心，因为担心她可能会向他要得更多。会开始打主意。但是他没有，他没有那么粗鲁，或者那么怯懦；他相信她。

她跟她的朋友说，离开帕特里克跟汤姆没有任何关系，离开之后她和汤姆也不会见面更频繁。她是这么认为的，不过她还是在山区小镇和温哥华岛的工作之间做出了选择，因为她喜欢离卡尔加里近一点。

到了早上安娜很开心，她说没关系。她说她想留下来。她想留在她的学校，跟她的朋友们在一起。走到半路上她转过身来向自己的父母招手、高喊：

"离婚快乐！"

露丝以为她一旦走出帕特里克的房子，就会住进一个四壁空空的房间里，脏兮兮的，破旧不堪。但她不会在乎，她也不会费心给自己的住处重新布置一番，她讨厌那些事情。她找的房子是在半山腰一个棕色砖房的上层，真的是脏兮兮、破旧不堪的，不过她马上就开始动手整修。那里的红色和金色墙纸是匆忙贴上的，从踢脚板开始卷曲、撕裂开来（她将会发现，这些地方，常常贴着一些在某些人看来优雅的墙纸）。她买了些糨糊把墙纸粘好。她挂上了一些植物，哄着它们活得长些。她在洗手间贴上了有趣的海报。为了买到一张印度的床罩，还有篮子、陶器和彩绘杯子，她找到了城里唯一的那家店，付了一笔金额高得像在自取其辱的钱。她把厨房涂成了蓝色和白色，试着做成中国瓷器上的那种柳叶图案。房东答应承担油漆的钱，不过后来并没有付。她还买了蓝色的蜡烛，一些焚香，还有一大堆干干的金色树叶和草。等这一切都完工之后，她的这所房子看上去便很像一个独居女人的家了，她也许不再年轻，跟大学或艺术有些关系，或者是希望能有些关系。就像她之前住的那所房子一样，那所帕特里克的房子，一看就属于一名成功商人或者是专业人士，他继承了父辈的钱，以及生活标准。

这山间小镇似乎远离了一切。但是露丝喜欢它，部分原因就在于此。当你在城市生活过之后，又回到小镇上生活时，你会感觉身边的一切都是通俗易懂的，仿佛人们聚在一起说："我们来玩小镇游戏吧！"你会觉得这里不会有人逝去。

汤姆写信说，他一定要来看她。十月份的时候（她想不到会来得这么快）有一个机会，他要到温哥华参加一个会议。他计划早一天离开会议，然后假装在那里多留一天，这样他就会有两天空余的时间了。但是他从温哥华打电话来说，他来不了了。他的牙感染了，非常疼，他得在跟露丝约定见面的那一天去做一个紧急牙科手术。最后他真的得在那里多留一天，他说，她会觉得这是对他的审判吗？他说他最近在以加尔文教派①的角度看问题，而且这疼痛和这药都让他头昏脑涨。

露丝的朋友多萝西问她，相信他吗？露丝没想过不相信。

"我觉得他不会撒谎。"她说。然后多萝西语调轻快，甚至有点漫不经心地说："哦，他们什么都干得出来。"

多萝西是广播台里除了露丝之外的唯一一位女性：她一个星

---

① Calvinism，基督教新教的一个派系，起始于 16 世纪的宗教改革运动。

期做两次家庭主妇的节目，然后到处去给妇女小组做演讲；在那些年轻人组织的颁奖晚宴里，她也是颇受欢迎的女主持；诸如此类的事情不在少数。她和露丝的友谊很大程度建立在她们多多少少属于单身的情况，还有她们的冒险天性上。多萝西在西雅图有一个情人，但是她并不相信他。

"他们什么都干得出来。"多萝西说。她们在广播电台隔壁一家名为"一杆进洞"的小咖啡甜品店用餐。多萝西开始告诉露丝她跟电台老板的一段情事，他现在是个老男人了，大多数时候都在加州。他曾送给她一条项链作为圣诞礼物，说是玉做的。他说他是在温哥华买的。她去修项链的挂钩时自豪地问这项链值多少钱。然后别人告诉她这根本就不是玉，珠宝商举起它对着灯光，跟她解释应该如何辨识。几天之后老板的老婆到办公室来，显摆着她那条一模一样的项链，她老公跟她说了一模一样的话。当多萝西跟她说这件事情的时候，露丝正看着多萝西那灰金色的假发，光滑而繁茂，一点也不可信，然而她的脸饱经风霜、坑坑洼洼，在假发和绿松石色眼影的映衬下更加明显。在城里，她这副样子看上去像个荡妇，这里的人们则认为她是个古怪之人，但是颇有魅力，像是传奇时尚世界的代言人。

"这是我最后一次相信一个男人，"多萝西说，"他跟我在一起的时候还泡着另外一个在这儿工作的女孩，结了婚的，一个服务员，还泡着他孙子孙女的保姆。瞧瞧这是什么事儿啊你说？"

圣诞节的时候露丝回到帕特里克家。她还没有见到汤姆，但是他送了她一条带流苏和刺绣的深蓝色围巾，在十二月初到墨西哥开会顺便度假时买的，他是带着他太太去的（露丝跟多萝西说，毕竟他答应过她）。三个月来，安娜长高了不少。她喜欢把自己的肚子缩进去，让肋骨凸显出来，看上去像一个饥荒中的小孩。她情绪高涨，像个杂技演员，各种滑稽的动作和谜语不断。回来之后，露丝又开始做起了购物、做饭的活，有的时候她满怀恐惧和绝望地想，她的工作、她的房子和汤姆是不是只存在于她的想象之中。跟妈妈一起去店里买东西的安娜说："在学校的时候我总是会忘记。"

"忘记什么？"

"我总是会忘记你不在家，然后我就想起来了。只有克莱伯太太在。"克莱伯太太是帕特里克请来的管家。

露丝决定把她带走。帕特里克没有说不，他说可能这样最好。不过露丝在收拾安娜的东西时帕特里克没法待在家里。

安娜后来说，她自己不知道她要跟露丝一起住了，她以为只是来玩一会儿。露丝觉得安娜就是得这么说说，得这么想想，这样她就不必为自己的任何决定感到内疚。

开往山间的火车因为大雪而减慢了速度。水也冻住了。火车在小车站里逗留了很长的时间，被一团团蒸汽包裹着，等待管道逐渐解冻。她们穿上外套，跑过站台。露丝说："我要给你买一件冬天的大衣。我要给你买一双暖暖的长筒靴。"如果是在沿海地区，漆黑的冬季只要穿橡胶靴和有帽子的雨衣就够了。安娜那个时候一定知道她是要留下来的，但是她什么都没说。

到了晚上安娜入睡的时候，露丝望向窗外那厚似深海、熠熠发光的雪堆。因为担心发生雪崩，火车慢慢爬行。露丝并不为此担心，她喜欢这感觉：被关在这漆黑的小空间，盖在这糙糙的火车被子下，穿过外面这汹涌难平的风景。她总觉得，火车的行进，无论多么濒临危险，终究是安全稳当的。而与此相反，她觉得飞机随时都会被眼前的景象惊呆，一句抗议的私语都说不出来，便从云层之中沉落下去。

她送安娜去上学，让她穿着崭新的冬装。还好，安娜没有像外人那样畏畏缩缩，受不住这环境。不到一周，她已经带其他孩子回家了，她也去别的孩子家做客。在初冬的晚上，露丝沿着两侧积雪堆成高墙的街道去接她。秋天时，一只熊从山上下来，进入小镇。广播里都是关于它的新闻。一位不寻常的访客，一只黑熊，在富尔顿街漫步。我们建议您让孩子待在家里。露丝知道一只熊是不太可能在冬天跑到镇上来的，但是她还是很担心。她还很害怕车辆，街道那么窄，拐角又看不清。有的时候安娜回家会走另外一条路，露丝就一直走到别的孩子家里找她，发现她不在后她就会开始跑，沿着山路一路跑回家里，跑上长长的楼梯，她的心怦怦直跳，因为跑，也因为怕，当她发现安娜在家的时候，她会试图把自己的恐惧隐藏起来。

送洗衣服、提拉杂货的时候，她的心也怦怦地跳。洗衣店、超市、贩酒店，都在山脚下。她整天都很忙碌。下一个小时总是有紧急任务。要去拿换了鞋底的鞋子，要去洗发染发，要去补安娜明天穿去学校的大衣。除了她自己本身就很繁重的工作之外，她还会做她以前常做的那些事，而且是在更为困难的条件下。然而她竟然也在这些杂务事里获得了很多的安慰。

她为安娜买了两样东西：金鱼和电视机。公寓里不许养猫狗，只能养小鸟和鱼。一月的一天，安娜来这里的第二周，露丝走下小山丘去接她放学，带她去伍尔沃斯商场买鱼。她看着安娜的脸，觉得有点脏，然后她发现那是脏脏的泪痕。

"今天我听见有人叫杰里米，"安娜说，"然后我以为杰里米在这里。"杰里米是从前在家经常跟她一起玩耍的男孩。

露丝提到了鱼。

"我肚子疼。"

"你是饿了吗？我想喝杯咖啡。你想要什么？"

那是糟糕的一天。她们在公园里走着，一条到市中心的近路。之前解了冻，后来又结了冰，所以街上到处都是冰块，上面是水和半融化的雪泥。太阳照耀着，不过是那种冬天的阳光，会刺得你眼睛疼，会让你的衣服显得过于厚重，会凸显这一切的混乱和艰难，就像现在走在冰上那样艰难。周围都是放了学的青少年，他们吵闹着、呼喊着，四处滑行，男孩和女孩坐在冰块上的长凳上，肆无忌惮地亲吻着，这让露丝感到更为沮丧。

安娜喝了巧克力奶。青少年们和她们一起进了餐厅。这是一个老派的地方，有四十年代那种背板高高的卡座，有一个橘黄色头发的老板兼厨师，大家都叫他德里尔，这餐厅是人们会在电影里认出来的那种怀旧场所的现实简陋版，关键是，那儿的人也不觉得有什么好怀旧的。德里尔可能正在攒钱准备整修这个地方。不过今天它倒是让露丝想起了以前那些餐厅，想起以前放学之后她都会去的那些地方，想起那些地方终究也没能让她快乐。

"你不爱爸爸，"安娜说，"我知道你不爱他。"

"嗯，我喜欢他，"露丝说，"我们只是不能住在一起，就是这样。"

就像大多数别人建议你说的那些话一样，这句话听上去相当虚假，安娜说："你不喜欢他。你就是在撒谎。"她说话听起来更加强势了，似乎想要争辩过她的妈妈。

"不是吗？"

其实露丝已经快要说"是"了，她不喜欢他。如果这是你想听的，那你就这么认为吧，她想这么说。安娜的确想要这答案，但是她能受得了吗？你到底怎么判断一个孩子能承受什么？事实上，在对帕特里克的感情里，爱、不爱、喜欢、不喜欢，甚至恨，这些字眼对露丝都无关紧要。

"我的肚子还疼。"安娜说，带着几分满足感，然后她把巧克力牛奶推到一边去。但是她捕捉到了危险的信号，她并不想要这种势头继续发展下去。"我们什么时候去买鱼？"她说，好像是露丝在拖着不去似的。

她们去买了一条橘黄色的鱼、一条蓝色的斑点鱼，还有一条黑色的鱼，身子看上去像天鹅绒，长着可怕的凸鱼眼，她们用一个塑料袋把它们全部都装了起来，拎回家去。她们还买了鱼缸、五颜六色的卵石，还有绿色塑料植物。看到伍尔沃斯的店内布置，她们的心情也都平复了，水里扑棱着的鱼儿，欢声歌唱的鸟儿，那里还卖亮粉色和绿色的内衣裤、镶了金框的镜子、厨房塑料用具，以及一只大大的冷红色橡胶龙虾。

安娜喜欢在电视上看《家庭法院》，这个节目里会出现需要堕胎的青少年、在商店行窃被抓的女人、消失多年后回来找到小孩但小孩已经喜欢上继父的爸爸。她还喜欢另一个叫作《脱线家族》的电视剧，这部剧里的那家人有六个孩子，他们长得好看、忙忙碌碌，老是误会别人和被别人误会，很有喜剧效果，还有漂亮的金发妈妈、英俊的黑发爸爸和活泼开朗的管家。这个节目六点开播，安娜想边吃晚饭边看。露丝允许她这样做，因为她常常想在安娜吃晚饭的时候工作。她开始把食物装在碗里，这样安娜吃起来也就更简单。她已经不再在晚饭时做肉、土豆和蔬菜了，因为很多最后都要扔掉。她会做辣肉酱，或者炒鸡蛋、培根和番茄三明治，以及里面有维也纳小香肠的饼干面团。有的时候安娜想吃麦片粥，露丝就让她吃了。但是当各地的家庭都聚在厨房或者餐厅里，准备吃东西，准备吵一通，准备闹腾下，准备折磨对方的时候，她却看到安娜坐在电视机前吃着嘎嘣脆船长牌麦片，她觉得有点不对劲了。于是她拿来一只鸡，做了一碗有蔬菜和大麦的金黄色浓汤。但是安娜还是想要嘎嘣脆船长。她说这汤的味道很怪。这汤很好喝，露丝喊道，你都没尝过，你试试看嘛。

"就当是为了我。"这话她没说出来也真是难得。不过，当安娜冷静地说"不"的时候，总的来说她还是松了一口气。

八点的时候她开始赶安娜去洗澡、睡觉。也只有在这个时候，当一切都已经完成——当她给安娜端上最后的巧克力奶，拖好浴室的地，收拾起纸张、蜡笔、毛毡花样、剪刀、脏袜子、跳棋，以及安娜看电视时裹的毯子，因为这屋子很冷，她还要做好安娜第二天的午餐，并在安娜的抗议声中把她房间的灯给关掉——完成这一切之后，露丝才能坐下来好好喝上一杯，或者喝些加了朗姆酒的咖啡，让自己享受一下。她会把灯全部关掉，坐在高高的窗台旁，看着这个一年前她几乎一无所知的山城小镇，她会想，眼下发生的这一切，可真是个奇迹啊，她一路走来，现在有了工作，带着安娜，为安娜和她自己的生活提供经济支持。她能够感觉到安娜在这屋子里的重量，就像她能很自然地感觉到她在自己身体里的重量一样，不用去看她，她都能带着一种惊诧又惧怕的愉悦感想象她那头金发，那白皙的皮肤，那闪着亮光的眉毛，如果你细细看那侧脸，就会看到细小的、几乎看不见的毛发扬起来，向着光线迎了过去。在她人生的头一回，她对家庭生活有了理解，懂得了庇护的意义，于是努力将这一切安顿好。

"是什么让你想离婚呢？"多萝西说。她也结过婚，在很久之前。

露丝不知道应该先提哪件事。她手腕上的那些伤疤吗？在厨房里被掐，还是扯地上的草的事儿？它们全都不是真正的原因。

"我就是厌倦了，"多萝西说，"我就是厌烦透了，我跟你说大实话。"

她喝得半醉。露丝开始大笑，多萝西说："你到底在笑什么？"

"听见有人这么说我可真是松了一口气。因为你讲的不是你们怎么谈不来。"

"嗯，我们也是谈不来。不，其实是我那个时候为另一个人冲昏了头。我当时跟一个报社里的人搞上了。一个记者。然后呢，他跑去了英格兰，那记者，然后他从大西洋那边给我写信说他真的很爱我。他给我写那封信是因为他在大西洋那边，而我在这边，不过我当时没有足够的理智想清楚这一点。你知道我做了什么吗？我离开了我的丈夫——不过这也没什么损失——接着我借了钱，一千五百块，从银行里借的。然后我追随他，飞到了英格兰。我打电话给他的报社，他们说他已经去土耳其了。我坐在酒店里等着他回来。哦，那可真漫长啊。我一直都没出酒店。如果我要去做个按摩或者弄个头发，我就告诉他们应该到哪儿找我。我一天得烦他们五十多次。难道就不能写信？难道没打过电话吗？天啊，天啊，天啊。"

"他回来了吗？"

"我又打了一次电话，他们告诉我他去肯尼亚了。我开始发抖。我觉得我得稳住，所以我及时镇定了下来。我飞回了家。我开始给那该死的银行还钱。"

多萝西从一个大水杯里喝纯的伏特加。

"哦，两三年之后我见到了他，哪儿来着。就在机场。不，是在百货商场。真是抱歉，上次你来英国的时候我没见到你，他说。我说，哦，没事，反正我在那儿也玩得挺好。我现在还在还钱呢。我该告诉他，他就是一坨屎。"

工作的时候，露丝阅读广告和天气预报，回复邮件，接电话，把新闻稿打出来，给当地一个牧师写的周日小短剧配音，准备采访。她想写一篇关于镇上早期居民的报道，于是她跑去找住在饲料店上面的那个老盲人聊天。他告诉她，以前有人把苹果和樱桃绑在菠萝和雪杉树上，拍了照片寄到英国，吸引了一批英国移民。他们相信这片土地上的果园都长着早已成熟的果子。当她回到电台里告诉大家这个故事的时候，人人都笑了——这事儿他们以前听得多了。

她没有忘记汤姆。他写给她，她写给他。如果没有这样和一个男人联系，她可能会把自己看作一个没有确定感的可怜人；这种联系让她的新生活有了秩序。有一阵子似乎是碰上了运气。卡尔加里要举行一个会议，关于乡村生活的，要在电台报道，反正是类似的事情，电台要派露丝去。她什么都没说就同意了。她和汤姆通话的时候喜洋洋、傻乎乎的。她问住在对门的一位年轻教师，能不能搬过来帮忙照顾安娜。那女孩很高兴地答应了，因为和她同住的另一位老师的男朋友搬了过来，那时她们那屋子很挤。露丝回到之前买了床罩和锅的店里去，这次她买了那种宝石颜色、上面有小鸟图案的阿拉伯式浴袍。这让她想起国王的夜莺①。她用了一种新的头发护理液。她要坐六十英里的汽车，然后坐飞机。她愿意用一个小时的惊忧来换取在卡尔加里多待一点时间。电台的人们喜欢吓她，告诉她那些小飞机是怎么样从山城机场直直地往上冲，然后抖着、颤着飞过落基山脉的。她觉得去见

---

① 此处呼应丹麦作家安徒生的同名童话故事《国王的夜莺》。在这个故事中，夜莺以美丽的歌声打动皇帝，并因此成为他的宠儿。但不久之后，一只外表更为华丽的人造小鸟获得了更多的关注和赞美，于是，夜莺便飞走了。

汤姆的时候在山脉里机毁人亡，这个死法真是不合适。虽然她满心狂热地想去，她还是这样认为。为了这样的轻佻小事而死也太没有意义了。冒这样的险看上去就像要干什么背信弃义的勾当，不是对安娜的背信弃义，当然也不是对帕特里克的，而是对她自己的。但也正是因为这旅程没什么意义，正是因为它不完全是真实的，她才觉得她不会死。

她的心情很好，所以一直跟安娜玩跳棋。她还跟安娜玩一个叫作"对不起"的游戏，安娜想玩什么就陪她玩什么。她已经叫了一辆出租车在她走的那天早上五点半来接她，出发前一晚，她们正在玩跳棋，安娜说："哦，我找不到蓝色的棋子了。"然后她朝棋盘低下头去，像要哭的样子，她以前玩游戏的时候可从不会这样。露丝摸摸她的前额，领着抱怨中的她上床睡觉。她的体温是 102 度①。现在打电话给汤姆的办公室已经太晚了，当然露丝也不能打电话到他家里去。不过她打给了出租车和机场取消预约。即使安娜早上看起来好了一些，她也不能离开。她去通知那个原本要陪着安娜的女孩，然后打电话给在卡尔加里安排会议的人。"哦，天啊，是啊，"他说，"孩子嘛！"早上，安娜裹在毯子里看卡通片的时候，她给汤姆的办公室打电话。"你来了！你来了！"他说，"你在哪儿？"

然后她就得跟他说事实。

安娜咳嗽，她的体温一会儿升一会儿降的。她试着把暖气温

---

① 此处指华氏度。102 华氏度约等于 38.9 摄氏度。

度调高一点，摆弄恒温器，排掉暖气管里的水，打电话到房东的办公室，留了言。他没有打回来。第二天早上七点她又给他打了一次电话，她告诉他说她孩子得了支气管炎（那个时候她是这么觉得的，但其实不是），她告诉他，她给他一个小时的时间让屋子暖和起来，不然的话她就打电话给报社，在广播里谴责他，她会去告他，她会找到合适的渠道。他马上就来了，摆出一副被欺负的表情（就像一个勉强维持生计的可怜男人，正被一个歇斯底里的女人折磨），他弄了弄大厅里的恒温器，然后暖气开始变暖了。对门的老师们告诉露丝，房东通过大厅恒温器来控制温度，这个人以前可从来没有管过她们的抗议。她感到自豪，觉得自己像一个凶猛的贫民窟母亲，为了孩子，通过尖叫、咒骂的方式渡过了难关。不过她忘了贫民窟的母亲们很少有这么凶猛的，因为她们太累了，也不知道该怎么办。正是她身上那种中产者的笃定，那种对正义的期望，让她有了这般能量，有了这盛气凌人的谴责——这才吓住了他。

两天之后她回去工作了。安娜的身体状况好了些，但是露丝还是整天都在担心。她连一杯咖啡都喝不下，因为焦虑而嗓子发堵。安娜好起来了，她吃了止咳药，她坐在床上，用蜡笔画画。她等着妈妈回家，要给她讲一个故事。一个关于公主的故事。

有一个白色的公主，她穿着新娘的礼服，戴着珍珠。天鹅、羊羔和北极熊都是她的宠物，在她的花园里，有百合和水仙花。她吃的是土豆泥、香草冰淇淋、椰丝，还有馅饼上面的酥皮。有一个粉色的公主，她种玫瑰、吃草莓，养了一些火烈鸟（安娜说不出来这个名字，比画了一阵），用绳子牵着它们。蓝色的公主以葡萄和墨水为生。棕色的公主尽管穿着朴素，但是吃得比任何人都要丰盛，她吃的是烤牛肉，上面有肉汁，搭配着巧克力蛋糕，上面覆有巧克力糖霜；还有巧克力冰淇淋，淋着一层巧克力酱。她的花园里有什么呢？

"邋遢东西，"安娜说，"弄得遍地都是。"

这一次，汤姆和露丝并没有很坦白地表达他们的失望。他们开始变得克制了一点，可能都怀疑自己跟对方的运气不对付。他们的信写得很温柔、很谨慎，也带着逗趣的意味，仿佛上一次的失落经历并没有发生似的。

到了三月份，他打电话告诉她说，他的老婆孩子要去英格兰了。他要跟他们一起去，但是会晚一点，晚十天。所以会有十天的时间，露丝喊道，之后那漫长的分别似乎也不算什么了（他要在英格兰待到暑假结束）。结果，其实不是十天，没有那么多，因为在前往英格兰的路上，他还得去一趟威斯康星州的麦迪逊。但是你一定要先来这里，露丝说，她把失望咽了下去，你能在这里留多久，能留一周吗？她想象着他们在阳光下吃着悠长的早餐。她仿佛看到自己穿着那件国王的夜莺的衣服。他们要喝过滤咖啡（她要买一个压滤壶），还有那种上好的、苦苦的，装在石瓮里的橘子酱。她一点都没想自己早上在电台还有工作要做。

他说他说不准呢，帕梅拉和孩子们出发的时候，他的母亲要来帮忙，他也不能收拾好东西就这么离开她。如果你能来卡尔加里，他说，那就好多了。

然后他开始变得很开心，说他们可以去班夫 ①。去那里度个三四天的假，她可以去吗，连着周末休个假怎么样？她说去班夫对他来说不是不方便吗，因为可能会遇到一些他认识的人。他说不会不会，没事的。她没有他那么高兴，因为跟他在维多利亚的酒店时她很不高兴。他下去酒店大堂拿报纸，然后打电话到他们的房间，想看看她是不是懂得不要去接。她知道不要去接，但是这诡计让她沮丧。尽管如此，她还是答应了，她说好，很棒，他们各自在电话这头拿起日历，好选定日期。他们可以腾出一个周末来，正好比较近的那个周末她也有空。她可能还可以搞定周五那天，以及至少周一的部分时间。那些实在必要的工作，多萝西可以帮她干。多萝西欠着她一些工时。她在西雅图被大雾阻隔的那次，露丝替她加了班——她花了一个小时在广播中朗诵她自己都不相信有用的家庭小贴士和食谱。

　　她有将近两周的时间来做安排。她跟那位老师又打了一次招呼，老师说她可以过来。她买了一件毛衣。她希望到时候她可以不必学什么滑雪。肯定能找到地方一起散散步的。她想他们大部分时间会一起吃饭、喝酒、聊天和做爱。最后的这个想法让她有点困扰。他们在电话里聊天时很正经，几乎是害羞的，但是他们确定会见面之后，来往的信件里就充满了激动人心的许诺。这些是露丝喜欢读也喜欢写的内容，但是她却不那么能如她所愿地记起汤姆本人是什么样子了。她能够记起他的模样，他不是很高，

―――――――――――――

① Banff，一般指班夫国家公园，是加拿大第一个国家公园，位于落基山脉北段阿尔伯塔省，其主要商业区和文化活动中心为班夫镇。

也不胖，波浪般卷曲的灰灰的头发，还有一张长长的聪明的脸蛋，但是她记不起任何关于他的撩人心弦的小事儿了，记不起他的语调或气味。她能非常清晰地想起来的，就是他们在维多利亚的那段时光相处得不是很完满，她能想起其中有咒骂，有道歉，差点就滑向失败的悬崖。这让她很想再试一遍，想成功。

她会在周五走，一大早坐上次她计划要乘的那趟公交和飞机。

周二的早上开始下雪。她没太在意。那是潮潮的、好看的雪，大片的雪花直直掉落下来。她想，在班夫会不会下雪呢。她希望能下，因为她喜欢躺在床上看雪的样子。接下来两天也持续地、或多或少地下了一些雪，周四下午晚些时候，她去旅行社取票，他们告诉她机场已经关闭了。她没有表现出，甚至都没有感到任何的担心，她些许松了口气，因为不用坐飞机了。那火车呢，她说，不过火车是不经过卡尔加里的，它会直接去斯波坎市。这个她早已清楚。那么汽车呢，她说。他们打电话确认高速公路是不是还开放，汽车还开不开。他们对话的时候她的心开始有点怦怦跳，但是还好，一切都还好，汽车要开的。不过这旅途就没那么愉快了，他们说，汽车十二点半从这里出发，是凌晨的十二点半，到卡尔加里的时候大概第二天下午两点。

"没问题。"

"你一定是很想去卡尔加里。"那个邋里邋遢的年轻男人说。这是一个看上去快要散架的不正规的旅行社，设在一个酒店大堂里，正对着啤酒店的门口。

"是班夫，其实，"她大胆地说，"我确实很想去那儿。"

"去那儿滑雪吗？"

"可能吧。"她相信他猜到了一切。那个时候她不知道这种偷偷摸摸的旅行有多普遍，她以为罪恶的气息就像燃气灶上时隐时现的火焰那样在她身边跃动着。

她回家去，一路想着自己要是坐在汽车上，离汤姆越来越近，可比躺在家里失眠好多了。她今晚就叫那位老师搬进来。

那位老师正在等着她呢，她在跟安娜玩跳棋。"哦，我不知道应该怎么告诉你，"她说，"我真的非常抱歉，但是发生了点事情。"

她说她的姐姐流产了，需要她的帮助。她的姐姐住在温哥华。

"我的男朋友明天会开车带我过去，如果我们能开过去的话。"

这是露丝第一次听说什么男朋友的事儿，她马上就对她说的整件事情生出了怀疑。那女孩碰到了绝妙的机会，她也嗅到了那种爱和希望。那是别人的丈夫，可能是，也或许是个跟她同龄的男孩。露丝看着她一度长了粉刺的脸，现在像玫瑰般红润，带着羞耻和兴奋，她知道她不会追问。那老师继续给她的故事润色，讲她姐姐的两个小孩，两个都是男孩，他们一直都想要个女儿。

露丝开始打电话，让别人来。她打电话给学生们，与她一同工作的男人的妻子们，她们可能还会告诉她谁还有空；她打电话给多萝西，虽然知道她恨小孩。没用。她按照大家给她的线索逐个找人，尽管她意识到这些可能都没什么用，大家只是为了甩开她。她对自己的坚持感到羞愤。最后安娜说："我可以自己待在这儿。"

"别傻了。"

"我以前自己待过。就是我病了，你得去上班的那次。"

"你想不想，"露丝说，这么简单明了、不计后果的解决方法，让她突然感到一阵确切的快乐，"你想一起去班夫吗？"

她们匆忙地收拾好了行李。幸运的是，露丝在前一天晚上去了自助洗衣店。她不允许自己去想安娜在班夫该做些什么，谁要来为她多付一个房间的钱，安娜是不是真的会同意自己单独住一个房间。她往行李箱里扔进涂色书、故事书，还有那种做手工装饰的整套工具包，反正是那些她觉得可以取乐的东西。突如其来的大转变让安娜很激动，坐汽车也不觉得有什么不开心的。露丝记着提前给出租车打了电话，凌晨接她们过去。

她们去汽车站的时候差点就堵在路上了。露丝想，提前半个小时叫出租车可真是个好主意啊，一般去车站开车五分钟就到了。汽车站是一个老旧的服务站，一个破败之地。她把安娜留在长凳上，行李放旁边，然后去买她们的票。当露丝回来的时候，安娜已经朝着行李低下头去，她妈妈一转身，她就犯困了。

"你可以在车上睡。"

安娜直起身来，说自己不困。露丝希望汽车上能暖和点。可能她应该带上一条毯子，好裹在安娜身上。她想过这事儿，但是她包里已经装得够多了，购物袋里装满了安娜的书和玩具；想到抵达卡尔加里时要蓬头垢面、情绪暴躁、肠胃不畅，已经够受的了，再加上画笔从包里撒出来、毯子拖在后面的画面，她觉得难以接受。她决定不带。

只有几个乘客在等。一对年轻夫妇，穿着牛仔裤，看上去很冷，而且营养不良。一位虚弱却显得体面的老太太，戴着她的冬帽。一位印第安老祖母，抱着婴儿。一个男人躺在长凳上，看起来不是生病了就是喝醉了。露丝希望他不是来车站等车，而是来取暖的，因为他一副好像要吐的样子。或者说如果他的确要上车，那么她希望他现在就能吐出来，而不是上了车再吐。她想她最好带安娜去一下这里的洗手间。不管那洗手间有多令人不悦，总比车上的要好。安娜四处走着，看着那些售烟机，还有售糖果、饮料和三明治的机器。露丝想她是不是应该买些三明治，买些淡点的热巧克力。一旦进了山，她可能就会希望自己买了这些东西。

她突然想起她忘了给汤姆打电话，告诉他去车站接她，而不是去机场。她打算在停车下来吃早饭的时候告诉他。

各位乘客请注意，您乘坐的前往克兰布鲁克、镭温泉村、戈尔登、卡尔加里的班车已取消。十二点三十分从此地出发的班车已取消。

露丝跑到售票楼去问这是怎么回事，发生什么了，告诉我，是高速公路封了吗？那个男人打了个哈欠，告诉她："是克兰布鲁克之后的地方都封了。从这儿到克兰布鲁克是通行的，但是从那儿往后的路就都封了。这儿往西到大福克斯的路也封了，所以班车今晚也到不了。"

露丝冷静地问，那还有没有其他能坐的班车？

"其他班车是什么意思？"

"怎么，不是有车到斯波坎市吗？我能从那儿到卡尔加里。"

他不情愿地拉出他的时刻表。然后他们都想起来，如果从这儿到大福克斯的高速路封了的话，那就不妙了，没有车会来。露丝又想坐火车去斯波坎市，然后坐汽车到卡尔加里。她不能这样做，跟安娜一起这个走法是行不通的。不过她还是去问了火车的事，他有没有听说火车能不能走？

"好像行程都延后了十二个小时。"

她仍然站在售票窗口前，仿佛还欠着她个解决办法，一定得出现。

"我只能帮你到这里了，女士。"

她转过身，看到安娜在付费电话旁边，摆弄着退币口。有的时候她能在那里找到一枚十分硬币。

安娜走了过来，不是跑，是快快地走，带着一种不寻常的庄重和焦灼。"来这里，"她说，"来这里。"她拉着木然的露丝到其中一个付费电话旁。她把手伸到退币口里往露丝那边拨了拨。全都是银闪闪的硬币。全都是。她开始一手把它抓起来。二十五分硬币、五分硬币和十分硬币，还有更多。她装满了自己的口袋。仿佛每次她一合上盖子就会有新的硬币出来，就像在梦里或者童话里一样。最后她把里面的钱都拿完了，拣出来最后的一枚十分硬币。她抬头看露丝，她苍白的脸蛋上显出倦意，也焕发着光彩。

"什么都别说。"她命令道。

露丝告诉她，她们不会坐车了。她们给同一辆出租车打了电话，带她们回家。安娜对这个计划的改变没有表现出什么兴趣。

露丝注意到她很小心地坐进了出租车，以免硬币在她的口袋里叮当作响。

在家里，露丝给自己做了一杯喝的。安娜连靴子和大衣都没脱，就开始把钱拿出来摆在厨房桌子上，把它们分成几摞，准备计数。

"我不敢相信，"她说，"我不敢相——信。"她用一种奇怪的大人的口吻说。这口吻里饱含着一种真实的惊讶，却是戴上了世俗面具的惊讶，仿佛只有这样，增强戏剧效果，她才能把控、接受这件事。

"一定是有人打了一通长途电话，"露丝说，"钱没有进到里面去。我觉得这本来全都该属于电话公司。"

"但是我们也还不回去了，对吧？"安娜说，带着一种胜利的内疚。露丝说，不能了。

"太疯狂了。"露丝说。她是说她居然认为那笔钱属于电话公司。她很累，都糊涂了，不过开始感到了一种暂时的、不可思议的轻松。她能看到硬币就像淋浴或者暴风雪一样向她们掉落下来，这类差错可真是随处都有，多么潇洒的任性。

她们试着去数，但是数不清楚。于是开始拿它们玩，硬币就明晃晃地从指间掉落下来。在山坡上，深夜里，她们在租来的厨房里度过了目眩神迷的时光。它是突如其来的奖赏，那遗失的旅途，这捡来的幸运。在这少有的一段时光，这少有的几个小时里，露丝能够发自内心地说，她不受制于过去或者未来，不困陷于爱情，或者任何人的掌控之下。她希望安娜也感到如此。

汤姆给她写了一封长信，一封泛着爱意和幽默感的信，他提到了命运。这是出发去英国之前，一种悲伤又释然的放弃。露丝没有他在英国的任何地址，不然她可能就会写信给他，请求他再给他们一次机会了。她本性如此。

冬季的最后一场雪很快融去，一些山谷因此发了洪水。帕特里克写信说，六月学校放假的时候，他会开车过来，接安娜回去过夏天。他说他想开始办离婚了，因为他遇到了一个他想娶的女孩。她的名字叫伊丽莎白。他说她是一个善良、情绪稳定的人。

露丝难道没有想过，帕特里克说，对于安娜来说，明年回到她从前的家，在那个她一直很熟悉的家住下会更好吗？她可以回到她原来的学校跟她原来的朋友在一起（杰里米总是问起她），而不是跟着露丝四处闲逛，陪她过独立新生活。难道她不是在利用安娜给她自己一点稳定的感觉——对了，说到这里，露丝觉得仿佛听到了那个稳定的女朋友的声音——难道她不是在利用安娜来回避直面她自己选择那条道路的后果吗？当然，他说，安娜也有自己选择的权利。

露丝想回应说，她正在这里为安娜搭建一个家，但是这话她说不出口，真的。她也不想再待下去了。这个小镇的魅力与亲切易懂对她来说已经不再。薪水很低。除了这廉价的房子，她也负担不起什么其他东西了。她可能再也不能找到更好的工作，或者另一个爱人。她想着去东边，去多伦多，试着在那里找份工作，一份广播电台或者电视台的工作，甚至可能是一些表演类的工作。她想带上安娜一起，找个临时的住处先安顿下来。就跟帕特里克说的一样。她想回到家就看到安娜，让安娜来充实她的生活。她不觉得安娜会选择那种生活。贫穷的、如画般奇特的、吉卜赛式的童年生活，孩子们并不喜欢，尽管日后，不管出于什么原因，他们会说这是一段值得珍惜的时光。

那条有斑点的小鱼第一个死掉了，然后是橘黄色的那条。这发生在安娜离开之前，安娜和露丝都没有提再去伍尔沃斯一趟，给那条黑色的鱼找个伴。但是它看上去好像也并不需要陪伴。它身体肿胀、暴着眼，一副杀气腾腾又悠然自得的样子，仿佛整个鱼缸都是它的领地。

安娜让露丝保证，她走之后，不要把这条鱼倒进厕所冲掉。露丝答应了。离开这里去多伦多之前，露丝走到多萝西的家门前，带上鱼缸，给她送上这份不受欢迎的礼物。多萝西礼貌地接受了，她说她会以那个在西雅图的男人的名字为它命名，她还向露丝道贺，恭喜她要离开了。

安娜去跟帕特里克和伊丽莎白一起生活。她开始上戏剧和芭蕾课。伊丽莎白觉得孩子们应该有所成就，应该保持忙碌。他们给她买了一张四柱床。伊丽莎白为此做了一个床罩，还给安娜做了一套与之相称的睡衣和睡帽。

他们给了安娜一只小猫，也给露丝寄去了一张安娜和小猫坐在床上的照片。照片里，安娜坐在满是绣花的布料上，看上去娴静又满足。

西蒙的运气

到了新的地方，露丝觉得孤单了。她希望自己能收到别人的邀请。她走出去，沿着街道散步，透过闪着亮光的窗户看到那些周六晚的聚会和周日晚的家庭聚餐。她对自己说，就算真的在这些场合中她也不会待很久的，在那儿不过就是闲聊，喝醉，拿大勺子舀肉汁，然后她就会在心里想着到街上走走该多好，但这并没有给她什么安慰。她觉得自己会接受任何邀请。她觉得这些聚会她都能参加：挂着海报的房间，唯一的光源来自罩着"可口可乐"灯罩的灯，所有的东西都一碰就碎、歪歪扭扭的；或者是那种摆着很多书的温暖房间，有拓印品，也许还摆放着一两个头骨；甚至是那些地下娱乐室，透过窗户只能看到顶部：一排排的啤酒杯、猎号、角杯和枪支。她可以坐在卢勒克斯线纹沙发上，头上挂着一张张黑天鹅绒制拉绒布油画，展示着山脉、帆船，还有捕到的北极熊。她很想待在一间豪华的餐室里，将昂贵的外国甜品从一只雕花玻璃大碗里舀起来，背后是闪着亮光的大肚子餐具柜，还有一幅暗淡的画，画着马匹、母牛或者绵羊，正在吃着画得很难看的紫色的草。或者，她在公交车站旁边的那所小灰泥房子里也能混得不错，她会在厨房的角落吃点约克郡布丁，石膏做的梨子和桃子装饰着墙面，黄铜罐子上长出了弯弯的常春藤。露丝是个演员，她去哪儿都能待得住。

她的确曾经被邀请参加过聚会。大概是两年前，她去参加金斯敦的一个高层公寓里的聚会。从窗户往外看，可以看到安大略湖和沃尔夫岛。露丝不住在金斯敦。她住在内陆地带，在一所社区大学里教了两年的戏剧。有人很惊讶她居然会做这份工作，他们不知道一个女演员的薪酬能有多微薄，以为出名自然就是有钱的意思了。

她开车去金斯敦就是为了这个聚会，这件事让她感到有点丢脸。在此之前她没有见过举办聚会的女主人。男主人她是去年认识的，他当时在社区大学教书，跟另外一个女孩生活在一起。

女主人名叫谢莉，她带着露丝到卧室放好她的大衣。谢莉是一个瘦瘦的、看上去很严肃的女孩，一头真正的金发，有着几乎是白色的眉毛，又长又厚的头发像直筒一样垂了下来，像是一块切下来的木头。她似乎很把自己那副流浪风格当回事。她的声音低沉，像在诉说悲伤，这让露丝觉得自己刚才的那声招呼听起来太生动活泼了。

床脚边的篮子里有一只花斑猫，它在给四只小小的、什么都还看不见的小猫喂奶。

"那是塔莎，"女主人说，"我们可以看看它的小猫，但是不能摸，不然的话她就不会再给它们喂奶了。"

她在篮子旁边跪下身子，轻轻哼唱，带着强烈的爱意跟猫妈妈说话，露丝觉得有点做作。她身上的披肩是黑色的，边上镶着珠串。有些珠子歪了，有些已经不见。这条披肩的确是用旧的，不是仿成了旧样子。她那软塌塌、有点发黄、网眼绣花的裙子也是真的，尽管这先前应该是条衬裙。这些衣服可都不是好找的。

线轴床的另外一端是一面巨大的镜子，挂得相当高，歪斜着。那女孩朝着篮子俯下身去的时候，露丝想在镜子里端详下自己。如果同一个房间里有另外一个女人，特别是一个更年轻的女人在的话，照镜子是件很难的事情。露丝穿着一件棉质的花裙子，有束胸和泡泡袖，但腰间太短，胸部又太紧，不太舒服。这衣服有一种不恰当的青春感和夸张，可能她不够苗条，穿不了那种风格的衣服。她那红褐色的头发是在家里染的。眼睛下面的皱纹朝两边伸展过去，将暗沉的皮肤切割成小块的菱形。

露丝现在知道，当她觉得人们做作，就像那个女孩，觉得他们的房间布置得忸怩作态，觉得他们的生活方式令人恼火的时候（比如看到那面镜子，那拼缀而成的被子，那挂在床头的日本色情图画，还有从客厅传来的非洲音乐），通常都是因为她，露丝自己，没有得到，或者担心她得不到想要的那种关注，没有真正参与到这场聚会里，感觉自己可能注定要游走在边缘，只能指手画脚。

在客厅里的时候她感觉要好一些，那里有一些她认识的人，一些年纪跟她差不多的脸。她先是很快地喝了点酒，不久之后就以刚出生的小猫咪作为话头，开始讲她自己的故事。她说就在那天，在她家的猫身上发生了一些很可怕的事情。

"最糟糕的是，"她说，"我从来都不喜欢我的猫。不是我想养猫的。是我的猫想要我。他有一天跟着我回来，一定要我带他进去。他就像一个大块头的无业游民，冷嘲热讽的样子，让我相信我欠他的，我该养活他。嗯，他总是很喜欢干衣机。我一把衣服拿出来，他就跳进去，那时候里面还是暖暖的。通常我就只用一次，但是今天我有两筒的量，当我再次伸手进去拿第二筒衣服的时候，我觉得我感觉到了些什么。我想，我的哪件衣服有毛呢？"

人们呻吟着，大笑着，惊恐，又面露同情。露丝殷切地看着周围的人们。她感觉好多了。尽管这客厅外面是湖景，室内布置得讲究（有自动点唱机、理发店式样的镜子、世纪之交时期的广告——抽烟吧，为你的喉咙想着点，还有老式丝绸灯罩、农舍的碗具和水壶、原始的面具和雕刻），一切也显得没那么不友好了。她又喝了一口她的金酒，她知道现在又迎来了这样一段有限的时光，她感到自己就像一只蜂鸟一样身体轻快，颇受欢迎，她相信这屋子里有很多风趣的人，很多善良的人，有些人两种品质都具备。

"哦，不是吧，我想。但是确实发生了。确实。干衣机里的死亡事故。"

"这是对所有找乐子的人的警告。"她手肘边上一位尖脸的男人说，她与这位男人浅交数年。他在大学的英语系教书，这家的男主人目前也在同一所学校，女主人则在那里读研究生。

"真可怕。"女主人说，显露出冰冷而僵硬的敏感。那些笑了的人看上去有点难堪，仿佛他们觉得自己可能显得有点无情了。"你的猫。太可怕了。发生这样的事儿你今晚怎么还能来这儿？"

事实上这场意外根本就不是今天发生的，是上周发生的。露丝想知道这个女孩是不是故意把她摆在不利的位置。她真诚地、带着遗憾地说，她并不是很喜欢这只猫，可是这听上去更糟了。她就是这个意思，她说。

"我觉得可能是我的错。如果我能更喜欢它一点的话，这件事情也许就不会发生了。"

"当然了，"坐在她旁边的男人说，"它在干衣机里寻找的是温暖。是爱。啊，露丝！"

"现在你再也不能操那只猫了。"一个露丝之前没有注意到的高个子男孩说。他像是猛地蹦了出来似的，出现在她的眼前。"操那只狗，操那只猫，我不知道你都干了些什么，露丝。"

她在脑海中搜寻他的名字。她记得他是一个学生，之前的一个学生。

"大卫，"她说，"你好，大卫。"她为自己能想起这名字来而感到相当高兴，至于他说了些什么，就不太能进脑子了。

"操那只狗，操那只猫。"他重复道，占了上风。

"你说什么？"露丝说，她做出了一个古怪的、可爱的、又自我陶醉的表情。她旁边的人们和她一样很难反应过来那男孩到底说了什么。之前养成的那种社交情绪、同情心，以及对友好的期待并不是说停就能停的，尽管这里有一大堆信号暗示事情起了变化，但是却不易被人们接收到。几乎每个人都还在笑，似乎那个男孩只是讲了个有趣的故事，或者是演了一个什么角色，正等着他点明其中的含义。女主人垂下双眼，悄悄走掉了。

"问你自己吧，"男孩的语气很难听，"去你的，露丝。"他长得很白，看着很脆弱的样子，已经醉得不行。他可能是在一个文雅的家庭里长大的，在家里人们会用内急来代替上厕所，打喷嚏的时候会跟对方说上帝保佑。

一个矮小强壮、长着黑色鬈发的男人抓住了男孩的手臂，在靠近肩膀的地方。

"别说这事儿了。"他几乎是用一种哄孩子的语气说。虽然露丝对口音并不太懂，但是觉得他有一种混搭的欧洲口音，主要是法国口音。虽然知之甚少，她还是觉得这种口音来自拥有更加丰富、更加复杂的雄性特质的地方，而不是北美或者像汉拉提这种她出生的地方。那种口音带着一种痛苦、温柔和哄骗的雄性特质。

男主人穿着一件丝绒连衣裤出现了，他抓起了男孩的另一只肩膀，多多少少有点象征性的意思，同时还亲吻了露丝的脸颊，因为她进来的时候他没有看见她。"一定得跟你聊聊。"他嘟哝着，这意思是说他其实希望不用跟她聊什么，因为这里面有太多微妙的话题了。比如去年跟他一起住的那个女孩，还有学期结束的时候他跟露丝一起度过的那个夜晚，他们喝了酒，吹嘘了一番，哀叹人们都失去了忠诚，还发生了一场带着奇怪的侮辱意味却令人愉悦的性爱。他把自己打理得很得体，比以前更瘦，但曲线更柔和，他头发顺滑，穿着一件深绿色的丝绒套装。他只比露丝小三岁，但是瞧瞧他呀。他照料着他的老婆，有一个家，有一所房子，尽管未来令人沮丧，但是新衣服、新家具，还有连续不断的学生情妇，就能让人过得好。男人就可以做到这样。

"我的天，我的天，"露丝背靠着墙壁说，"这是怎么回事呀？"

她身边那位一直在笑还朝自己杯子里面看的男人说："啊，这个时代的敏感青年！他们的语言是如此优雅，他们的感情是多么深刻！我们应该向他们鞠躬致敬。"

那位长着一头黑色鬈发的男人回来了，什么话也没有说，只是新给露丝倒了一杯酒，拿走了她的杯子。

主人也回来了。

"露丝宝贝。我不知道这个人是怎么进来的。我说过该死的学生不能来。得有个什么地方他们不能来捣乱。"

"他是去年我班上的一个学生。"露丝说。她能记起来的就是这些了。她觉得他们在想肯定不仅仅是这样。

"他是想当演员吗？"她身边的男人说，"我敢打赌他就是。还记得以前的好时光？以前人人都想当律师、工程师和企业经理。他们说这日子又要来了。我希望是这样。我虔诚地希望是这个样子的。露丝，我敢打赌你一定听他说过他有什么问题烦恼。你可千万别这么做。但我打赌你一定这样做过。"

"哦，或许吧。"

"他们就是抱着想找个父母替代品的心态来的。真够庸俗的。

他们追着你跑，崇拜你，烦着你，结果突然，现在到了反对老师代替父母的年代了！"

露丝靠着墙壁，一边喝酒，一边听他们聊起学生们现在想要什么，他们砸你的门，告诉你他们堕胎、尝试自杀、创意枯竭，还有体重问题。他们总是用同一类词：人格、价值和抵制。

"我不是在抵制你，你这个蠢货，我是让你不及格！"那位长着尖脸的小个子男人说道，他回想起跟这样一个学生的胜利的对质。他们大笑了起来。有个年轻女人说："上帝啊，我那时候上大学可不是这样！你要是在教授办公室提堕胎，就跟你在地板上拉了一样！就跟拉屎一样！"

露丝也大笑起来，内心却感觉被击得粉碎。要是正如他们所怀疑的，她和他之前背地里发生过什么的话，那倒要好些。如果她跟那个男孩睡过，如果她曾经允诺过他一些什么事情，如果她曾经背叛过他，羞辱过他。但是她什么都不记得了。这个人就突然从地底下冒出来，指责她。她肯定是做过些什么事情，她记不得了。其实真实的情况是她不记得跟学生有关的任何事情了。她殷切而有魅力，给予人们温暖和怀抱，她听人诉说，又给人建议，然后她就记不得他们的名字了。她跟他们说过的话，她一句都想不起来。

一个女人碰了碰她的手臂。"醒醒。"她说，那声音有一种偷偷摸摸的亲密感，这让露丝觉得她肯定认识自己。又是一位学生？不是，那女人介绍了自己。

"我在写一篇关于女性自杀的论文，"她说，"我是说女性艺术家的自杀。"她说她在电视上见过露丝，一直很想跟她聊聊。

她提到了黛安·阿勃丝[①]、弗吉尼亚·伍尔夫[②]、西尔维娅·普拉斯[③]、安妮·塞克斯顿[④]、克里斯汀·普弗拉格[⑤]。她很是了解。她自己看起来就像个最佳候选人，露丝想——她瘦骨嶙峋、面无血色，看上去备受困扰。露丝说她饿了，女人跟着她去了厨房。

"还有很多女演员呢，数都数不过来——"女人说，"玛格丽特·沙利文[⑥]——"

"我现在只是一个老师。"

"哦，别瞎说。我知道你骨子里是一个演员。"

女主人做了面包，光滑的、编成花儿的、表面有些装点的面包。露丝想知道这里面都包含了多少辛苦。这些面包、肉酱，这些悬挂的植物还有小猫，都彰显着一种摇摇欲坠的临时家庭生活。她希望，她常常希望自己能承受这些辛苦，能够举行这些仪

---

① Diane Arbus（1923—1971），美国摄影师，新纪实摄影最重要的代表人物之一。其作品多聚集于社会边缘人物，视觉冲突强烈，具有直指人心的力量。1971年于家中自杀。

② Virginia Woolf（1882—1941），英国作家、文学批评家和文学理论家，被誉为20世纪现代主义与女性主义的先锋。代表作有《达洛维夫人》《到灯塔去》《一间自己的房间》等。1941年投河自尽。

③ Sylvia Plath（1923—1963），美国诗人、小说家，"自白派"诗歌浪潮的代表人物。代表作有《钟形罩》《精灵》等。1963年于寓所中自杀。

④ Anne Sexton（1928—1974），美国诗人，以其高度个人化的自白诗知名。1967年获普利策诗歌奖。其诗歌内容多与精神疾病及死亡有关，代表作有《生或死》等。1974年于车内吸入大量一氧化碳而自杀。

⑤ Christiane Pflug（1936—1972），出生于德国的加拿大籍画家。其作品兼具想象力与传统感。1972年服用过量巴比妥类药物而自杀。

⑥ Margaret Sullavan（1909—1960），美国电影演员、舞者。1960年因服用过量巴比妥类药物而死亡。

式，能够强迫她自己，能够制作面包。

她注意到这里年轻点的一群人，要不是那位主人说学生是不让进来的，她还以为他们是学生。这些年轻人有的坐在吧台上，有的坐在水槽前。他们用低低的、严肃的声音交谈。其中有一个人看着她。她笑了。但是对方没有回应。其他人也看了看她，继续交谈。她觉得他们一定是在说她，在说客厅里刚刚发生的事。她对那个女人说，快点试试面包和肉酱。可能这样她就能安静点，露丝就能听到那些人在说什么了。

"我参加聚会从来不吃东西。"

那个女人对待她的态度变得不悦，隐约有点责怪的意思。露丝知道了这是某个系主任的妻子。可能她被邀请来参加这场聚会是出于某种政治意图。答应她把露丝请来，是不是也有相同的考虑呢？

"你总是这么饿吗？"女人说，"你是从来都没有生过病吗？"

"要是有这么好吃的东西，当然呀。"露丝说。她只是做做样子，她几乎不能咀嚼或吞咽，因为正焦虑地听别人在说她什么。"是啊，我不怎么生病。"她说。意识到这一点之后，她还挺吃惊的。她以前常常感冒、得流感、痉挛和头痛——那些实打实的病痛现在已经不见了，消退成一种慢性的、惯常的不安、疲乏和恐惧。

净会嫉妒的糟老顽固。

露丝听到了这句话，她觉得她听到了。他们朝她快速地做出了一个鄙视的表情。她觉得是。她没法直接看他们。老顽固。说的就是露丝。是吗？是露丝吗？是不是说露丝接受教师这份工作，就是因为她没有找到足够的表演工作来支撑自己的生活，说她得到这份教书的工作就是因为她在舞台和电视上的经验，但她学历不够，所以得在工资上扣点？她想过去跟他们说说这事儿。她想讲讲她的情况。她想讲那几年的工作，疲惫不堪，四处旅行，讲高中礼堂里的演出，那些神经紧张、百无聊赖的时刻，还有永远不知道下一笔钱从哪里来的时光。她想恳求他们，这样他们就能原谅她、爱她，接受她站在他们一边。她想站在他们那一边，而不是客厅里那些为她辩护的人那边。但这是出于恐惧而做出的选择，并非出于原则。她害怕他们。她害怕他们决绝的道德观，他们冷酷的鄙视神情，害怕他们的秘密、他们的笑声、他们的不羁。

她想到了安娜，她自己的女儿。安娜十七岁。她有着一头长长的金发，脖子上戴着一条细细的金项链。那实在是一条又细又精致的项链，以至于你得靠近看才能看出来，不然还以为那是润滑明亮的皮肤闪着的亮光呢。她跟这些年轻人不一样，但也同样不合群。她每天都练习芭蕾、骑马，但是并不打算参加骑马比赛，或者成为芭蕾舞演员。为什么不呢？

"因为这样很傻。"

安娜的风格，那精致的项链，还有她的沉默，让露丝想起了她的祖母，帕特里克的母亲。不过她想，安娜大概没有那么沉默寡言、难以讨好和无动于衷，除了对她的母亲。

那位有着黑色鬈发的男人站在厨房门口对她做了一个鲁莽、

讥讽的表情。

"你知道那是谁吗？"露丝对那位专研自杀的女人说，"那个把喝高了的男孩带走的人是谁？"

"那是西蒙。我觉得那男孩不是喝高了吧，我想他嗑药了。"

"他是做什么的？"

"嗯，我觉得他是个学生之类的。"

"不是，"露丝说，"那个男人——西蒙。"

"哦，西蒙。他是古典系的。我觉得他不是专职的老师。"

"就跟我一样。"露丝说，将她对年轻人露出的微笑对着西蒙做了一遍。尽管疲惫、茫然，脑子又不灵光，她仍然能感觉到那种熟悉的刺痛感，那种潮汐般涌来的期待。

如果他对她回以微笑的话，那么事情就会开始变好。

他的确笑了，专研自杀的女人尖锐地说了句话。

"瞧，你来参加聚会就是为了见男人的吧？"

西蒙十四岁的时候，他和他的姐姐，还有另外一个男孩，也是他们的一个朋友，一起躲在运货车厢里，从法国被占区域运送到了未被占领的区域。他们要到里昂去，在那里，帮助犹太儿童的组织会照看他们，把他们领到安全的地方。战争开始的时候，西蒙和他的姐姐已经被送出波兰，跟法国的亲戚待在一起。现在他们又要被送走了。

车厢停了下来。火车静止不动了，就在这乡村某处的夜里。他们能听见法国人和德国人的声音。前面的车厢里一片骚乱。他们听见门嘎吱一声打开了，他们听见也感觉到皮靴在撞击着光秃秃的地板。有人在检查火车。他们在一些粗布袋下面躺着，甚至都没有盖住脸。他们觉得没有希望了。说话声越来越近，他们听见靴子踩在铁轨旁砂石上的声音。然后，火车开动了。开得很慢，有一阵他们都没有注意到，甚至以为这只是车在转轨而已。他们以为车会停下来，这番检查会继续。但是火车继续开动着。开得快了些，又快了些，按照正常的速度行驶了起来，虽然也没有多少快。他们向前移动着，他们没有被发现，他们被运走了。西蒙从来都不知道发生了什么。危险过去了。

西蒙说，当他意识到已经安全的时候，他突然觉得，他们是可以熬过这一关的，现在，什么事情也不会在他们身上发生了，他们拥有特别的祝福和运气。这件事，对他来说是一个幸运的信号。

露丝问他，他后来见过自己的朋友或者姐姐吗？

"没有。从来没有。里昂之后就再没有了。"

"所以，这只是你自己的运气而已。"

西蒙大笑了起来。在一个十字路口村外，在一所老房子里，他们躺在床上，露丝的床上。聚会过后，他们就直接开车到了那里。那是四月，风很凉，露丝的房子冷飕飕的。炉子不够取暖。西蒙一只手放在床后面的墙纸上，让她感受从外面钻进来的冷风。

"这东西得补上点隔热材料才好。"

"我知道。这很糟糕。你得看看我的燃气账单。"

西蒙说她应该用柴火炉。他跟她讲了很多种不一样的木柴。枫树，他说，是一种很不错的燃烧木柴。然后他又说了很多种不一样的隔热材料。有泡沫聚苯乙烯、膨胀蛭石和玻璃纤维。他走下床去，光着身子到处走，看着她家的墙壁。露丝对着他大喊起来。

"我记得了。是补助金的事。"

"什么？听不见你说话。"

她走下床去，用毛毯把自己裹起来。她站在楼梯上面，说："那个男孩拿着一份补助金申请书来找我。他想当个剧作家。我这才想起来。"

"什么男孩？"西蒙说，"哦。"

"不过我推荐了他。我记得很清楚。"事实上她什么人都推荐了。就算她没看到他们的优点，她还是相信他们是有优点的，只是她自己看不到而已。

"他肯定没得到补助金。所以他觉得是我骗了他。"

"嗯，就当你是吧，"西蒙说，他朝下面通往地下室的路看了看，"那也是你的权利。"

"我知道。我在那方面是胆小鬼。我讨厌他们的否定。他们都那么清高。"

"他们一点都不清高。"西蒙说，"我得把鞋子穿上，看看你的炉子。你得把你的过滤器给清清了。他们就是这种风格。他们也没有什么可怕的，他们就跟别人一样蠢。他们就是想要权力。很自然的事。"

"但是人会变得这样凶狠毒辣——"露丝得停下来重新把这个词说一遍——"这样凶狠毒辣，仅仅是因为他们有野心吗？"

"不然还有什么？"西蒙边爬上楼梯边说。他一把抓住那毛毯，跟她裹在一起，啄她的鼻子。"别说这事儿了，露丝。你羞不羞？我只是一个来看你炉子的可怜伙计。我是来看你地下室的炉子的。这样撞见你可真是不好意思，女士。"她已经知道他喜欢扮演的一些角色了。这位是恭逊的技工。还有老哲学家，会对她深深鞠躬——日本式的，从浴室走出来之后，会嘟哝"记住你终有一死"这样的话。合适的时候，还有疯癫色情狂，他会用鼻子紧挨着她，跳过来又跳过去，拍打着她的肚子，发出胜利的响声。

她在十字路口买了真正的咖啡，不是那种速溶的，还有真正的奶油、培根、冷冻西兰花、一块当地奶酪、罐装蟹肉，店里长得最好看的西红柿，还有蘑菇、长粒大米。还有香烟。她如今处在一种幸福之中，一种完全自然、不受威胁的幸福之中。如果有人问起，她会说这是因为天气好——尽管狂风呼啸，但天色明亮——也是因为有西蒙。

"你肯定是带了个伴儿回去。"看店的女人说。她的话语里没有惊讶、恶意或者谴责，只是一种朋友之间的妒意。

"我最没想到的时候就发生了，"露丝在柜台上又扔下一点杂货，"他们可真烦呢。更别提得花多少钱了。瞧瞧那培根。还有奶油。"

"这事儿我多少能忍着点。"那女人说。

西蒙用买回来的食材做了一顿丰盛的晚餐，露丝什么都没做，就站在一旁看着，然后换床单。

"乡村生活啊，"她说，"已经变了，或者我已经忘记了。我来这儿的时候带着点想法，想着应该怎么生活。我觉得我会在这荒废的乡间小路上散很长时间的步。一开始我是这么做的，然后我听见后面有一辆车在砂石路上狂奔过来。我可撞上大运了。然后我听见枪声。我吓坏了。我躲在灌木丛中，一辆车就呼啸而过，碾了整条路——他们往窗外开枪。我从田野里抄了过去，跟那店里的女人说，我觉得我们应该叫警察。她说哦，对，到了周末啊，男孩们就会在车里装上一箱啤酒，去打土拨鼠。然后她说，你到那条路上干吗去呢？我能看出来，她会觉得一个人散散步要比去打土拨鼠还值得怀疑。还有很多这种事儿。我不觉得我会留在这儿，但是我的工作在这里，房租也便宜。不是说她不好，店里那女人。她能算命。用纸牌和茶杯什么的。"

西蒙说他被人从里昂送到了普罗旺斯山间的一个农场干活。那里的人们生活和农耕的方式很像中世纪。他们不懂法语，不会读、不会写，也不会说。他们要是病了，要么等死，要么就是等着好起来。他们从来没有去看过医生，尽管一位兽医一年会来一次，看奶牛。一把干草叉戳进了西蒙的脚，伤口开始感染，他发烧了，他想劝人们帮他把正在隔壁村里的兽医叫来看看病，但是这事儿可不容易。最后他们终于让步了，那兽医过来，用大大的马针给他注射，他好了些。那家人很是疑惑，不过这方法能在人类身上奏效，他们也觉得有意思。

他说他养病的时候，就教他们玩牌。他教的是母亲和孩子，因为父亲和祖父动作太慢了，也不情愿，祖母被锁在谷仓的小房子里，每天随便喂两顿剩饭。

"是真的吗？这可能吗？"

他们正处于向对方敞开心扉的阶段：欢愉、故事、玩笑和坦白。

"乡村生活！"西蒙说，"但是在这里还行。这所房子可以收拾得很舒服。你应该有个花园。"

"这是我另外的一个想法，我试着弄一个花园。但是都做得不太好。我试着种甘蓝，我觉得甘蓝很好看，但是里面钻进了些虫子。虫子把叶子都吃掉了，最后上面全是洞，然后它们都变黄了，就倒在地上。"

"甘蓝是很难种的。你应该从种点简单的东西开始。"西蒙离开桌子，跑到窗前，"你指给我看，你的花园是在哪个位置。"

"栅栏边上。之前就在那个地方。"

"那样不好，离胡桃树太近了。胡桃树对土壤不好。"

"我不知道呢。"

"嗯，是真的。你得把它设在离房子近的地方。明天我会给你挖个花园。你需要很多肥料。好了。羊粪肥是最好的肥料。你知道附近谁家有羊吗？我们搞几袋羊粪肥来，然后计划计划该种些什么，虽然现在还早，还可能会有霜冻。你可以先从室内开始，从种子开始。比如西红柿。"

"我以为你明天一早就要坐公交回去呢。"露丝说。他们是开她的车来的。

"周一是比较轻松的。我打个电话就可以取消。我会告诉办公室里的女孩说我喉咙痛。"

"喉咙痛?"

"类似这种。"

"你在这儿真好,"露丝真心地说,"不然的话我会老是想着那个男孩。我会试着不去想,但它总是会自己冒出来。就在我毫无防备的时候。我会一直觉得很屈辱。"

"这是件很小的事,犯不着觉得屈辱。"

"我也知道。但我还是很容易这样。"

"试着别那么敏感。"西蒙说,他就像是接管了她一般,以一种理性的方式,正如他接手了她的花园。"小萝卜。莴苣叶。洋葱。土豆。你吃土豆吗?"

他走之前,他们做了一个花园的计划。他为她挖好、铺好土壤,虽然最后他们只找到了牛粪。露丝周一得去上班,但是整天都想着他。她想着他在花园里挖土。她想着他裸着身子,往下朝地下室看。一个个头不高、身材敦实的男人,毛发很多,很温暖,长着一张皱巴巴的、喜剧演员的脸。她知道她回家的时候,他会说些什么。他会说:"希望我做的让您满意,妈妈。"然后猛拉一下前额的头发。

他真的就是这么干的,她很开心,喊了出来:"哦,西蒙,你这个傻瓜,你就是我生命中的男人啊!"在这样的幸福之中,在这阳光铺洒的时刻,她没有想过这样说可能是不明智的。

一周过半，她到店里去，不是买什么东西，是去算命。那女人往她的杯子里面看，说："哦，你啊！你遇见了能够改变一切的男人！"

"对，我是这么觉得的。"

"他会改变你的人生。哦，老天爷。你不会留在这个地方了。我看到了名誉。我看到了水。"

"这我不知道。我觉得他想给我的房子做隔热。"

"改变已经发生了。"

"是的。我知道已经发生了。是的。"

她记不得对于西蒙再来的事情他们是怎么说的了。她以为西蒙会在周末来。她盼着他来，她出去买了些杂货，这次不是去当地的小店，而是跑去了几英里外的超市。她希望小店里的女人没有看到她提着杂货袋进家门。她想要新鲜蔬菜、牛排和进口的黑莓，卡门贝尔奶酪和梨子。她还买了酒，一套双人床品，上面缀有蓝花和黄花的时髦花环。她想着她白白的腰臀会被它们衬得很好看。

周五晚上她把床铺好，蓝色的碗里放着樱桃。酒冷了，奶酪变软了。九点左右传来一阵响亮的敲门声，意料之中的搞怪敲门声。她惊讶于没有听到他的车声。

"有点孤单了，"店里的女人说，"所以我就想我来坐坐——哦，哦。你在等你的同伴。"

"也不是。"露丝说。听到敲门声的时候她的心就欣喜地怦怦跳，现在还是怦怦跳。"我不知道他什么时候到，"她说，"可能明天来吧。"

"这雨挺混账的。"

女人的声音听上去亲切又实在，仿佛露丝现在可能需要转移一下注意力，需要一些安慰似的。

"那我只希望他没在这大雨中开车。"露丝说。

"没错，你不会想让他在这大雨天里开车的。"

女人用手指捋了捋灰色短发，把雨水晃出去，露丝知道她应该拿点什么东西招待她。一杯酒吗？她可能变得微醺然后多话，想留在这儿然后把一整瓶都喝完。露丝跟她聊过很多次，算是某种程度上的朋友，她是那种露丝会愿意表露好感的人，但是她现在没心思对她说什么好话。只要不是西蒙，那个时候跟谁在一起都一样。任何人的出现都显得很突然，令人心烦。

露丝能想象接下来会发生什么。所有平常的愉悦感，生活里的那种慰藉和消遣都会被卷起打包带走；存在于食物、丁香花、音乐、晚间雷声里的欢愉都会消失。除了躺在西蒙身下，什么都没了意义，除了屈从于一阵阵的悲痛和惊厥，什么都做不了。

她决定请她喝茶。她想倒不如把这时间用来再给未来占卜好了。

"不清晰。"那女人说。

"什么不清晰？"

"今晚我没法得到一个确定的信息。有时这样的事会发生。不，说实在的，我定位不到他。"

"定位不到他？"

"在你的未来里。我没招儿了。"

露丝觉得她说这话是出于敌意，出于忌妒。

"嗯，我不只是想着他啦。"

"如果你有一个他的物件的话，我可能会做得好一点，你让我抓着就行。任何他摸过的东西，你有吗？"

"我就是。"露丝说。这吹嘘并不高明，算命的女人不得不笑了笑。

"不，我说真的。"

"那没有。我把他的烟头都给扔了。"

女人走后，露丝熬夜等他。很快就到午夜了。雨滂沱而下。再一次看时间，已经是一点四十。如此空虚的时间，为何过去得那么快？她把灯灭掉，因为她不想让别人看到她在熬夜干等。她脱下衣服，但是不能躺在那新床单上。她坐在厨房里，漆黑一片。她不时地泡上新的茶。角落里的街灯照进了房间。村庄里有些明亮崭新的水银蒸汽灯。她能看见那灯，能看见小店一角，能看见路对面的教堂阶梯。教堂已经不再为当年建造了它的谨慎而体面的新教教派服务，它宣称自己是拿撒勒①圣殿，也可以说是个圣洁殿堂，不管那是什么吧。这个地方的事情比露丝之前注意到的要更加畸形一些。那些房子里并没有住着退休的农民，事实上这里

---

① Nazareth，全称为拿撒勒人会（Church of the Nazarene），是基督教福音派下的一个派系，起始于北美 19 世纪的圣洁运动。

根本也没有什么农可务，没什么可退休的，贫瘠的地里长满了桧状植物。人们到三四十英里之外的地方去上班，在工厂里，在省精神科医院里，或者压根就不工作，他们在犯罪的边缘游走，过着神秘的生活，或者是在圣洁殿堂的庇护之下维持着井然有序的疯狂。人们的生活当然比原来更加绝望，然而，又有什么比露丝这样年龄的女人，在厨房里坐了整晚，就为等待她的爱人更绝望的呢？此情此景，是她自己营造的，是她一个人造成的，好像她之前什么教训都没学到似的。她已经把西蒙当作寄托她希望的钉子，现在她再也不能把他还回去，像原来那样看待他了。

错就错在买酒，她想，错在买床品、买奶酪、买樱桃。这些准备功夫都招致了灾难。直到她打开门，心中的愉悦变成失落，就像塔里的钟声突然好笑地变成了生锈的雾角声——只是露丝没觉得这有什么好笑的——直到这一刻，她才意识到这是个错误。

在这漆黑的雨夜，一个接一个小时过去，她想到了之后会发生什么。整个周末她都会继续等，用借口让自己变得强大些，又被怀疑搞得心生厌恶，因为害怕错过电话铃响，她不会离开房子。周一她会去上班，被这现实世界冲冲头脑，等些许舒缓下来，她会鼓起勇气给他写个纸条，由古典系代为转交。

"我想我们可以在下周末给花园种点东西。我买了一大批种子（这是撒谎的，不过如果能收到他的回应，她的确会去买）。你来的话一定要告诉我，但是如果你有其他计划的话，也别担心。"

然后她就会担心：这里提到其他计划，听起来是不是太随意了？可要是不加上这一点，是不是又显得太强迫了？尽管她所有的自信、她的愉快心情都溜走了，她也会试着伪装一下。

"如果在花园里干活感觉太潮湿的话，我们也可以开车去兜风呀。也许我们可以去打一些土拨鼠呢。祝好，露丝。"

然后是更长的等待，周末只是一次随意的试验而已，它是一场正式、普通、痛苦的仪式那没章法的序曲。把手伸进信箱拿出信件看都不看一眼，拒绝在五点之前离开学院，把垫子放在电话机上挡住视线，假装心不在焉。怔怔地想事情。熬夜到很晚，喝酒，她对这愚蠢劲儿总也不会完全厌倦到要放弃的地步，因为这等待点缀了些绿意和春天般的幻想，以及关于他初衷的有力争辩。这些就够了，在某种程度上，足够让她在心里决定，他一定是病了，不然他肯定不会弃她于不顾的。她会打电话给金斯敦医院，问问他的情况，然后会有人告诉她，他不是这里的病人。之后又一天她会跑去学校图书馆，拿出金斯敦医院的文件备份，查看讣告确认他会不会是死掉了。然后，她完全屈服了，她很冷，发着抖，她会打电话到大学里找他。他办公室的女孩会说他已经走了。去了欧洲，去了加利福尼亚，他只在这里教一学期的书。去露营了，去结婚了。

或者她会说，"请你等等"，然后就这样把电话给他。

"你好？"

"西蒙吗？"

"是的。"

"我是露丝。"

"露丝？"

对话肯定没那么直接激烈。会更糟糕一点。

"我本来想打电话给你的——"他会说，或者说："露丝，你还好吗？"或者甚至是："那花园怎么样了？"

还不如就这样结束了。但是经过电话旁的时候，她还是把手放在了上面，看看是否能感受到温暖，或者，去怂恿、鼓励它。

周一天刚破晓的时候，她带上了她觉得需要的东西，放到车后座，锁上门，卡门贝尔奶酪还在厨房的台子上往下流。她朝西边开去了。她想离开几天，直到她清醒过来，能够面对这床铺，这块正待动工的土地，还有床后面她感受到冷风的那个地方，再回来。（如果是这样的话，为什么她还要带上她的靴子和冬衣呢？）她给学院写了一封信——她能在信里扯出完美的谎，打电话就不行——她说因为一个亲密朋友的重疾已经到了晚期，她被叫去了多伦多。（也许她并没有把这个谎扯得多漂亮，也许她写得有点过火了。）几乎整个周末她都没睡过觉，她喝酒，虽然量不多，但一直在喝。我再也不要忍了，她大声说，用一种非常严肃的、强调的语气，一边把东西装上车。当她蜷在前座上写那封信——本可以在家里舒舒服服地写——她想起自己写了多少疯狂的信，她找了多少夸张的借口，都是因为某个男人而要离开某个地方或者害怕离开某个地方。没人知道她有多愚蠢，认识了她二十年的朋友，所知道的连她做过的一半都不到——她坐过多少次飞机，花过多少钱，冒过多少险。

过了一会儿，她想，她又这样了——开着车，停下挡风玻璃的雨刮，在周一早上十点，雨终于停了，她停下给车加油，停下取钱，银行已经开门了；这时候她信心大增、情绪饱满，该做什么她都记得，谁又会去想她脑子里正翻腾着什么屈辱，什么屈辱的记忆，什么样的猜测呢？最屈辱的事情其实就是希望。刚开始，这希望埋下了深深的欺骗性的伏笔，又以诡计掩饰自己。不过很快就暴露了。一周之内它就会在天堂门口叽叽喳喳地唱起赞歌来了。即便是此刻，这希望都在忙活着，告诉她西蒙可能正在把车开进她的车道，可能正站在她的门口，双手合十，祈祷、嘲笑和道歉。记住你终有一死。

即便是这样，即便这是真的，那么到了某一天，到了某一个早上，会发生什么呢？某天早晨醒来之后，她会听到他的呼吸，会知道他在她身边躺着，已经醒了，却没有碰她，而她也不能去碰他。女性对身体接触要得太多了（这是她会学到的，或者说会从他那儿再学到一次的）；女人的柔情是一种贪婪，她们的快感并不诚实。她会躺在那里，希望自己能有一些明显的缺陷，一些能够用羞耻感来围绕和保护的地方。然而事实上，她会为她的整个身体，为她那舒展的裸体日渐败坏的状况感到羞耻，感到烦恼。她的肉体看上去是灾难性的，厚实、坑坑洼洼、发灰，而且斑斑点点。他的身体则没有问题，永远不会有；他是那个扮演谴责和原谅角色的人，然而她又怎么知道下一次他会不会原谅她呢？来这儿，他会跟她说，或者说，走开吧。帕特里克之后，她就再也没有做过一个身心自由的人了，再也没有当过大权在握的那一方，可能她已经全部用完了吧，该归她的所有，她已经全部用完了。

或者，她可能会在一个聚会上听见他说："然后我就知道，我没事了，我知道这是一个幸运的信号。"他正在把自己的故事说给一个打扮得花枝招展、穿着豹纹绸缎的浪荡女孩听，或者更糟，他讲给一个穿着绣花罩衫、留着长发的温柔女孩听，而这个人迟早会拉起他的手，把他从走廊领到一个房间里或者一处风景优美之地，露丝没法继续跟上去。

没错，但是如果这些都不发生，不也是可能的吗？只有善意，只有羊粪肥，只有春天的深夜和青蛙的叫声，这不也是可能的吗？第一周他没出现，也没打电话，可能只是因为时间规划不一样而已，也算不上什么坏兆头啊。这么一想，她每二十英里就会放慢速度，甚至想看有没有什么地方可以掉头回去。然后她并没有这么做，她反而加速了，她想她要开得远一点，以确保自己头脑清醒。那独自坐在厨房里的失意景象再次向她涌来了。然后就是这样，反反复复，仿佛车的后座是磁力推动的，一会儿缓下来一会儿又发力，缓下来又发力，但是这力量却一直不足以让她掉头，过了一会儿她产生了一种近乎超然的好奇，她将这力量看作一种真正的物理性力量，她往前开着，仿佛在远远的前方某处，她和这车会摆脱这股力量的控制，她会意识到冲出边界的那个瞬间。

她继续往前开。慕斯科卡①，湖首大学②，马尼托巴省③边界。

_____

① Muskoka，加拿大安大略省中部的一个自治区，位于多伦多以北约 200 公里。
② The Lakehead，加拿大的一所小型公立综合性大学，位于安大略省桑德贝市，距慕斯科卡约 1200 公里。
③ Manitoba，东部毗邻安大略省。

有时她在车里睡觉，在路上停一个小时左右。在马尼托巴这样睡觉的话太冷了，她入住了一家汽车旅馆。她在路边餐厅吃东西。走进餐厅之前，她梳了梳头发，化了妆，扮上那副有距离感的、梦幻迷离的、近视般的表情，当女人们觉得可能有男人在看她们的时候，就会做出这副表情来。她倒没有真的期待西蒙出现在这里，但是她似乎也并没有完全排除这个选项。

开出一段距离之后，那股力量的确弱了下来。事情就是这样简单，她之后想，但这段距离得开车、坐公交车或骑自行车走完才行；飞机可不行。在一个可以看到赛普里斯丘陵[①]的草原小镇上，她意识到了改变的发生。她开了一整晚的车，直到太阳从她背后升起，她感到平静，清醒，在这些时候你常常会有这种感觉。她走进一家咖啡厅，点了咖啡和煎蛋。她坐在吧台前，看着咖啡吧台后面的平常物件——那里有咖啡壶，有颜色鲜亮、也许已经不新鲜的柠檬和树莓派，厚厚的玻璃餐具，是用来盛冰淇淋和果冻的。那些餐具向她暗示，她的状态已经跟先前不一样了。如果说她觉得它们摆放得恰到好处、利落体面，那便是在歪曲事实。她只能说，身处爱情任何阶段的人，都不可能像她这样看待它们。带着一种大病初愈的感激，她感觉到了它们的坚固和厚实，这分量舒舒服服地在她的大脑和双脚上沉了下来。然后她意识到，当她走进这家咖啡店的时候，她脑子里不再有关于西蒙的一丝念想，所以这世界也不再是她可能会遇见他的舞台，这世

---

① Cypress Hills，位于艾伯塔省，艾伯塔省西部毗邻不列颠哥伦比亚省。

界，又重新做回自己了。在那拨云见日的半个小时之后，吃过的早餐让她昏昏欲睡，她不得不找到一家汽车旅馆，在那里，她穿着衣服就睡着了，窗帘拉开着，阳光照进来，她想，爱情这件事可真是把你的整个世界都带走了啊，无论它进展得是好是坏，这一点都是肯定的。这不应该，也不曾让她惊讶；让她惊讶的是，她是那样渴望，想要一切都在她身边，她的渴望就像冰淇淋餐具一样厚实而直白，这样一来，她所逃离的那些东西，竟可能不仅仅是失望、失去和消散，也是与之相反的一切——那些爱的庆贺与惊喜，眼花缭乱的转变。而即便它们是安全的，她也接受不了。不管如何，你都是被抢去了些东西——一个自我平衡的弹簧，一些笃定的正直和诚实。她是这么想的。

她给学院写信说，她在多伦多看望临终前的朋友时，遇到了一位旧相识，对方给她提供了一份西海岸的工作，她马上就会过去那边。她觉得他们可能会找她麻烦，但是她也理所当然地觉得，他们肯定也懒得去管了，因为她的雇佣关系，尤其是她的薪水都不是固定的。她写信给她租房子的中介公司，她写信给那店里的女人，祝好运，再见了。在霍普到普林斯顿[1]的高速公路上，她从车上走下来，站在沿海山区凉爽的雨中。她感到相对安全了些，精疲力竭，但也清醒了些，尽管被她抛下的一些人不会同意这一点。

她碰上了运气。在温哥华她遇到了一位之前认识的男人，对

---

① 两地均位于加拿大不列颠哥伦比亚省。

方正在为一个电视剧选演员。这部剧会在西海岸制作，讲的是一个家庭，或者说是个冒牌家庭，由一些古怪之人和漂泊者组成，他们把盐泉岛的一所老房子当作他们的家，或者是总部。露丝获得了这所房子女房东的角色，那位冒牌妈妈。就跟她在信中所写的一样，这是一份西海岸的工作，可能是她从事过的最好的工作。她的脸得用上一些特殊的化妆技术，变衰老的技术，那位男化妆师开玩笑说，如果这部电视剧成功了，还能演上个几年的话，到时候可就不需要用到这技术了。

在海岸地区，每个人都挂在嘴边的词是脆弱。他们会说今天感觉很脆弱，或者是今天的状态有些脆弱。说的可不是我，露丝说，我的感觉可不同，我觉得自己身上的这层皮像是马革做的。大草原的风和阳光让她的皮肤变得黝黑而粗糙。她拍拍黝黑的、起了皱的脖子，强调"马革"这个词。她已经用上她要扮演的这个角色的一些措辞、举动和性格了。

差不多一年之后，露丝出现在一艘不列颠哥伦比亚渡轮的甲板上，穿着一件褪色的毛衣，戴着头巾，慢慢地在救生船之间走过，盯着一个穿着破烂牛仔裤和吊带背心、冻得发抖的漂亮女孩。根据剧本，露丝扮演的女人很担心这年轻女孩会从船上跳下去，因为她怀孕了。

拍这一幕的时候吸引了很大一群人。中途休息的时候，她们走向甲板的遮蔽处，穿上外套，喝点咖啡。人群里的一个女人伸出手碰碰露丝的肩膀。

"你不会记得我吧。"她说，事实上露丝的确不记得她。然后这个女人开始讲金斯敦的事情，讲那对举办了聚会的夫妇，甚至讲了露丝那只死去的猫。露丝认出她来了，写自杀论文的女人。但是她看上去很不一样了：她穿着一件昂贵的米色套装，米色和白色相间的围巾围绕着她的头发。她不再像以前那样，拖着流苏、邋里邋遢、青筋暴露，不再看上去那么难以驯服了。她介绍了她的丈夫，对方向露丝嘟哝了两声，仿佛在说，如果她希望他大呼小叫一番，那么她可要失落了。他走开了，女人说："可怜的西蒙。你知道吗，他死了。"

然后她想知道之后他们还会不会继续拍别的镜头。露丝知道为什么她要问。她想把自己加进戏里的背景甚至前景，这样她就能给自己的朋友打电话，告诉他们在电视上看她。如果她给那场聚会里的人打电话，她就会告诉他们，她知道这部剧就是纯粹的垃圾，不过就是有人劝她去演一下，为了玩玩。

"死了？"

女人脱下了她的围巾，风吹着她的头发，吹过她的脸。

"胰腺癌。"她说，然后脸朝着风，重新把围巾戴上，好让它更贴身。露丝觉得她的声音听上去颇有见识和心机。"我不知道你和他熟不熟悉。"她说。她这话，是为了让露丝想想她和他有多熟悉吗？那心机能帮她向人求助，她也能用它来丈量胜利。你也许可以为她感到遗憾，但是永远不要相信她。露丝没在想那女人说的话，反而在思忖着这一点。"太伤感了。"她说，她现在的语气非常公事公办。她收了收下巴，把围巾打成个结。"伤感。

他得这病很久了。"

有人在喊露丝的名字，她得回去拍戏了。那女孩没有跳海。这部剧里不会发生类似的事情。这种事情总是威胁着要发生，但都不会发生，它只会不时发生在一些不重要的、不吸引人的角色身上。观众们相信自己会免于受到可预见的灾难的威胁，故事线不会因为重点的转移而发生变数，需要重新判断和解决办法的混乱状态不会出现，他们也绝不会毫无防备地看到什么不太恰当、令人难以忘怀的场景。

西蒙的死，就像那样的混乱状态，击中了露丝。竟然连这样的消息都会被漏掉，竟然在这么久之后，露丝还会觉得自己是唯一真正缺乏力量的人，这是何其荒谬，何其不公。

拼写

　　在过去的日子里，在店里的时候，弗洛会说，当一个女人步入迷途的时候，她能看出来。不同寻常的帽子和鞋子总是第一个走漏风声。夏天到来，长筒橡胶套鞋吧嗒吧嗒地踩着。胶靴，还有男人的工装靴到处闲晃着。人们会说那是因为踩到了地上的玉米，但是弗洛心里清楚。这声音是故意弄出来的。然后出场的是旧毡帽，还有在任何时候都会穿上的破旧雨衣、用麻绳束住腰的长裤、颜色暗淡的碎布围巾，还有松松垮垮的毛线衫。

　　妈妈和女儿们都是一个样子。那阵阵疯癫的浪潮，不断高涨着，像无法抑制的咯咯笑声，从心底深处涌起，渐渐淹没了她们。一直都是这样。

　　她们总是过来跟弗洛讲她们的故事。弗洛则在一边跟她们搭话。"真的吗？"她会说，"太可惜了吧。"

　　我的刨丝刀不见了，我知道是谁拿走的。

　　晚上我脱下衣服的时候，有个男人跑过来瞅我。我把百叶窗拉上，他就从缝里瞄。

两小堆新种的土豆都被偷啦。一整罐桃子啊。还有上好的鸭蛋啊。

其中有个女人，最后被他们带去了养老院。他们做的第一件事，弗洛说，就是给她洗了个澡。第二件事就是给她剪头发，那头发长得都跟干草堆似的了。他们觉得都可以从头发里找出东西来了，比如一只死鸟或者一个堆着幼鼠骷髅的窝之类的。他们确实找到了些小种子和小叶子，还有一只肯定是被缠在其中无法脱身于是嗡嗡毙命的蜜蜂。当他们把头发剪得差不多的时候，在里面发现了一顶布帽子。帽子已经烂在她的头上，发丝纷纷穿过，就像杂草穿过电线，交错排布。

弗洛已经养成了习惯，桌上的餐具总是摆好的，为下一顿饭准备着，省去麻烦。塑料桌布黏黏的，餐碟和茶托的轮廓清晰地印在上面，仿佛画的边框在一面油油的墙上留下的痕迹。冰箱里全都是零零碎碎的含硫的剩饭菜，黑乎乎、毛茸茸的。露丝打扫卫生时，得刮擦烫洗一番。有时候弗洛会吃力地撑着那两条拐杖走过来。她可能完全忽视了露丝的存在，她可能会拿枫糖浆的罐子对着自己的嘴巴像酒一样喝起来。她现在很喜欢甜食，简直痴迷。一满勺红糖、枫糖浆、罐装的布丁、果冻，滴滴甜味滑向她的喉咙。她已经戒烟了，大概是害怕起火的缘故。

另外一次她说："你在那柜台后面站着干吗？你跟我说你要什么，我就去帮你拿呀。"她以为那厨房是店铺。

"我是露丝，"露丝大声地、慢慢地说，"我们在厨房呢。我在打扫厨房呢。"

这是厨房一直以来的摆设，一种神秘的、私人的、古怪的氛围。大平底锅放在烤箱里，中等大小的平底锅放在角落架子上的土豆盆底下，小平底锅挂在水槽旁的钉子上。滤锅放在水槽下面。洗碗布、剪报、剪刀、松饼烤盘，挂在不同的钉子上。电话架子上放着缝纫机，再上面叠着一堆堆的电费单子和信件。你会以为这是一两天前放在上面的，其实已经颇有些年月了。露丝也看到过一些她自己写的信，信里有一种不自然的活泼。错误的信息，错误的联系，那是她人生中一段失落的时期。

"露丝出去了。"弗洛说。她现在有个习惯，就是如果她感到不高兴或者困惑，就会把自己的下嘴唇往外伸。"露丝结婚了。"

第二天早上露丝起床的时候，发现整个厨房发生了重大混乱事件，就像有人拿着个摇摇晃晃的大勺子在这狂舞了一通似的。大平底锅被甩到了冰箱后面夹住，锅铲跟毛巾缠在一起，面包刀藏在面粉箱，烤盘卡在了水槽下面的管子里。露丝给弗洛做了早餐粥，弗洛说："你就是他们派来照顾我的那个女人？"

"是的。"

"你不是住在这附近的吗？"

"不是。"

"我没钱付给你。他们派你来的，他们给你钱。"

弗洛把红糖撒在粥上面，直到粥上盖满整整一层，然后用勺子轻轻抹平。

早餐后她发现了砧板，露丝一直用这砧板来切她自己的吐司。"这玩意儿干吗在这儿挡我们的道？"弗洛边下着宣判，边把它拿起来，大步走开——拄着两根拐杖所能及的那种大步走开——将它藏到某处，藏到钢琴椅子里或者后踏板下面。

多年以前，弗洛在房子外建了一个小小的门廊，四周用玻璃围住。从那儿她可以看到马路，就像以前站在店里的柜台后也可以看到外面一样。（但是店里的窗户现在已经用木板封起来了，从前的广告标志也被油漆覆盖了。）这条路不再是从汉拉提穿过西汉拉提通往湖那边的主路了——现在有了条高速支路。路被重新铺过了，两侧挖起了宽宽的排水沟，矗立着水银蒸汽路灯。旧的桥不见了，一座崭新的、宽阔的，却不那么显眼的桥梁取代了它的位置。从汉拉提到西汉拉提发生的变化并不那么引人注目。西汉拉提的街道被涂上了油彩，两侧都是铝墙板，弗洛的那间房子，是唯一刺眼的地方了。

在那个小门廊里坐了几年，坐到关节和动脉硬化的弗洛，都在里面布置了些什么，供她整日观赏呢？

画有小狗和小猫的日历。它们的脸朝向对方，鼻子碰鼻子，身体之间的空隙刚好凑成一个爱心。

一张彩色照片，童年时期的安妮公主。

一只悉尼蓝山的陶器花瓶。这是布莱恩和菲比送来的礼物，里面插有三支塑料玫瑰花，现在，那花、那瓶都已经沾上了几年的尘埃。

还有露丝寄回来的六只太平洋海岸的贝壳。正如弗洛觉得，或者说曾经觉得的那样，这并不是露丝自己捡回来的。是她在华盛顿州度假的时候买的。放在一家游客餐厅收银台旁的塑料袋里，被人心血来潮买下。

耶和华是我的牧者，这句话印在了一张镂空的黑色卷轴上，周围撒上了金色星点。买乳制品时的赠品。

还有新闻照片，七个灵柩排成一列。两个大的，五个小的。乡村一间农舍里，大人和小孩，都被父亲在半夜枪杀，没人知道原因。那房子不容易找到，但弗洛曾经见过。在一个周日，她的邻居带上她驱车过去看个究竟，那时她还只需要一根拐杖。他们在高速路上的加油站问了方向，在十字路口的店铺又问了一次。他们听说很多人也都问了同样的问题，也都一样坚决要过去看上一眼。不过弗洛也得承认，那里真没什么好看的。一所没什么特别的房子。烟囱、窗户、木瓦、房门。有些可能是洗碗布，或者是尿布之类的东西，似乎没人想要带进屋子里去，所以就留在外面的晾衣绳上随它腐烂去了。

露丝已经两年没有回去看弗洛了。她很忙，她一直随小公司奔波，接受各方拨款，在全国各地的高中体育馆或者社区礼堂上演话剧，或者话剧其中的几幕，或者办朗诵会。在地方台电视节目上谈论这些制作，以引起大家的兴趣，讲一些巡演过程中发生的趣事，也是她工作的一部分。这没什么丢人的，但是有的时候露丝会感到深深的、不可名状的羞愧。但是她没有表现出自己的尴尬不安。当她在公共场合发言的时候，她是坦率而富有魅力的，她会用一种含混的、腼腆的方式讲她那些趣事，仿佛她只是刚刚记起，而不是早就说过几百遍了。回到旅馆房间，她常常会发抖、呻吟，好像被一场高烧侵袭一般。她觉得这源自令人精疲力竭的工作，或者自己快要到来的更年期。她想不起自己见过的任何人了，包括那些有魅力又有趣的人——在不同的城市里，他们曾邀请她共进晚餐，喝酒的时候，她又将心底的秘密和盘托出。

自从露丝上次来过之后，弗洛这所房子无人照看的破败状态已经到了空前的程度。屋里都是碎布、纸张和灰尘。要是拉开百叶窗让阳光进来呢，它就能整个散架落到你手上。摇摇窗帘，它就会碎成破布，掀起一片呛人的尘埃。将一只手放进抽屉，就能浸入软绵绵的、黑乎乎的废物堆中。

我们讨厌说坏消息，但是好像她已经过了可以照顾自己的年龄。我们试着照看她，不过我们自己也不再年轻了，所以也许现在是时候了。

两封同样的，或者说意思相同的信，寄给了露丝和她同父异母的兄弟布莱恩。布莱恩是一位工程师，住在多伦多。露丝也刚刚巡回演出回来。她以为布莱恩和他的妻子菲比跟弗洛一直有联系，虽然她和他俩不常见面。毕竟弗洛是布莱恩的亲生母亲，露丝的继母。事实如此，他们确实保持着联系，或者是他们自己以为保持了联系。布莱恩最近在南美，不过菲比每个周日晚上都跟弗洛打电话。弗洛没什么可说的，不过反正她也从不跟菲比说些什么。她说她过得挺好，一切都好，她还主动提供了些和天气状况相关的信息。露丝回家之后，观察了下弗洛打电话的样子，她就知道了菲比是怎样被骗的。弗洛用很正常的语调说话，她说你好，我很好，昨晚有一场大暴风雨，是的，停电了几个小时。如果你没住在这附近，你不会意识到根本没有什么暴风雨。

在那两年的时间里，露丝并不是忘记了弗洛。一阵一阵地，那思念会向她涌来。只不过她现在是处于相对平静的状态。有一次这思念突然袭来，在一月的狂风乱作之中，她开车两百英里，顶着暴风雪，路过被抛弃在路上的汽车，最终在弗洛那条街道上停下。她终于踩上了那条弗洛不能铲平的道路，她松了一口气，对弗洛她情感杂陈，满满的挂念、焦虑和欣喜。弗洛开门，给了她一个厉声警告。

"你不能在这儿停车！"

"什么？"

"不能在这儿停车！"

弗洛说有一个新的地方法规，冬天不能把车停在街道上。

"你得把这地方铲出个位置来。"

当然，露丝也爆发了。

"你再说一遍我马上就进车里开回去。"

"可是你不能停在——"

"你再说一遍！"

"你干吗站在这儿吵架，等着冷飕飕的风刮进屋子里呀？"

露丝进去了。家。

这是她讲的其中一个关于弗洛的故事。她讲得很好，讲她自己的筋疲力尽和道德自觉；讲弗洛大吼一声，讲她挥动拐杖，讲她多么不愿意成为任何人拯救的对象。

读完信之后，露丝打电话给菲比，菲比就邀请她来吃晚餐聊聊。露丝决定要在他们面前表现得好一点。她觉得布莱恩和菲比处在一种对她持永恒否定的状态之中。她觉得他们否定她的成功，尽管这成功也许是狭隘、缥缈、局限了些，而当她失败的时候，那否定也就更严重了。她也知道，他们不会太把她放在心上，或者对她有什么实在的情意。

她穿上一条朴素的裙子和一件旧衬衫，但在最后一刻钟换成了一条长裙，红色和金色的薄棉材质，来自印度。这打扮恰好能证实他们的看法：露丝啊，总是这么浮夸。

无论如何，她已经跟往常一样下定决心，低声说话，只谈事实，不会跟布莱恩进行任何老掉牙而愚蠢的争论。然而，也跟往常一样，走进他们的房子之后，大部分把持的感觉就烟消云散了，她已经屈从于屋内的平静日常，她能感觉到从那些碗具和纺织品传递开来的满足感，自我满足感，可以自圆其说的自我满足感。当菲比问到关于巡回演出的事情时，她很紧张，菲比也有一点紧张，因为布莱恩坐在那儿一言不发，不至于皱起眉头，但在暗示：谈论这个轻浮的话题让他感到不快。当着露丝的面，布莱恩不止一次说过，她那行的人，对他来说不顶什么用。但是很多人对他来说都不顶什么用。演员，艺术家，记者，有钱人（他从来不会承认自己就是有钱人），大学全体文科教职工。所有课程，所有学科，都是徒劳，浪费。都犯下了思维混乱、举止浮夸、言语不清、行为越轨的过错。露丝不知道这是不是真话，还是说，这是故意在她面前说的。他那低低的声音里透露出一丝轻蔑，引她上钩，她警觉并反驳，他们吵架，她哭着离开了他家。但在这些事情之下，露丝感觉他们是爱对方的。但他们永远都不会停止那古老的竞争：谁更好，谁找到了一份更好的工作？他们在追求什么目标？他们各自有好想法，或许本想互相充分交流的，只是还不到时候。菲比是个冷静又尽职的女人，有一种将大事化小的能力（跟擅长把事情闹大的他们家人完全不同），她会送上食物，倒上咖啡，礼貌地看待这两位的不解之谜，看他们之间的较劲，他们的脆弱，他们的伤痛，对她而言，或许就像连环画里的角色把自己的手指插进插座一样古怪而可笑。

"我总是希望弗洛能够再过来和我们住一次。"菲比说。弗洛曾经来过一次，三天之后就说要回家了。不过那之后她会坐在那儿逐个数布莱恩和菲比的东西，说他们房子都有什么特点，这似乎成了她的乐趣所在。布莱恩和菲比在唐米尔斯生活得并不铺张，弗洛看到的那些东西——门铃、自动车库门、游泳池，也都是郊区平常人家拥有的东西而已。露丝这样跟弗洛说了，弗洛就认为露丝是在嫉妒。

"如果人家请了你去，你是不会拒绝的。"

"我会。"

这是真的，露丝相信的确如此，但是她该如何向汉拉提的人或者弗洛解释这件事情呢？如果你留在汉拉提，没什么钱也情有可原，因为这里的生活本就如此，但是如果你非要到外面去生活，却还没什么钱，或者是像露丝这种，后来变得没什么钱，那离开还有什么意义呢？

晚饭过后，露丝、布莱恩和菲比坐在游泳池旁边的院子里，布莱恩和菲比四个女儿中最小的那个，正坐在一条充气龙上面。到目前为止，大家都很和睦。大家决定，露丝该去汉拉提看看，然后安排弗洛住进瓦瓦纳什郡养老院。布莱恩已经咨询过这件事了，要么就是他的秘书去咨询的，他说这个地方不仅便宜，还比其他私人疗养院管理得好，有更多的设施。

"她可能会在那儿见到一些老朋友。"菲比说。

露丝顺从和得体的表现，有一部分是建立在她那天晚上想象的场景之上的，不过她不会在布莱恩和菲比面前流露出来这点。她想象着自己去汉拉提弗洛，跟她一起生活，照顾她，要多久就多久。她想象自己如何清理弗洛的厨房，给它粉刷一新，给漏水的地方补上木瓦（信里就是这么提到的），在盆里种花，做有营养的汤。不过她倒不至于去想象弗洛会轻易适应这布置好的家，安心度过满怀感激的余生。但是弗洛越是暴躁，露丝就会越平和，越有耐心，这样一来，谁又能说她妄自尊大，轻浮草率呢？

回家之后还不到两天，这想象就已经站不住脚了。

"你想吃布丁吗？"露丝说。

"哦，无所谓。"

就是有些人被邀请喝一杯时，所表现出的那种精心设计的冷漠，混杂着一丝希望的微光。

露丝做了个松糕。放了浆果、桃子、蛋奶沙司、蛋糕、发泡奶油和甜雪利酒。

弗洛吃了半盘。她贪婪地在盘子上直接吃，都没舀到更小的碗里来。

"真美味。"她说。露丝从来没有听她用过这种表达感激和快乐的肯定词汇。"美味。"弗洛坐在那里回味着，打了个小嗝。甜软的蛋奶沙司，伶俐的小浆果，结实的桃子，浸透了雪利酒的美好，发泡奶油的丰盈。

露丝想她这辈子都还没做过一件能令弗洛如此愉悦的事情。

"我很快会再做一个。"

弗洛又平复下来了。"哦，好吧。你爱做什么做什么。"

露丝开车去养老院。有人带她逛了一圈。回来之后，她想跟弗洛说说这事。

"谁的院？"弗洛问。

"不是，是养老院。"

露丝提到她在那儿见过的一些人。弗洛不承认自己认识他们中的任何一个。露丝说那里的风景不错，房间也敞亮。弗洛看上去很生气，她的脸一沉，下嘴唇往外伸了出去。露丝把一个花了五十分钱在养老院工艺中心买的风铃递给她。黄色的纸张，蓝色的镂空小鸟，迎着难以察觉的气流转动着、舞蹈着。

"把它塞进你的屁眼里。"弗洛说。

露丝把风铃挂在门廊里，又说她在那儿看见晚餐被放进托盘里送上来。

"他们如果可以的话，会去餐厅，但是如果他们不能去的话，房间里也有托盘。我见过他们吃的东西。

"烤牛肉，全熟的，土豆泥，还有四季豆，冷冻的，不是那种罐装的。或者蛋饼。你可以要蘑菇蛋饼或者是鸡肉蛋饼，什么都不加的蛋饼也行，如果你喜欢。"

"点心是什么？"

"冰淇淋。你可以放调味酱。"

"有什么样的调味酱？"

"巧克力。奶油糖果。核桃。"

"我吃不了核桃。"

"还有棉花糖呢。"

养老院的老人们是分成几类住下的。一层住着的是那些干净整洁的人。他们会四处走走，常常拄着拐杖。他们互相串门，玩牌。他们会一起唱歌，有自己的爱好。在工艺中心，他们画画、钩织地毯、缝制被子。如果他们做不了这些，也可以去做布娃娃，做露丝买的那种风铃，用泡沫小球做小狗和雪人，亮片当作眼睛。他们还会照着圈定的轮廓钉上图钉来制作剪纸：马背上的骑士，战列舰，飞机，城堡。

他们组织音乐会，舞会，还有跳棋比赛。

"有些人说这是他们这辈子最开心的时光。"

再上一层呢，就有更多的时间看电视，也有更多轮椅了。那里的人脑袋垂着，舌头伸着，四肢无法控制地抖动。然而社交能力仍然管用，理智仍然清晰，只是偶尔会茫然失神。

到了三楼你可能就会发现些惊喜了。

有些人已经放弃讲话。

有些人已经放弃移动，除了那些奇怪的动作，摇头晃脑、胡乱摆臂，看上去似乎毫无目的，控制不了。

几乎所有人都已经放弃担心自己身体是干是湿。

有人喂他们进食，替他们擦身子，把他们抱到轮椅上，绑上，然后松开又抱回床上去。吸入氧气，呼出二氧化碳，他们继续参与这世界的生命活动。

一位老太太发出了响亮的颤抖声，她蜷缩在有围栏的床上，裹着尿布，头发像三簇破土而出的蒲公英，她黑乎乎的，像个疯子一样。

"你好阿姨，"护士说，"你今天要做拼写呢。外面天气不错。"她弯腰凑近老太太的耳旁。"你能拼出'天气'这个词吗？"

这位护士笑的时候会露出她嘴里的口香糖，她嘴里老是有口香糖。她有一种近乎疯狂的欢快感。

"天气（Weather）——"老太太说。她嘟嘟哝哝，全身绷紧，为了拼出那词。露丝觉得她这个样子像想去上厕所。"W-E-A-T-H-E-R。"

这还让她想起了另外一个词呢。

"是否（Whether），W-H-E-T-H-E-R。"

目前一切都还好。

"你给她想个什么词吧。"护士对露丝说。

这一会儿露丝能想到的只有那些下流词汇，要么就是那些特别绝望的词。

不过没经提示老太太就又说出一个来。

"森林（Forest）。F-O-R-E-S-T。"

"庆祝（Celebrate）。"露丝突然说。

"C-E-L-E-B-R-A-T-E。"

你得很仔细听，才能听出来这位老太太在说什么，因为她已经没有能力用嘴型区别不同的发音了。她说出来的话听上去不是来自嘴巴或者嗓子，而是来自肺部或者肚子深处。

"她可真是个奇迹啊，对吧，"护士说，"她看不见，这是我们唯一能知道她还能听见的方法了。好比如果你说，'你的晚餐来了'，她是不会注意的，但是她可能会开始拼'晚餐'这个单词。"

"晚餐（Dinner）。"她说出这个词来，以便演示。老太太接话了。

"D-I-N-N……"有时候会有很长的停顿，两个字母之间的长长停顿。她似乎只能跟随着最薄弱的那条思路，歪歪扭扭地穿过一片空白和困惑，除了猜测，没有人能为此多做些什么。但是她并没有跟丢，她跟着那思路到了尽头，不管这词有多狡猾，多烦琐，她跟住了。完成了。然后她就坐在那里等着、等着，在那无事发生、无事可看的白天，直到哪儿再出现了另外一个词。她将它包围，动用全身之力去制服它。露丝想知道当她脑子里浮现那些词的时候，它们是什么样子的。它们还是原来的意思吗，或者说它们还有任何意思吗？它们是不是像梦中，或者是孩子脑海中的词一样，每一个都如同新生动物一般奇异、独特而富有活力？这个词清澈又柔软，就像水母一样，那个词坚硬、神秘而不友善，就像长角的蜗牛。它们能像礼帽一样严肃而滑稽，或者像缎带一样柔软、活泼又诏媚。就像一群私人访客的展演，一切还没结束呢。

露丝第二天早上被吵醒了。她在小门廊里睡着了，那是弗洛这房子里唯一一处味道还算可以忍受的地方。天刚蒙蒙亮。河对岸的树木向破晓的天空突起，像一些乱蓬蓬、黑乎乎的动物，比如水牛。不过那些树很快就要被砍掉了，那儿要建个停车场。露丝之前做了个梦。她做的梦很明显跟她前一天去养老院转过一圈有关。

有人带她到一栋大楼里去参观，那里的人都在笼子里住着。一开始，一切都被笼罩在蛛网密布的暗淡光线之中，露丝抗议说这笼子摆放似乎不妥。但是她越往前走，那些笼子也就越大，越精致，它们很像柳条编的巨大鸟笼，维多利亚式的鸟笼，造型和装饰都颇为梦幻。笼子里的人们面前放着食物，露丝看了看，他们是可以选择的，有巧克力慕斯、松糕、黑森林蛋糕。然后在某个笼子里，露丝看到了弗洛，她端庄地坐在一把王位般的椅子上，用清晰而权威的声音拼读单词（不过露丝醒来之后就忘了是什么词了）。弗洛看上去很愉快，因为她展现出了隐藏至今的力量。

露丝倾听，想听听弗洛在那个铺满碎石的房间里的呼吸声、抽搐声。她什么都没听到。万一弗洛死了呢？万一就在露丝在梦里让她容光焕发、心满意足的时候她死了呢？露丝慌忙跳下床去，光脚跑到弗洛的房间。床上没人。她又去厨房找，发现弗洛坐在桌子前，穿好衣服要出去，她穿着那件夏日海军蓝外套，配上一顶她在布莱恩和菲比的婚礼上戴过的无檐帽。外套皱巴巴的，该洗洗了，帽子也歪着。

"现在我做好准备要去了。"弗洛说。

"去哪儿？"

"就那儿。"弗洛说，头猛地一伸，"去那个叫什么来着的地儿。那个收容所。"

"养老院。"露丝说，"你不用今天去的。"

"他们雇了你带我去，现在你得快点带我过去。"弗洛说。

"他们没有雇我。我是露丝。我给你泡杯茶。"

"你自己弄。我不喝。"

她让露丝想到已经开始分娩的女人。她的专注、决心和紧迫如此强烈。露丝觉得，弗洛已经感到她的死亡正像一个孩子那样来临，准备将她撕碎。所以她不再争论，她穿好衣服，匆忙为她打包好行李，把她带到车里，送她去养老院。不过，弗洛关于死亡的撕碎和释怀的想象，却并非她所想的那样。

不久前，露丝参演了国家电视台的一出话剧。《特洛伊女人》。她没有台词，事实上她去演那个话剧只不过是为了帮朋友一个忙，因为那朋友接了更好的戏。导演觉得，为了让哭泣和哀痛更为生动，这些特洛伊女人都得把胸脯露出来。每个人都露一边，如果是皇室的大人物，比如赫卡柏和海伦，就露出右胸；如果是平常的处女或者妻子，比如露丝那样的，就露出左胸。露丝并不觉得这个露胸的做法能提高多少自己的表现力，况且她也有点胸部下垂了，不过，她还是接受了那个想法。她并不指望他们能引起什么轰动。她也不觉得能有多少人会去看。她忘了在某些地区，观众是不能自由选择看问答节目、警车追逐戏和美国情景喜剧的，他们必须忍受电视里的人谈论公共事务，看艺术巡展，看别人满腔热血奉上的戏剧演出。她也没有想到，当盛放着这裸露肉体的杂志在每个市镇上的每个杂志摊上售卖时，人们会感到如此惊讶。有了这愤怒，谁还能把注意力集中在特洛伊女人们那集体忧伤的眼神，那冻得瑟瑟发抖的神情上呢？然而在灯光之下，汗水流淌，妆容泛白、损毁，伴侣们不在，她们看上去都相当愚蠢、可怜而生硬，如同一块块肿瘤似的。

弗洛拿出纸笔垫在这杂志上，用那僵硬肿胀、因关节炎而几乎残废的手指勉强写下了"羞耻"两个字。她写道，如果露丝的爸爸不是死得早，那么他会希望自己现在就去死。这是真的。露丝将这封信，或者其中一部分大声念给一起吃晚餐的朋友们听。她念这信是为了引人发笑，也是为了戏剧化的效果，表示她身后那隔阂有多深。尽管她的确意识到，如果仔细想想，这样的隔阂也没什么特别的。她的大部分朋友，那些在她看来都只是努力工作、心有所系、充满希望的正常人，背后也是对他们失望透顶的家庭，或跟他们断绝关系，或祈求他们回头是岸。

读了一半，她就停了下来。不是因为她觉得这样当众暴露弗洛并取笑她的行为有多恶劣。类似的事情她之前已经做过很多次了，这种感觉已经不新鲜了。让她停下来的，事实上，是那隔阂本身——她对此又有了一种全新的、汹涌的意识，她现在觉得这没什么好笑的了。弗洛的这些责怪，就像抗议打伞，就像警告不许吃葡萄干一样不合逻辑。但是那些话都是刺痛的、真心的、有意的，这些都是艰辛生活所给予的。露胸，丢人哪。

另一次，露丝要去领奖。同行的还有其他人。多伦多酒店要举行一个颁奖典礼。弗洛收到了邀请函，但是露丝从来没想过她会来。当组织者问她亲人的姓名时，她以为只是报个名字而已，而她几乎想不起布莱恩和菲比这两个名字来。当然，如果说她内心的确想让弗洛来，想在弗洛面前表现，想唬住她，最终达到摆脱弗洛阴影的目的，这也是有可能的。这样做也是件挺自然的事情。

弗洛坐火车南下而来，没通知谁。她自己去的酒店。那个时候她已经有关节炎了，但是仍然能不拄拐杖走路。她的穿衣风格向来都是干净整洁又廉价朴素，但是现在看上去她好像在这上面花了点钱，问了些建议。她穿着一件紫红色格子裤套装，戴着一条像是由白色和黄色爆米花连成的珠串。她的头发被厚厚的灰蓝色假发盖住，拉得很低，遮挡了前额，就像一顶羊毛帽。她的脖子和腕部从 V 领夹克衫和过短的袖子中露了出来，皮肤黝黑、布满斑点，就像盖上了一层树皮似的。看到露丝的时候，她站住没动。她似乎在等待，不仅是等着露丝先过去迎上她，也是等着她对眼前这一幕的感受凝结成具体的话语。

很快她就等到了。

"瞧那黑鬼！"弗洛大声说道，露丝那个时候还不在她身边呢。她的语调充满了简单而满足的惊喜，就像她低头看到了大峡谷，抬头撞见树上长出了橙子一样。

她说的是乔治，乔治正在领奖。他转过身来，看是不是有人在专门说些搞笑话捧他。弗洛看起来确实像个搞笑人物，只是她一片茫然，那种真切感显得怪吓人的。她注意到了自己造成的那番骚乱吗？有可能。因为在这个突如其来的爆发之后，除了勉强嘟哝几个单音节词，她就再也没有说过什么，也再没有吃过或者喝过什么别人给她的东西，她也不坐下来，只是在蓄着须和流着汗的人群中间，在那些雌雄难辨、厚颜无耻的非盎格鲁－撒克逊人中间，诧异而坚定地站立着，直到她该坐火车回家的时候到来。

在弗洛搬走后的一次惊悚的房屋大扫除中，露丝在床底下发现了那顶假发。她把它拿出来送去养老院，一同拿过去的还有她洗过或者干洗过的衣服，以及她买的几双长筒袜、爽身粉和古龙水。有时候弗洛似乎觉得露丝是一位医生，于是她说："我不想要女医生，你出去就好。"但是当她看到露丝拿着那顶假发过来的时候她说："露丝啊！你手里拿的是什么东西啊，是只死灰松鼠吗？"

"不是，"露丝说，"是顶假发。"

"什么？"

"假发。"露丝说。弗洛大笑起来。露丝也笑了。那假发看上去的确像一只死猫或者松鼠来着，尽管她已经洗过、梳过，但它看上去还是一个挺膈应人的物件。

"我的天啊，露丝，我还想，她干吗给我带一只死松鼠过来呢！如果我把它扣别人脑袋上，那人肯定一枪崩了我。"

露丝把它套在了自己的头上，将这出喜剧继续下去，弗洛在她的围床上笑得前俯后仰的。

缓过气来的时候，弗洛说："我这床周围都是些什么玩意儿啊？你和布莱恩表现得好吗？别打架，你们老爸会生气的。你知道他们从我身上取出了多少胆结石吗？十五块！有一块就跟小鸡蛋那么大。我把它们放在哪儿了。我得把它们带回家去。"她拉开床单开始找。"放在一个瓶子里的。"

"我已经拿到啦。"露丝说，"我拿回家了。"

"拿回家了吗？拿给你爸爸看了吗？"

"是啊。"

"哦，那就对了，就在那儿了。"弗洛说，于是她躺了下来，闭上了她的双眼。

你以为你是谁？

有些事情，露丝和她的弟弟布莱恩是可以放心谈的，不会因为原则和立场问题而搁浅。弥尔顿·荷马就是其中之一。他们都记得，在很久以前，他们的父亲还活着、布莱恩还没上学的时候，他们都得了麻疹，一张隔离告示被贴在了门上。弥尔顿·荷马从街上走来，把它读了读。他们听见他像往常一样从桥那边过来，大声抱怨着。除非他满嘴塞着糖果，不然他走在小镇上一路都不会安静下来，他会冲着街上的狗大喊大叫，对树木和电话线杆子动手动脚，满腹牢骚。

"我没有！我没有！我没有！"他大喊起来，敲打着桥上的栏杆。

露丝和布莱恩拉开了挂在窗外的被子，那是用来遮挡阳光的，不然他们会被晒瞎。

"弥尔顿·荷马。"布莱恩赞赏地说道。

这时弥尔顿·荷马看到了门上的告示。他转过身去，走上阶梯，读上面的字。他是识字的。他会走在大街上，大声把所有的标示牌都读出来。

露丝和布莱恩记得这件事，他们都觉得当时告示是贴在侧门上的——这里之前只是一个倾斜的木板台，后来弗洛把它改造成了玻璃门廊——他们记得弥尔顿·荷马就在这个地方站着。如果隔离告示贴在了侧门，而不是贴在直接通往弗洛杂货店的正门上的话，那么小店当时肯定营业了。这么想来就有点奇怪了，唯一的解释只能是弗洛对卫生部门的官员施了压。露丝不记得了，她只记得弥尔顿·荷马站在台子上，大脑袋歪向一旁，举起拳头来要敲门。

"麻疹，对吧？"弥尔顿·荷马说。他终究没有敲门，脑袋快要贴在门上，喊道："这可吓不了我！"然后他转过身去，但并没有离开院子。他走向秋千，坐下来，抓住两边的绳子，刚开始有点不情愿似的，随后趁着一股势不可当的开心劲儿，他便大肆荡了起来。

"弥尔顿·荷马在荡秋千，弥尔顿·荷马在荡秋千！"露丝喊道。她从窗台跑到楼梯间去。

弗洛不知道从哪儿冒了出来，从侧窗探出头来。

"他不会搞坏它的。"弗洛出人意料地说道。露丝还以为她会拿着扫帚追着他跑呢。之后她又想：弗洛是不是被吓坏了？不太可能。这应该是弥尔顿·荷马的特权吧。

"我可不能坐弥尔顿·荷马坐过的地方！"

"你！你回去睡觉。"

露丝回到臭气熏天的漆黑麻疹小屋里，开始跟布莱恩讲一个她觉得他不会喜欢的故事。

"你还是个婴儿的时候，弥尔顿·荷马来抱过你。"

"他才没有。"

"他走过来抱着你，还问你叫什么名字。我记得。"

布莱恩跑到楼梯间去。

"弥尔顿·荷马走过来抱着我问我叫什么名字了？是真的吗？在我还是个婴儿的时候？"

"你去跟露丝说，他对她也干过一样的事儿。"

露丝知道，这是有可能的，尽管她不准备提起这件事。她其实也不太记得弥尔顿·荷马是不是真的抱过布莱恩，或者有没有人告诉过她这件事。在不久的过去，婴儿们都是在家里接生的，每当一个新的婴儿降生，弥尔顿·荷马就会马上跑过去看，问他们叫什么名字，发表一番精心准备过的演说。他的讲话大致意思是如果这个婴儿存活下去，希望他能过上基督徒的生活，如果不幸死去，则希望他能直接升入天堂。这跟洗礼的理念一样，只不过弥尔顿没有提到上帝和耶稣，也没有跟水扯上什么关系。他做这些事情完全是按照自己的旨意。演说的时候，他似乎患上了平日里没有的口吃，或者他其实是故意用断断续续的语调给他的发言增加分量。他张大嘴巴，前后摇晃，每个词都要伴着一声沉沉的咕哝。

"如果这个婴儿——如果婴儿——如果婴儿——存活——"

于是多年之后，在她弟弟的卧室里，露丝也做着同样的事情，前后摇晃，念唱着这些话语，每一个"如果"蹦出来，都像是经历了一次爆破，当它们推向高潮，推至"存活"一词的时候，就会引发全面爆炸。

"他会好好——好好生活——他不——他不——他不会——犯下罪过。他会生活——好好生活——他不会犯下罪过。他不会犯下罪过！"

"如果婴儿——如果婴儿——如果婴儿——死去——"

"好，够了。够了，露丝。"布莱恩说道，不过他笑了。当讲到汉拉提的时候，他倒是能忍受露丝这种夸张的表演。

"你是怎么记得这些的？"布莱恩的妻子菲比问，她也想让露丝停下来，不然这样下去的话布莱恩会感到不耐烦，"你看到他这么做过吗？经常吗？"

"哦没有，"露丝有些吃惊地说，"我没看到过他这样。我看到的是拉尔夫·吉莱斯皮模仿弥尔顿·荷马。他是学校里认识的一个男孩。拉尔夫。"

据露丝和布莱恩回忆，弥尔顿·荷马的另外一个公共职能，就是参加游行。汉拉提以前曾举行过很多游行。比如七月十二日的奥兰治游行①，五月的高中军校游行，学生们的大英帝国日②游行，社团的教堂游行，圣诞老人游行，狮子会的老前辈游行。在

---

① The Orange Walk，旨在纪念 1690 年 7 月 12 日英国国王威廉三世于博伊奈战役中击败詹姆斯二世。威廉三世即位前的封号为奥兰治亲王。由于他一生致力于抵抗法国的天主教霸权，被新教徒视为新教英雄。
② Empire Day，又称维多利亚日（Victoria Day），是英国女王维多利亚的诞辰纪念日，亦为加拿大的全国公众假日，定为每年 5 月 25 日前的最后一个周一。

汉拉提最能贬低一个人的话，就是说这个人喜欢到处游行，然而几乎城里每一个人，都有机会在公共场合参与一个有组织、被批准的游行——不消说，"城里"确切地说是城区，不包括西汉拉提。你唯一要注意的是，你必须表现出一点都不享受的样子，你得给人一种本来好好待着却被叫了出来的印象，你就是做好履行这项义务的准备而已，无论游行庆祝的是什么，你都要摆出阴沉的脸色投入其中。

奥兰治游行是所有游行中最恢宏夺目的。比利王 ① 骑着一匹纯白色的马，色泽千里难寻，黑骑士在尾部，他们是奥兰治人中最尊贵的阶层，骑着黑色的马，戴着父亲会传给儿子的那种古代高帽，穿着燕尾外衣。这些人一般身材瘦削、家境贫穷，是一群骄傲而狂热的老农夫。他们拉起的横幅都是用华丽的丝绸和刺绣做的，蓝色、金色、橙色和白色，图案是新教徒的胜利场景、百合和翻开的《圣经》，还有语录，敬神的、荣耀的、热烈而偏执的语录。女士们打着阳伞走来，奥兰治人的妻子和女儿们都穿着白色衣服，以示纯洁。然后是乐队、横笛和鼓，还有才华横溢的踢踏舞者在干净的干草货车上表演，那是一个移动的舞台。

登场的还有弥尔顿·荷马。他可以在游行中的任何地方出现，从比利王，到黑骑士，到踢踏舞者，到羞答答的佩戴奥兰治橙色肩带的孩子们，四处窜动。走到黑骑士后面的时候他会一脸严肃，昂着头，像是戴着一顶高帽，走在女士们后面的时候他会

---

① King Billy，威廉三世的别称，比利是他的小名。

扭动双臀，撑着一把想象中的阳伞。在模仿这方面，他有无法遏制的天赋和惊人的精力。他能让踢踏舞者们整体划一的表演变成一场白痴的乱舞，同时还能跟上节奏。

奥兰治游行是他在所有游行当中的最佳表现机会，尽管每一场游行中他的表演都相当突出。他高昂着头，大摆着手，重踏着步，跟在军团指挥官的后面行进。到大英帝国日那天，他就给自己找来一面加拿大红船旗 ① 和一面英国国旗，在脑袋上方像陀螺一样挥舞着转圈儿。圣诞老人游行的时候，他抢去了本来给孩子们的糖果，而且是真的抢走了，没闹着玩。

你可能会想，汉拉提政府的人应该制止这样的事情发生的。弥尔顿·荷马对任何游行的贡献都是负面的。如果非要说弥尔顿·荷马能设计点什么的话，他在游行上的所作所为就是设计出来的，只是为了把游行搞得很蠢的样子。为什么组织者和游行者不把他弄出去呢？他们肯定觉得真要这么做可没说的容易啊。弥尔顿跟他两个老处女姨妈生活在一起，他的父母已经去世了，没人会想跟那两位老太太说：让他在家里好好待着。她们看上去已经够忙的了。如果他听见乐队的声音，怎么才能让他别参与进来呢？她们得把他锁在屋里，把他绑起来。一旦游行开始，可不会有人愿意动手把他拽开拖到一边去，因为他要是抗议，可会把所有的事情都毁了。毫无疑问，他会抗议的。他有一副厚重深沉的嗓音，还是个强壮的男人，尽管不算高大。他的身高跟拿破仑差

---

① 1965 年之前，加拿大红船旗被作为加拿大国旗使用。

不多。人们想把他赶出自家院子的时候，他对着大门和栅栏就是一顿猛踢，还把它们踢穿过。有一次他在人行道上把一辆童车给砸了，就是因为它挡了他的道。这么一看，让他参与进来肯定是最好的选择。

并不是说这是诸多坏选择中最好的一个。游行时没人会对弥尔顿侧目而视，大家都习惯他了，指挥官也任由他嘲弄，以往闷闷不乐、牢骚满腹的黑骑士也对他毫不在意。路边的人们只是说："哦，那是弥尔顿。"人们不再嘲笑他，尽管城里的陌生人、来这儿的亲戚们如果被邀请去看游行，都会对他指指点点，自己傻傻地笑笑，以为他是官方派来搞笑缓和气氛的，就像扮成小丑的年轻商人，结果侧手翻都会翻失败。

"那是谁啊？"来访的人会问。人们冷冷地回答着，带着一种特殊的模糊的自豪感。

"那只是弥尔顿·荷马而已。没有弥尔顿·荷马的游行就不是游行了。"

"那个村里的白痴。"菲比说。她尝试理解这一切，她的这份礼貌无人领情，却不曾停歇。露丝和布莱恩说，他们从没听到弥尔顿·荷马被这样叫过。他们从来没有把汉拉提当作村庄。村庄，是那种在圣诞贺卡里出现的、有古色古香的房屋环绕在尖塔教堂周围的样子。村民则像高中轻歌剧里穿着戏服的合唱团。如果要向一个外来人介绍弥尔顿·荷马，人们会说他这个人"不太正常"。露丝从那个时候就开始想，他们说的到底是哪里不正常？

她现在还在想。大脑吧，这应该是最简单的答案。弥尔顿·荷马的智商肯定低。没错。但是在汉拉提和汉拉提之外，很多人也一样智商低，只不过他们没有用行为把自己跟别人区分开来罢了。他没有阅读障碍，能看隔离告示就说明了这一点；他也知道怎么数零钱，据说人们五次三番地想骗他，结果他证明了自己。他缺失的是一种谨慎的直觉，露丝现在觉得。是一种社会约束，尽管那个时候还没有这样的词。正常人喝醉了的时候缺失的那个东西，就是弥尔顿·荷马从来没有的东西，或者是他在早年的时候，就选择不去拥有的东西。这就是露丝感兴趣的地方了。他的表情，他每天的模样——眼睛瞪圆，眉毛挑起，肩膀一垂——都是那种戏剧里演的酒鬼尤其夸张的样子，那种似乎经过大胆设计才能做出的表演，那种无助同时又无法自控的感觉；这是可能的吗？

弥尔顿·荷马跟他母亲的两个姐妹一起住。她们是双胞胎，她们的名字是海蒂和玛蒂·弥尔顿，不过通常人们叫她们海蒂小姐和玛蒂小姐，大概是为了不让这名字跟任何显得愚蠢的调调联系起来吧。弥尔顿是以他母亲那边的姓来取名的，这是个惯例，而且估计也没人想过要把这两位大诗人的名字连在一起。[1] 这个巧合从来没有被提起，或许也没人注意。露丝一开始也没注意，直到上高中的某一天，有个坐在后面的男孩拍她的肩膀，让她看

---

[1] 弥尔顿·荷马的名字由"弥尔顿"（Milton）和"荷马"（Homer）这两部分组成，分别呼应英国著名诗人约翰·弥尔顿（John Milton，1608—1674）及古希腊吟游诗人荷马（Homer，约公元前 9 世纪—前 8 世纪）的名字。

自己在英语课本上写了什么。他把一首诗歌标题中的"查普曼译"给去掉了，用墨水笔写上了"弥尔顿"，所以那标题读起来就是《初窥弥尔顿·荷马有感》[①]。

提到弥尔顿·荷马，就等于在说笑话，但他们觉得这改了的标题好笑，是因为它隐约地指向弥尔顿·荷马那个不堪入目的行为。人们说当他在邮局或者电影院排队的时候，会敞开他的外衣，露出身体，然后迈开弓步，开始摩擦。当然他不会做得那么过分，他的目标一定会躲开他。男孩子们怂恿彼此去跟他排一次队，一直贴在他前面，直到最后那个关键时刻，突然跳到一边，让大家看到他一个人如饥似渴地摩擦身体的样子。

不管这事是真是假，不管他是因为哪次受刺激了才这么干，还是说他每次都这么干，反正往后，女士们要是看到弥尔顿，就会走到马路另一边，大人会警告孩子们离他远远的。别让他毛手毛脚的，弗洛说。随着在医院生孩子越来越平常，家庭里因为婴儿出生而举行仪式的场合也就少了。他是可以进去屋子里瞅瞅那些仪式的，不过其他时候人们会把大门紧锁，以防他进去。他会走过来敲门，踢门上的镶板，然后走开。但是他尽可以在院子里做他的事情，反正他不会拿走什么东西，而他要是受到了冒犯，就会大搞破坏了。

当然，跟姨妈们在一起的时候，他就是完全不一样的人了。那个时候他就表现得怯生生的，很乖巧，他的能量和激情全都藏

---

① 原标题为《初窥查普曼译荷马有感》（"On First Looking into Chapman's Homer"），作者是英国诗人约翰·济慈（John Keats, 1795—1821）。

得好好的。他会吃姨妈们给他买来的、放在纸包里的糖。姨妈们让他跟别人分着吃的时候，他也会这么做，尽管没人会去碰弥尔顿·荷马的手指碰过，或者是口水沐浴过的东西，除非是世界上最馋嘴的人。姨妈们会确保他的头发总是修剪整齐，尽力使他体体面面的。她们还会帮他熨洗衣服，缝缝补补，给他拿雨衣雨鞋，给他戴织好的帽子和围巾，视天气情况而定。她们知道自己不在场的时候他是怎么野的吗？她们肯定听说过，而要是听说过，作为拥有自尊心、恪守卫理公会①道德教条的人，她们必然深感痛苦。当年正是他的外公在汉拉提开了一家亚麻加工厂，并且强制所有厂员在周六晚上参与他组织的《圣经》课。荷马一家，也都是体面人。荷马家族里的一些人似乎支持把弥尔顿关起来，但是这两位弥尔顿女士可不愿意。没人说她们是因为心肠仁慈才拒绝的。

"她们不会把他送进精神病院的，她们可是自尊心很强的人。"

海蒂·弥尔顿小姐在高中教书。她在那儿教书的时间比其他所有老师加在一起都要长，她比校长还重要。她教的是英语，所以学生们要是对书里的诗歌做什么自行改动的话，就显得更大胆、更有满足感了，因为这事儿就在她眼皮底下发生呢。而她，正是以维持纪律严格闻名的。她胸部硕大、搽脂抹粉，戴上眼镜，就一副心无杂念、凛然正气的样子，管好纪律不在话下。她

---

① The Methodist Church，基督教新教的主要宗派之一。

不用"青少年"这个词，也拒绝将四年级学生跟青少年区别对待。她会布置很多死记硬背的作业。有一天她在黑板上写了一首长诗，说每个人都要把它抄下来，牢记在心，第二天背出来。这是露丝上高中三四年级的时候发生的事情，她以为这些指示是不必逐字照做的。她学诗轻而易举，跳过抄写这第一步也合情合理。她把诗读了一遍，逐句学懂，在脑子里默诵了好几遍。这个时候，海蒂小姐过来问她为什么不抄下来。

露丝回答说，这首诗她已经学会了，尽管她自己也不是很确定。

"你真的会了吗？"海蒂小姐说，"站起来，脸朝教室后面。"

露丝照做了，为自己的吹嘘而颤抖。

"现在向全班同学把这首诗背下来。"

露丝的自信没有错。她背下来了，中间没有断过。接下来会怎么样？惊叹、赞扬，还有罕见的尊重吗？

"看来，你也许学会了这首诗，"海蒂小姐说，"但让你做什么，你就得做，这不是借口。坐下，把这首诗抄在本子上。我要你每行抄三遍。如果没有完成，就留到四点以后。"

当然，露丝的确被留到了四点以后，她愤愤地抄着诗，海蒂小姐在一旁织她的东西。当露丝把抄好的诗递给她看的时候，海蒂小姐回应的口吻非常温和，但论断却是决绝的："不要以为你会读诗就比其他人好到哪儿去。你以为你是谁呀？"

露丝不是第一次被人问到她以为自己是谁，事实上，这问题总是像个单调乏味的大钟那样常常给她敲那么几下，她都不在意了。但是后来她明白过来，海蒂小姐并不是一个爱施暴的老师，她没有在全班同学面前说她现在所说的话。她也不是怀恨在心，因为露丝居然背了出来而要报复她。她想给露丝的教训，对她来说比任何诗都重要，她真诚地相信，露丝需要这样的教训。似乎很多人也是这么认为的。

高中学年结束的时候，全班同学都被邀请去弥尔顿家里看幻灯片。关于中国的幻灯片。玛蒂小姐，也就是常年留在家里的双胞胎的另一个，年轻的时候是个传教士，去过那里。玛蒂小姐非常害羞，她坐在最后面操作幻灯片，海蒂小姐负责讲解。幻灯片上展示的，如大家所想的那样，是一个黄蒙蒙的国家。黄土山坡、灰黄的天空、黄种人、黄包车、遮阳伞，都显得干瘪、瘦削和脆弱；在庙宇、道路，以及人们的脸上，一道道黑色缝隙呈之字形裂开，仿佛不是真的一般。也正是在这个时代，在露丝坐在弥尔顿家客厅的时候，毛泽东是中国的领导人，眼下正是朝鲜战争。但是海蒂小姐对历史并不在意，同时，她也不在意她的观众已经有十八九岁了。

"中国人是异教徒，"海蒂小姐说，"这就是为什么他们有乞丐。"

画面上的确出现了一个乞丐，正跪在地上乞讨，向黄包车内的一位富家女伸出手臂，而对方无视他的存在。

"他们会吃那些我们不会碰的东西。"海蒂说。画面上还出现了一些拿着细棍子往碗里戳的中国人。"但是如果他们成了基督徒，就会享用好一点的食物了。第一代基督徒比他们要高个一英寸半。"

第一代基督徒站成一排，张着嘴，可能是在歌唱。他们穿着黑白相间的衣服。

幻灯片放完后，装有三明治、饼干和馅饼的碟子就端了上来。都是自己家做的，味道很不错。葡萄汁和姜汁啤酒倒进了纸杯里。弥尔顿坐在角落里，穿着他那件厚厚的花呢外套，里面是白色的衬衫和领带，上面洒满了潘趣酒和点心屑。

"总有一天会当着她们的面爆炸的。"弗洛曾经这样阴沉沉地说，她指的是弥尔顿。所以那就是大家年复一年来看幻灯片、喝潘趣酒的原因吗？就是想来看笑话，看弥尔顿的下巴和肚子是怎么鼓成一团，仿佛憋了一肚子坏水，准备爆炸的吗？他所做的就只是在那里以惊人的速度把自己填满。他吃燕麦枣块、小甜饼、纳奈莫条①和水果硬糖，还有黄油馅饼和布朗尼，吃这所有的所有，颇有一条蛇吞下一只青蛙的架势。那鼓胀的样子都差不多。

卫理公会教徒在汉拉提的势力正在消散，尽管这个过程进行得很慢。上必修《圣经》课的日子已经过去了。也许弥尔顿一家对此并不知情。也许他们知情，只不过对此事摆出一副凛然拒绝的模样。他们一如既往，仿佛心诚向神仍然必要，繁荣依旧因此而生。这砖房里厚实而舒适的布置，毛茸茸的大衣领子，似乎在

---

① Nanaimo bars，加拿大特色甜点，因起源于西海岸城市纳奈莫而得名。

表明这是卫理公会教徒的家；卫理公会教徒的着装厚重、踏实，有种刻意的粗野。关于他们的一切似乎都是为了说明，他们正在贯彻使用上帝的杰作，而上帝并没有令他们失望。以上帝的名义，他们沿着大厅周围在地板上涂了一圈蜡，用画笔在记账本上画出完美的笔直线条。以上帝的名义，秋海棠绽放，钱被稳妥地存进银行。

但是这年头，出差错也在所难免。弥尔顿家的女士出的差错，就是向加拿大广播公司递交了一份她们执笔的请愿书，她们请求删掉干涉周日晚上礼拜的广播内容，其中包括埃德加·伯根和查理·麦卡锡、杰克·本尼、弗莱德·艾伦[1]的节目。她们请牧师到教堂里宣讲请愿，这可是联合基督教会[2]，在这儿，长老会教徒和公理会教徒可比卫理公会教徒的人数要多。接下来的这一幕，并不是露丝亲眼所见，而是弗洛告诉她的：牧师宣讲完之后，海蒂小姐和玛蒂小姐分别站在走出教堂的人流两边，说服他们在摆在教堂前厅小桌子上的请愿书上签字。弥尔顿·荷马坐在桌子前。他必须得坐在那儿，到周日，他可逃不掉去教堂。她们给了他个活儿干，让他忙起来，负责钢笔，他得保证笔都是有墨的，并且递交给签字人。

这就是明显会出差错的地方了。弥尔顿突然兴起，往自己脸上画胡子，连镜子都没用上。那胡子从他悲伤的大脸颊上蜿蜒而过，涌上他布满血丝、似乎能预知不幸的双眼周围。他还把钢笔

---

① 均为美国著名喜剧演员的名字。
② The United Church，美国基督教新教的一个派系，其神学思想较为开放。

放进嘴巴里，墨汁渗到了他嘴唇上。说白了，那请愿书本来就没人要签，他还搞出了这么滑稽的一幕，就更被当成个笑话来看待了。连同亚麻加工厂的卫理公会教徒和弥尔顿姐妹的势力，也只被当作几滴溅起的残留水花而已。人们笑了笑，走开了——什么事情都没有做成。当然，弥尔顿姐妹也没有责骂弥尔顿或者公开把这事儿闹开，她们只是带着请愿书把他拽走，回家了。

"她们以为自己能掌权的念想就那么破灭啦。"弗洛说。跟往常一样，她也说不清到底是她们被打败的哪一部分让她感到舒心：是挑战了她们的宗教信仰，还是拆穿了她们的假模假式呢？

汉拉提高中海蒂小姐的英语课上，给露丝看那首诗的男孩叫作拉尔夫·吉莱斯皮，就是那个特别擅长模仿弥尔顿·荷马的男孩。露丝记得，他给她看那首诗的时候，他还没有开始模仿。那是后来的事了，他在学校的最后几个月里才开始的。因为名字的拼写相近，大多数课堂上他都是坐在露丝前面或者后面的。不过除了名字之外，他们的确也有一些类似于家族相似性的地方，不是在相貌方面，而是跟习惯和喜好有关。如果他俩真的是兄妹的话，这样的关系其实还显得挺尴尬，好在事情并非如此，所以这巧合也自然让他们亲近起来了。铅笔啊，尺子啊，橡皮啊，钢笔尖啊，横格纸啊，方格纸啊，指南针啊，圆规啊，量角器啊，这些对良好的学校生活来说必不可少的东西，他们都容易丢，或者是不知道放哪儿去了，或者是从来都没拥有过全套的。他们用墨水的时候都笨手笨脚的，准会洒，然后弄脏东西。他们都不想做作业，但是没做又提心吊胆。所以他们尽力帮助对方，分享所有的文具，要是缺什么，就求着那些什么都有的邻桌同学要，找别人的作业来抄。他们发展出了囚徒般的友谊，也像军营里两个无心恋战的战友，一心想要逃命，避免参与行动。

一切不止于此。他们俩的鞋子和靴子老混在一起，扭打着、推搡着，私自会面，以示友好，有的时候它们像是受了鼓励，还躺在一起休息。这情谊让他们互相扶持，尤其是在老师要叫人去黑板前写数学答案的时候。

有一次中午过后，拉尔夫顶着满头雪走了进来。他往后面一靠，把雪花晃到了露丝的桌面上，说："你有那种蓝色的头屑吗？"

"没有。我的是白色的。"

对露丝来说，这似乎是一个亲密的时刻：肢体的坦然敞开，默契的儿时玩笑。另一天午后，上课铃响之前，她走进教室，看见一圈人在围观他，他在模仿弥尔顿·荷马。她又吃惊又担心：吃惊的是，跟她一样，他平时也是个害羞的人，这是他们俩能玩在一起的原因之一；担心的是他下不来台，他的模仿没让别人笑出来。不过他表演得很好，他那大大的、苍白的、温和的脸庞表现出弥尔顿那粗笨而绝望的表情，他眼睛瞪得圆圆的、晃动着下巴，声音沙哑，带着被催眠了似的、唱颂般的音调。他模仿得太成功了，露丝为之惊叹，其他人也是。从那时候起，拉尔夫就开始他的模仿之路了。他模仿了不少人，但是弥尔顿·荷马是他的招牌。作为他的亲密战友，露丝一直没能从为他感到惊慌的情绪中走出来。她还有另外一种感受，不是嫉妒，而是一种似是而非的渴望。她也想这么干。不是模仿弥尔顿·荷马，她不想做弥尔顿·荷马。她想踏上那充满魔力、恣意洒脱的道路，她想脱胎换骨；她想要勇气和能量。

拉尔夫·吉莱斯皮公开展演这些才能后没过多久，他就辍学了。露丝想念他的脚，他的呼吸，他用手指拍打她肩膀的感觉。她有时候会在街上撞见他，但是他看起来不像是同一个人了。他们从来没有停下来聊过天，光说句你好，就匆匆再见。几年来，他们是亲密同盟，几乎像是在维持一种家庭关系，但在学校之外，他们从来没有说过话，除了最基本的打招呼之外，再没别的联系了。如今，也没法再联系了。露丝从来没有问过他为什么会辍学，她甚至都不知道他是不是找到了工作。他们熟知对方的头和脚、脖颈和肩膀，但却不能作为一个完整的人面对彼此。

一段时间之后，露丝就再没在街上见过他了。她听说他参加了海军。他肯定一直在等着加入海军，等到年龄够了就去。他加入海军，去了哈利法克斯港。战争已经结束，海军也只是和平年代的海军。她想到拉尔夫·吉莱斯皮会穿着军服，趴在驱逐舰的甲板上，可能还会扣动扳机射出子弹，感觉挺奇怪的。露丝开始意识到，那些她认识的男孩，不管看上去多么不能干，早晚要变成男人，去做那些你本以为需要动用更多他们并不具有的天赋和权力才能做成的事。

有一段这样的时光：弗洛不再开店了，她的关节炎又还没有严重到像后来那样完全不能走动的程度，她会常常到外面去玩宾果游戏，有的时候会到军团大厅跟她的邻居们玩牌。露丝回家探望的时候，话匣子总是很难打开，所以她会问弗洛在军团里见到了什么人。她会问她的同龄人最近怎么样了，比如说霍斯·尼科尔森和小不点·切斯特顿，她都无法想象他们变成男人的样子。弗洛见过他们吗？

"有一个，他总是在那儿。拉尔夫·吉莱斯皮。"

露丝说她还以为拉尔夫·吉莱斯皮正在海军服役呢。

"他之前是，不过现在回家了。他出了场事故。"

"什么事故？"

"我不知道。海军队里的事故。他在海军医院待了整整三年。浑身上下没一块好地方，他们得从头开始帮他接骨头。他现在好了，不过走路有点跛，得拖着一条腿走。"

"太糟糕了。"

"嗯，是啊。我也是这么说的。我对他并不怨恨，不过军团里有人这么对他。"

"怨恨他？"

"因为养老金的事。"弗洛说。露丝连这么基本的生活事务都不想，这让弗洛感到吃惊，也甚是鄙夷：在汉拉提，因为这事儿持怨恨的态度是很自然的。"他们觉得，他这辈子养老金算是有着落了。我说，他肯定为此受了不少苦。有人说他拿到了很多，我不信。他也不需要太多，他总是自力更生。就说一点，如果他觉得疼，他是不会表现出来的。我就是这样。我不会表现出来。

要哭就自己一个人哭。他是一个飞镖高手。他能表演所有发生过的事情。他能绘声绘色地模仿别人。"

"他还模仿弥尔顿·荷马吗？他之前在学校里会模仿弥尔顿·荷马。"

"他模仿他。弥尔顿·荷马。模仿起来很搞笑。他也模仿别人。"

"弥尔顿·荷马还活着吗？他还跟在游行队伍里踏步吗？"

"他当然活着了。不过现在消停多了。他在养老院里，阳光好点的日子，你能看见他在公路旁，一边盯着车流，一边舔雪糕筒。那两位女士都已经死了。"

"所以他不去游行队伍里了？"

"也没什么游行队伍了。现在游行少多了。现在活着的奥兰治人不剩几个了，来看游行的观众也不多，反正，大家更喜欢待在家里看电视。"

后来几次探望的时候，露丝发现弗洛已经跟军团的人为敌了。

"我不想当那种老疯子。"她说。

"什么老疯子？"

"围着坐在那儿一边喝酒一边讲一模一样的蠢故事。我看着就难受。"

这非常符合弗洛的一贯作风。无论是对人、地方，还是娱乐活动，她都是一会儿喜欢，一会儿又厌恶。随着年龄增长，这样的转变也就越来越激烈，也越来越常发生了。

"他们你一个都不喜欢了吗？拉尔夫·吉莱斯皮还在那儿吗？"

"他还在那儿。他喜欢那儿，都想在那儿找份工作来着。他想去兼职做酒吧工作。有些人说他被拒绝的原因是他已经有那份养老金了，但我觉得是因为他的做事方式。"

"什么方式？他酗酒吗？"

"说不准，他就还跟以前一样，模仿别人，他模仿的人里有一半新来镇上的人都不知道是谁，他们觉得拉尔夫就跟个白痴似的。"

"就像弥尔顿·荷马一样吗？"

"对啊。他们怎么知道弥尔顿·荷马是谁，他是什么样？他们不知道的呀。拉尔夫不知道什么时候应该停手。他就这样把工作都给模仿没了。"

露丝把弗洛带去了养老院。在那儿她没有看到弥尔顿·荷马，但是看到了很多她以为早就不在人世的人。她待在原来的房子里打扫，准备把它卖出去。弗洛的邻居看到了她，就带她到军团里玩，因为他们觉得她一个人度过周六晚上会很孤单。露丝不知道该如何拒绝，所以最终还是坐在了军团大厅地下楼层的酒吧里，在一张长长的桌子前。最后一缕阳光穿过豆田和玉米地，穿过铺着砾石的停车场，穿过高高的窗户，在夹板墙上印下了点点斑驳。墙上挂满了照片，手写的名字贴在相框上。露丝起身去看。一百〇六号，拍摄于一九一五年，战争爆发之前。不少是战争英雄的照片，他们的子侄延续了他们的姓氏，露丝却是第一次听说他们的名字。她回到桌子前的时候，大家已经开始玩牌了。她不知道自己中途去看那些照片算不算坏了这个局。也许从来没有人看过这些照片，也许这些照片也从来不是用来看的，就像造墙的夹板一样。拜访的人、从外面来的人就喜欢东看西看，哪儿都觉得有趣，问这是谁，那是什么时候的事儿，努力保持活跃的对话。他们问了太多的问题，又想知道太多的答案。而且露丝这样，可能看上去就像在这屋子里游行，要吸引大家的注意力。

一位女士坐了下来介绍自己。她是一个正在玩牌的男人的妻子。"我在电视上见过你。"她说。别人提到这点的时候，露丝总是感觉有一些歉意；换言之，她必须克制她在自己身上发现的这种表达歉意的荒谬冲动。而在汉拉提时，这种冲动就比平常表现得更加强烈了。她意识到自己做了一些看上去高高在上的事情。她记得自己在电视里当访谈主持人的时候，那粉饰过的自信和魅力，这里的人们比其他任何地方的都更能看出那仅仅是一种欺骗的假象。她的表演则是另一回事。那些让她感到羞愧的事情，并非他们认为她应该感到羞愧的事情，不是暴露的下垂的胸部，而是一种她自己也拿不准、说不清的失败。

跟她聊天的女人并不来自汉拉提。她说她是在十五年前结婚的时候从萨尼亚①过来的。

"我还是觉得要适应这里有点难。说真的。从城市那边过来

①Sarnia，位于加拿大安大略省西南部的一座城市。

之后。你真人比在那个电视剧里好看多了。"

"希望是这样吧。"露丝说。然后跟她讲上电视前人们是怎么给她化妆的。大家都对这些事情比较感兴趣，谈到技术细节，露丝也更自在一些。

"看，这是老拉尔夫。"女人说。她移过身去，把位子让给一个头发灰白、拿着一大杯啤酒的清瘦男人。这是拉尔夫·吉莱斯皮。如果露丝在路上看见了他，她是认不出他来的，他在她眼中会像一个陌生人，但是在看了他一会儿之后，露丝觉得他没怎么变，跟十七岁或者十五岁时一样，没什么变化，他那曾经是浅棕色的灰白头发仍然落在前额，他的脸庞仍然苍白、平静，对于他的瘦小身体而言显得过大，他仍然是一副怯态，处处提防，目光谨慎。但是他的身体更瘦削了，他的肩膀似乎收缩到了一起。他穿着一件短袖运动衫，小小的领子，三颗装饰性的纽扣，是浅蓝色的，印有米色和黄色的条纹。在露丝看来，这件衣服似乎象征着老去的活力，以及某种石化的青春。她注意到他衰老的手臂已经是皮包骨头，他的手颤抖得厉害，需要双手捧着啤酒杯子才能送到嘴边。

"你不会在这里待太久的，对吧？"来自萨尼亚的女士说。

露丝说她明天就要去多伦多了，周日，晚上。

"你的生活肯定很忙碌。"女士说。她大大地叹了一口气，带着一种诚实的羡慕，一看就是来自乡镇之外的语气。

露丝那时在想，周一中午她要去见个人，跟他吃午饭，然后睡觉。这个男人叫作汤姆·谢泼德，两人认识已久。他曾经爱过她，曾经给她写过情书。上次她跟他在一起是在多伦多，一切结束之后他们两个人坐在床上，喝着金汤力鸡尾酒——他们在一起的时候，总是会喝很多。露丝突然想到，或者意识到，他现在也正爱着一个人，一个在远方的女人，或许也会给她写情书；她想到，当他给自己写情书的时候，身旁一定也有个跟他睡觉的女人。而且，一直以来，他都有老婆。露丝想问他这些事，这其中的必要性、难处，以及满足感。她的好奇是友好的，不带批判的，但是她也知道——这点敏锐她还是有的——这些问题听上去并不会那么友好。

军团里话题已经变成了彩票、宾果游戏和奖金。玩牌的男人们，包括弗洛的邻居，正在聊着一个应该已经赢了一万块钱的男人，但是他从来没敢把这事儿公之于众，因为他已经破产多年，还欠了很多人的钱。

有人说，他如果宣布自己破产了的话，就不再算是欠钱了。

"也许他那个时候不欠，"另外一个人说，"但是他现在欠钱了。因为他现在有钱了。"

这个观点受到了大家的欢迎。

露丝和拉尔夫·吉莱斯皮面面相觑。同样的无声玩笑，同样的盟友，同样的舒适，都一样，都一样的。

"我听说你特别会模仿。"露丝说。

这是个错误，她不应该说什么的。他笑了，摇摇头。

"哦，别这样。我听说你模仿弥尔顿·荷马模仿得可生动了。"

"我可不知道这事儿。"

"他还在吗？"

"据我所知他还在养老院。"

"还记得海蒂小姐和玛蒂小姐吗？她们家里还可以放幻灯片呢。"

"当然。"

"我对中国的印象到现在还停留在那些幻灯片上。"

露丝继续说，尽管她希望自己能够停下来。她说话的语调，要是放在别的地方，就会被人看作一种显而易见又毫无意义的调情，说的都是不为人知的事，听上去很是逗趣。拉尔夫·吉莱斯皮没有做出什么回应，尽管他看上去听得很认真，甚至带有一种热情的感觉。而她说话的时候也一直在想，他会想要她说些什么。他的确有想听的话。但是他不会做出任何表示。她对他的第一印象被迫改变了，不再是那种男孩般的害羞和随和。那是他的表面。在内心里，他是个自足的人，坦然地生活在困惑之中，或许是出于骄傲。她希望他能够以那一面跟她说话，她想他应该也是如此希望的，但是终究没有这么做。

但是当露丝想起那不甚令人满意的对话时，她想起的是一种善意、同情和原谅，尽管谁也没有提起这些词。她身上一直有的那种奇怪的羞愧感似乎已经抹去。表演之所以让她感到羞愧，是因为她也许把注意力都放在了错误的事情上，她在意自己做出的滑稽举止，却没有理解，也无法理解那些更进一步的东西——一种语调，一种深意，一抹光影。而且她怀疑不仅仅在表演上是这样。她做过的那些事情，有时好像全是错的。跟拉尔夫·吉莱斯皮聊天的时候，这种感觉前所未有地强烈，但是当她后来想起他的时候，一切错误也就变得没有那么重要了。她在想自己对他的感觉，是否纯粹是两性之间的温暖和好奇——她的想法确实还是那一代人式的——不是，她不这么觉得。他们之间的感觉，似乎需要某种翻译才能表述出口；或许只有经过了某种转译，那些感受才能被彰显；对于这样的感觉，不再去提起、不加以行动才是正确的，因为翻译总是模棱两可的。同样，也很危险。

所以，当露丝回想起弥尔顿·荷马的"婴儿仪式"，以及他荡秋千时流露出的那份恶狠狠的幸福感时，她没有对布莱恩和菲比解释任何关于拉尔夫·吉莱斯皮的事情。她甚至没有提他死了。她知道他死了，是因为她还在订阅汉拉提的报纸。去年圣诞节的时候，弗洛觉得应该给露丝一份圣诞礼物，就给她订阅了七年的会员。弗洛还说这报纸就登登别人的名字，也没什么阅读价值——这话很像是她说的。露丝通常都是迅速地翻翻报纸，然后放进炉膛。但是她真真切切地看到了头版上关于拉尔夫的那一篇。

前海军士兵逝世

上周六晚，退役海军士官拉尔夫·吉莱斯皮先生在军团大厅遭遇头部致命伤。此次事故并无他人牵涉其中。不幸的是，几个小时过后，吉莱斯皮先生的尸体才被发现。据推测，他将地下楼层的入口错认为出口，继而失去平衡。他曾在海军服役期间受伤，导致身体部分残疾，这使得本次事故成为致命的悲剧。

拉尔夫父母的名字也刊了出来，显然他们仍然活着，还有他已婚的姐姐的名字。军团负责善后事宜。

露丝没有把这个告诉任何人，也很庆幸，有这样一件她可以不讲出来因而不会被损毁的事情，不过她知道，她之所以能绝口不提，除了要为信念而克制之外，也因为她对此事的细节知之甚少。关于自己和拉尔夫·吉莱斯皮，她能说些什么呢，除了说，她感觉他的生活很近，比她爱过的那些男人的生活都要近，离自己的生活只隔了一条缝的距离，除了这，她还能说些什么呢？

图书在版编目（CIP）数据

你以为你是谁／（加）艾丽丝·门罗著；邓若虚
译．－－北京：北京十月文艺出版社，2023.10（2024.5重印）
ISBN 978-7-5302-2276-8

Ⅰ．①你… Ⅱ．①艾… ②邓… Ⅲ．①短篇小说－小
说集－加拿大－现代 Ⅳ．① I711.45

中国版本图书馆 CIP 数据核字（2022）第 210121 号

著作权合同登记号 图字：01-2022-5171

[Who Do You Think You Are?] The Beggar Maid: Stories of Flo and Rose by Alice Munro
Copyright © 1977, 1978 by Alice Munro
This edition is arranged with William Morris Endeavor Entertainment, LLC.
through Andrew Nurnberg Associates International Limited
Simplified Chinese edition © 2023, Thinkingdom Media Group Limited.
All rights throughout the world are reserved to Alice Munro.

你以为你是谁
NI YIWEI NI SHI SHEI
〔加〕艾丽丝·门罗 著
邓若虚 译

出　　版　北 京 出 版 集 团
　　　　　北京十月文艺出版社
地　　址　北京北三环中路 6 号
邮　　编　100120
网　　址　www.bph.com.cn
发　　行　新经典发行有限公司
　　　　　电话 (010)68423599
经　　销　新华书店
印　　刷　河北鹏润印刷有限公司
版　　次　2023 年 10 月第 1 版
印　　次　2024 年 5 月第 5 次印刷
开　　本　850 毫米 ×1168 毫米　1/32
印　　张　9.5
字　　数　200 千字
书　　号　ISBN 978-7-5302-2276-8
定　　价　58.00 元
如有印装质量问题，由本社负责调换
质量监督电话　010-58572393